PILAR SINQUEMANI

LA CASA DEL
TRABAJADOR

SINGULAR PUBLISHING LLC

A mis sobrinos, Zey, Frances,
Alejandro, Alexa & Gaby,
con amor de Titi Pily.

Dedico esta novela a todas
aquellas personas que algún día
sufrieron, hasta perder la vida,
en manos del clasismo y la ignorancia
que fue y prevalece hasta nuestros días.

La Casa Del Trabajador
Segunda Edición por Singular Publishing Group LLC. 2017
©Pilar Sinquemani 2018
All rights reserved, including the rights of reproduction in whole or in part in anyform.

ISBN —978-1947687-02-8

Número de Librería del Congreso::

Diseño: Jaime Olivieri
Producción: Singular Publishing LLC
Edicióny y corrección: Manuel Gayol Mecías
Colección Narrativa
psinquemani@singularpublishingllc.com

Impreso en Estados Unidos de América

Prefacio

―――――――――――――――◇―――――――――――――――

No hay ficción que se compare a la realidad, ni lección o libros, a la experiencia de vida; ni magia más potente que el amor y la humildad.

P. Sinquemani

Capítulo 1

Daniela se levantó de la mesa con su carita cubierta de chocolate y sobrecogida en la impulsividad juguetona que caracteriza el ademán de los chiquillos a sus nueve años. Apenas terminábamos el postre de la cena en Nochebuena, y mi nieta ansiaba abrir sus regalos. Su madre corrió detrás de ella sin poder esconder la cara de preocupación, ya que Daniela era una niña cariñosa, pero también caprichosa y que gustaba imponerse a los demás. Era hija única y mi única nieta. La consentimos demasiado, tanto así que comenzamos a sufrir las consecuencias. A veces la notábamos insensible y demasiado antojadiza, aunque nos desarmaba fácilmente con su risa alegre y espontánea. Con su tez blanca, como de porcelana y ojos verdes expresivos, cada día se parecía más a su madre, Lauri. Ambas tenían un parecido indiscutible, entre tantas cosas, por aquella peculiar melena pelirroja, rizada en espirales que, si bien Lauri prefería llevar recogida, Daniela optaba por llevarla suelta y alborotada.

Mi hijo Michael y yo nos levantamos de la mesa del comedor y las seguimos pasando bajo el arco de madera tallada que conectaba ese lugar de la casa con la sala formal. Yo seguí andando directamente a sentarme en el sofá, mientras Michael se quitaba los zapatos antes de sentarse en la alfombra frente a mí, de cara a la chimenea. En Wesport, Connecticut, recibíamos la Navidad con una ligera nevada, aunque en nuestro hogar había un calor acogedor que nos deleitaba gracias a la fogata de la enorme chimenea que, junto a los destellos de las velas sobre la mesita de centro, venía a ser la única luz que alumbraba el espacio.

Daniela buscaba, emocionada, entre los regalos esparcidos bajo el árbol de Navidad, cuando Lauri aprovechó el momento para caminar sigilosa hacia una caja grande marrón. Como era la única caja sin envoltorios navideños, resaltaba a simple vista. Mi nuera la intentaba mover, pero sus menudos brazos y finas manos carecían de la fuerza necesaria; la caja, por tanto, parecía pesar una tonelada. Tan pronto Daniela vio a su madre junto a la caja, tiró el regalo que desenvolvía, corrió como un lince y saltó sobre la caja.

—¿Qué hay aquí, mamá? ¡Quiero ver! ¡Ábrela!

—No es para ti, Daniela. Por favor, compórtate y bájate de la caja —contestó Lauri con la voz entrecortada y su mirada afligida.

—Si no es para mí, entonces, ¿para quién es? —insistió Daniela con aire de quien quería hacer valer su autoridad.

Michael notó la mirada desolada de su esposa, y se levantó pensativo de la alfombra frente a la chimenea. Miró fijo a su hija y extrajo del bolsillo de su chaqueta una cajita envuelta en papel dorado.

—Mira, Daniela, ¿para quién crees que es esto? ¡Ven! ¡A ver si la agarras! —dijo en tono misterioso caminando hacia el sofá con la cajita en la mano.

Mi nieta se bajó de la caja marrón y entre risas corrió al sofá, se subió y saltaba incesante intentando alcanzar la cajita que Michael sostenía en alto. Tras varios intentos logró arrebatarle la cajita de las manos. Triunfante, la niña se sentó junto a su padre con el pequeño regalo, mientras jadeaba exhausta con los cachetes sonrosados. Por su parte, Michael la observaba sonriendo y rascándose su barba oscura y acicalada.

Un poco más atrás de nosotros se encontraba Walter, nuestro mayordomo, quien se percató de que Daniela se mantenía entretenida y caminó rápidamente hacia la misteriosa caja marrón, la cual levantó sin esfuerzo, y la colocó en un rinconcito, cerca de la ventana. Walter era un hombre esbelto, fuerte, con pelo blanco como tiza, mirada serena y una sonrisa que iluminaba su rostro desde las tempranas horas de la mañana. El hombre, de carácter pasivo y servicial, había trabajado con nosotros más de veinte años y lo considerábamos siempre parte de nuestra familia. Lauri le sonrió agradecida y se sentó con nosotros en la alfombra, a los pies de Michael. Daniela se disponía a despegar el papel dorado que envolvía la cajita, pero se detuvo por un instante, cuando Michael le susurró algo al oído y ella le miró decepcionada, aunque enseguida sonrió y extendió las manos a su madre:

—¡Para ti mamá! ¡Sorpresa de Santa y de papá! ¡Ábrela, que quiero ver lo que hay dentro!

Lauri se sorprendió ante su inesperada disposición y tomó la cajita con una sonrisa de complacencia. La desenvolvió con delicadeza y, al retirar la tapa, abrió los ojos grandes, como admirada de su contenido.

—Michael, ¡es precioso!

Yo también quedé maravillada con la joya. Era un broche dorado, con incrustaciones de rubíes y esmeraldas que formaban un triángulo en el corazón de la pieza. Mi nieta Daniela rompió el silencio, caprichosa.

—¡Yo quiero otro igual! —dijo Daniela.

Tuvimos que reírnos, ya que esperábamos esa reacción de ella. Lauri la tomó en sus brazos y la sentó en su falda.

Conversamos un rato entre risas provocadas por las ocurrencias de Daniela y, al rato, cuando la vi recostarse con los ojos medio cerrados, me levanté del sofá. Les deseé buenas noches y salí de la sala mientras arropaba mis hombros con mi chal rojo de lana. Walter me esperaba al comienzo de las escaleras en el centro de la casa.

—Señora, ¿le gustaría que le llevara té? —preguntó en voz baja.

—Sí, Walter, gracias.

—Enseguida, señora —dijo afable.

Subí las escaleras sin soltarme del pasamano. Cuando seguía por el pasillo hacia mi habitación, escuché unos pasos ascendiendo con rapidez. Al voltearme, vi que Daniela, desconsolada, corría hacia mí llorando.

—¡Nana! ¡Nana! —gritaba rabiosa y a todo pulmón.

—¿Qué pasa?, ¿por qué lloras?

Daniela me agarró el brazo y me halaba, forzándome a seguirla al centro de las escaleras.

—Nana, ¿recuerdas la caja grande marrón que estaba al lado del árbol de Navidad?

—Sí, Daniela, perfectamente.

—Pues la abrí. ¡Mamá ha llenado esa caja con mis cosas para regalárselas a los niños de la Casa Meadowood! Mis botas de correr a caballo, mis faldas ¡y hasta mis juguetes! Nana, habla con mamá ¡No es justo!

La voz de Lauri nos interrumpió. Nos observaba desde abajo apoyada en la baranda con la mirada desencantada. A diferencia de Daniela, su madre era paciente y pausada.

—Nana, ¡convence a Daniela! Esos vestidos le quedan pequeños, y los juguetes... ¡Ya no juega con nada de eso! —exclamó—. A los niños del orfanato les dará mucha ilusión. Por favor, no seas terca. Hay que ayudar a los niños necesitados.

Daniela le disparó una mirada retadora, bajó varios escalones y se plantó en plan desafiante en el centro de las escaleras.

—¡Mamá!, no es mi culpa que esos niños piojosos no tengan padres. ¡No tengo que regalarles nada! ¡Son mis vestidos y mis juguetes!

Escucharla me horrorizó a tal punto que la agarré por el brazo para llevarla a mi habitación.

—Daniela, estás actuando de forma irrazonable. Tenemos que hablar, ven.

Me miró agudizando la vista embargada en su soberbia. De repente se soltó de mi agarre tan airada que por poco le tiraba la bandeja al pobre Walter que subía las escaleras sigiloso.

Su conducta errática y mezquina me indignó. Me armé de paciencia y tomé su mano con más fuerza. Esta vez no titubeó e iba como arrastrando los pies hasta mi habitación. Entró en silencio y se tiró desganada en el sofá contiguo a mi mecedora. Entonces, Walter cerró de un halón las cortinas de mi balcón y se me acercó.

—Señora, ¿desea que sirva té para la señorita Daniela? —inquirió Walter, intentando aparentar más calma de la que sentía.

—Sí, por favor. Daniela y yo tendremos una larga conversación.

—Enseguida, señora.

Walter solía traer dos tazas anticipando la compañía de mi hijo o su esposa como ocurría algunas noches. —Buenas noches, señora.

—Buenas noches, Walter, por favor dile a Michael y a Lauri que no quiero interrupciones, voy a hablar con Daniela.

—Sí, señora—, dijo y cerró la puerta.

Me senté en mi mecedora al lado de Daniela. Le pasé una galletita con una servilleta, pero no se la comió. Me la devolvió arrastrando el platillo frente a mi taza sobre la mesa.

—Nana, ¿por qué me haces sentarme a tomar té? ¡Solo quería que me ayudaras a convencer a mamá de que no regalara mis cosas!

—Daniela, ya tienes nueve años, no cinco. Eres una niña buena y muy inteligente, pero tu actitud me preocupa. Me da la impresión de que no valoras lo afortunada que eres. ¿Por qué no quieres regalarles tu ropa que te queda pequeña y los juguetes que no usas a los niños y niñas del orfanato?

—Porque son míos! —exclamó.

—¿Por qué te quieres quedar con cosas que no necesitas?

—Nana, son mis cosas, no quiero regalarlas —, dijo bajando la mirada.

Sería triste verla convertirse en una mujer insensible y ajena a las realidades de la vida, pensé. Si bien me alegraba verla crecer sin vicisitudes, sabía que esa actitud solo la perjudicaría.

Desabrigué mis hombros inclinándome hacia ella desde mi butaca y la arropé con mi chal. Bajé la intensidad de la luz de la lamparita sobre la mesa contigua al sofá y regresé a mi mecedora. Ella me miraba inexpresiva.

—Si no tuvieras padres, ¿crees que tendrías todo lo que tienes?

Aunque guardé silencio en espera de su respuesta, mi mente daba vueltas, buscando la manera de influenciar a mi nieta. De repente, recordé la Casa del Trabajador. Me pregunté si es posible aprender de experiencias ajenas. Esa noche decidí ponerlo a prueba. Sabía que, con el tiempo, Daniela me daría la respuesta. Me incliné nuevamente hacia su lado como si quisiera compartir un secreto con ella.

—¿Sabes de dónde es Nana?, ¿verdad? —Le pregunté nuevamente. mientras ella me miraba directamente, agudizando la mirada. Entonces, aunque sabía la respuesta, me contestó con una suave interrogante, —¿Inglaterra? —me preguntó en voz baja.

—Sí, Inglaterra. Allí conocí una historia sobre una niña de nueve añitos que, al igual que tú, era hija única, pelirroja de pelo largo, también rizado...

Sus ojos aliviados se abrieron como platillos al entender que en vez de un regaño escucharía una historia.

—¿Cómo yo? —soltó con un chillido entusiasmada.

—Sí, como tú. Se llamaba Julie, era muy risueña, de ojos grandes color café.

Daniela abrazó el cojín escuchándome atenta.

Los copos de nieve, que acariciaban la ventana a mis espaldas, iban ambientando la noche, especialmente, en aquella maravillosa ocasión.

Y comencé...

Capítulo 2

Desde el interior de la elegante mansión de los Cartwright, en el centro de Londres, se escuchaban las carretas haladas por caballos, berrinchando agobiados de la incesante lluvia. Corría el año 1901.

Julie andaba sigilosa por el silencioso y oscuro pasadizo de empleados que, en la mansión, señalaba la gran diferencia entre el estilo de vida de los amos de la casa y su personal de servicio. Mientras andaba, la niña sostenía un vasito de agua que tapaba con la mano, y aun así el agua se le iba derramando desde la cocina hasta las empinadas escaleras que llevaban al ático. Las subió de manera cautelosa, entonces entró al cuartucho esquinado que compartía con su madre, Hannah, quien la esperaba acostada. Colocó el vasito de agua medio vacío ahora sobre una vieja mesita de noche y se sentó a los pies de la cama para acompañar a su madre.

Hannah era una joven de veinticinco años, mucama interna de los Cartwrights; y se encargaba exclusivamente de la cocina y lavandería. La chica de porte membrudo y actitudes complacientes, gozaba de una hermosa melena de cabello castaño, largo y ondulado; aunque no la lucía puesto que por su oficio la llevaba recogida y cubierta con una pañoleta blanca.

También era tímida. Ese día, la joven se había lastimado el pie mientras caminaba por el oscuro corredor y no pudo cumplir con las faenas del día, la señora Cartwright estaba furiosa.

La joven, que estaba acostada, permanecía recostada sobre varias cobijas dobladas, que escudaban su espalda de los incómodos metales oxidados del cabezal. Observaba atenta cómo el médico le frotaba una crema espesa en el tobillo lastimado antes de envolverlo delicadamente con un rollo de gaza blanca.

Al doctor Cook le bastó echar un vistazo al pie para saber que no podría trabajar durante los próximos días.

La joven forzaba una sonrisa, acompañada de una mirada cargada en gratitud por las atenciones del doctor.

—Doctor, ¿por qué me duele tanto el tobillo? No puedo caminar —le susurró Hannah.

El hombre, buenazo y de cachetes inflados, la miró inmutable, para levantarse de la silla de madera, ajustarse el cinturón que apretaba su vientre abultado e inclinarse hacia ella.

—Señora Ames, lo siento mucho, pero no puede trabajar. Sufre un desgarre en el tendón y lo único que la ayudará a recuperarse será mantener el pie inmovilizado, y descansar. No puede ponerle presión al pie.

El doctor Cook, conocía de sobra el carácter de la señora Cartwright; y sabía que las malas noticias crearían conflictos. La señora Cartwright inhaló molesta y él la escuchó. Entonces, el hombre se volteó desde su silla que estaba frente a la cama y la miró con ojos grandes de incredulidad, por su falta de empatía. La señora Cartwright no se movía, seguía apoyada contra la puerta de la habitación, desde la cama solo se apreciaba la sombra de su robusta figura. Tras escuchar las sugerencias del doctor, se aproximó a la cama e incrementó gradualmente la luz de la lamparita. Se mantenía atenta, con mala cara y su mirada desconcertada parecía ahogarse en su propia hostilidad.

—Oh, doctor Cook, ¡no nos dé tan malas noticias! ¡Mi esposo se va a enfurecer! Estamos en plena Navidad y necesitamos que todo el servicio trabaje sin excepción alguna —dijo la señora con actitud impetuosa.

El doctor se abotonó el abrigo y agarró el sombrero a los pies de la cama. Se cubrió su calva y aprovechó la luminosidad para enrollar lo restante de la gasa blanca; entonces la guardó en su maletín. El desinterés de la señora por la salud de su empleada era irrebatible, pero el afable galeno insistió:

—Señora, Cartwright, si quiere que la señora Ames sea eficiente en su trabajo, le aconsejo que le dé una tarea que pueda hacer mientras descansa el pie. De lo contrario tardará en mejorarse.

—Algo tiene que hacer —dijo la señora Cartwright en tono indolente—. Mañana tendremos invitados.

—Si le pide que trabaje como acostumbra, no rendirá mucho y tardará en mejorar; ¿no cree que eso sería contraproducente? —repuso el doctor—. Buenas noches.

Ella asintió de mala gana y agachó la cabeza.

—Lo acompaño, doctor.

La señora se alejaba llevándose gran parte de la iluminación de la oscura habitación. Entonces, la niña bajó de la cama con cuidado de no rozar el pie de Hannah, su madre, y caminó de puntillas hasta la puerta. Se asomó al oscuro pasillo y, tras asegurarse de que gozarían de privacidad plena, avanzó hacia la cama nuevamente.

—Mamá, ¿qué vamos a hacer? —susurraba—. Creo que puedo ayudarte con tu trabajo hasta que mejore tu pie. Puedo hacerlo todo, creo...

Hannah la notaba cabizbaja, con la mirada inquietante y el semblante pálido a causa de los nervios. La lograba ver gracias a una chispa de luz que se irradiaba desde una velita, en la entrada de la habitación. Hannah le sonreía, inapetente, acariciándole el cabello, aunque en secreto ella temía perder su empleo.

—Trabajaré como siempre y cuidaré de ti... No te preocupes por los problemas de la gente grande. Todavía eres pequeña para eso, ¿de acuerdo?

El tierno momento se interrumpió con el ruido de unas zancadas que se aproximaban. La señora Cartwright avanzaba por el pasillo, acompañada de su lámpara que venía alumbrando gradualmente el espacio en la habitación. Entró al cuarto malhumorada y cerró la puerta de un tirón. Se arrimó hacia la cama y se inclinó frente a Hannah.

—Señora, Ames, tiene que tener más cuidado cuando camine por los pasillos. Voy a bajarle el sueldo para cubrir el pago del doctor Cook. Y no crea que se va a quedar durmiendo. En esta casa todos tienen que trabajar sin excepciones.

—Lo entiendo, señora Cartwright. No tengo inconveniente —dijo Hannah.

—¡Eso espero! —le espetó la señora Cartwright, mientras alzaba la lamparita, vigilando a la niña, que permanecía acostada al lado de su madre y hundía su carita en la almohada, evadiendo la mirada de la desdeñosa señora.

—Tiene que darle gracias a su suerte, porque la mantenemos trabajando en esta casa y le damos techo a usted y a su hija. Desde que murió su esposo, ya no tenemos por qué darle de comer a dos bocas por el trabajo de una. La quiero en la cocina mañana a primera hora

—Sí, señora —dijo Hannah en voz baja, esperaba esa reacción de la patrona ante su accidente. La presencia de la señora Cartwright desbordaba altivez. Salió del cuarto mientras la luz de su lamparita se desvanecía con el ruido de sus pasos.

El dormitorio contaba con una cama pequeña que compartían madre e hija. Las barandas oxidadas del cabezal hacían coro a los muelles que sostenían el colchón, cualquier movimiento provocaba el chillido desagradable del roce de metales. Aparte, ambas contaban con una sillita de madera junto a un armario y un cubo de metal, que Hannah mantenía lleno de agua para asearse al despertar. Solo una ventanilla, por la cual se podía apreciar un hilo de luz durante las horas tempranas de la mañana, ambientaba la habitación.

Cada año que pasaba, la humedad de las paredes se intensificaba, pero la costumbre había dejado el olfato ajeno al desagradable olor.

La señora Cartwright no se conmovía ante las condiciones decadentes de la alcoba en el ático. Sin embargo, la joven se sentía agradecida y conforme de tener alojamiento, porque así se protegían del frío y de las frecuentes lluvias, que son acompañantes fieles del invierno londinense.

El viento soplaba violento y silbaba azotando las ramas de algún árbol, que rasguñaban el cristal de la ventanilla; esa noche, el sonido del viento se escuchaba más que otras veces. También el frío se sentía más intenso que otras noches y atravesaba las paredes de la habitación afirmándose en el silencio.

Hannah abrigaba a la niña en su regazo y notó que la niña, al igual que ella, estaba desvelada.

—Julie, ve a la esquina y trae esa vela, necesito luz.

Julie se levantó obediente y se agachó sigilosa para tomar el plato que desbordaba cera de la vela medio gastada.

Cuando volvió a la cama lo colocó con cuidado sobre la mesita y se sentó junto a su madre, quien se alzó el cabello para despejarse el cuello; entonces desprendió la cadena que aún lo adornaba. Hannah y su hija coincidieron con una silenciosa mirada, cuando la joven sostuvo la cadena con ambas manos frente a la niña que, al verla frente a ella, levantó y sujetó su cabello en alto, al tiempo que su madre se la prendía. Una medalla ovalada de plata colgaba de la hermosa leontina que, por ser peculiarmente larga, destacaba desproporcionadamente sobre el torso de la niña. Julie, ahora, la sujetaba, mirándola maravillada.

—¡Qué bonita mamá!, ¿para mí?

Su madre sonrió afectuosa. Su trato era muy cordial, aunque a veces se encrespaba cuando la niña la sacaba de sus casillas. Julie solía pegar la orejita detrás de las puertas para escuchar conversaciones ajenas, y eso a su madre la enfurecía. No obstante, la niña llenaba sus días de amor y alegría, pues era todo lo que tenía.

—Sí, es una cadena de plata que tu padre me regaló las primeras navidades de casados, antes de que nacieras. ¿Ves esto?

Hannah tomó la medalla y pulsó un ganchito en el centro. Julie, que no desviaba su vista de la pieza, respiró hondo, como sorprendida. Había visto la medalla de su madre a diario, pero la impresionó ver cómo el hermoso medallón se abrió en dos.

—Mamá, ¡qué bonita! ¿Qué dice?

—Dentro de la medalla se leían las iniciales H & J grabadas.

—¿Ves? H y J son de Hannah y John, tu padre. Quiero que la lleves contigo en todo momento y nunca olvides que te cuidaré siempre. Desde hoy las iniciales dirán Hannah y Julie.

—Mamá, si algún día te vas al cielo con papá, ¿podrás oírme si abro la medalla?

—Quizá, Julie, pero, aunque no te oiga, te cuidaré desde el cielo.

La niña la besó y se recostó a su lado, mientras se arropaba con las ásperas cobijas. Batallaba contra el sueño, con los ojos entrecerrados; y buscaba lograr vencer el sueño, pero le pesaban mucho del cansancio.

—Algún día voy a trabajar y voy a ganar suficiente dinero para comprar una casa tan grande como la de los Cartwright, y no tendrás que trabajar más mamá...Yo te cuidaré...

Su madre sonreía, acariciando a la niña, y la observaba rendida; entonces, ambas gozaron de un sueño profundo hasta el próximo día.

Capítulo 3

―――――――――――――◇―――――――――――――

A la mañana siguiente, Julie se despertó con el ruido de varios portazos provenientes de la planta inferior al ático. Eran las seis de la mañana y Hannah ya se había levantado a cumplir con sus faenas diarias.

Julie retiró las cobijas que la mantenían ajena al frío, y se levantó con holgazanería hacia el cubo de metal, al lado del armario, con el que solía asearse. Se estremecía de tan solo mirar el agua, usualmente fría, pero, aun así, hundió sus manitas y se lavó la cara a prisa. Después de estrujarse los ojos fue que se animó a espabilarse.

Aquel día parecía que había muchísimo que hacer, los Cartwright esperaban unos amigos para celebrar juntos la Nochebuena, antes de Navidad. Durante esas fechas los señores solían recibir invitados, y la niña ahora debía ayudar a su madre.

Sin perder tiempo, se puso el vestido color crema, tendido sobre la silla. Agarró una cinta de tela deshilada y bastante ajada y se la amarró a la cintura antes de rematarla en un lazo. La tela sobre la falda del vestido le quedaba corta sobre los tobillos y lucía descolorida. No obstante, era su vestido favorito y con el que solía engalanarse en ocasiones especiales, y ese día realmente era especial. Dio un par de saltitos juguetones, se agachó frente a la cama y, tras despejarse la vista de su cabello revoltoso, agarró sus botas y se sentó en el colchón.

Calzaba sus botitas en suspenso, casi inmóvil, anticipando el desagradable chillido del roce entre los muelles y el cabezal oxidado que le causaba escalofríos. Se apresuró a salir del cuarto sin olvidar su gomilla y el cepillo que agarró de su mesita de noche, entonces caminó hacia el pasillo, que estaba destinado al uso exclusivo de empleados y carecía de iluminación. El suelo era de cemento y las paredes estaban despintadas. La falta de mantenimiento provocaba filtraciones frecuentes que ocasionaban un olor desagradable, aunque la niña arrugaba la nariz y sin olfatear caminaba cautelosa. Iba palpando la escabrosa pared que le servía de guía hasta que llegó al comienzo de las oscuras y empinadas escaleras. Cuando se topó con el primer peldaño, entonces se sentó, y como las escaleras no tenían pasamano, las bajó sentadita de escalón en escalón. Una vez que bajó al piso inferior, marchó por el pasadizo que corría por el centro de la casa, posterior al pasillo principal y al que se accedía fácilmente por puertas secretas, desde cada una de las alcobas de la lujosa casona.

Andubo pasando de largo varias puertas, que flanqueaban el decrépito pasillo, hasta que llegó frente a una puerta enorme, color caoba, y la golpeó con el puñito dos veces. Enseguida escuchó la voz recargada de la señora Chapel, la ama de llaves y supervisora del personal de servicio de la casa.

—Pasa, Julie. Entra y no molestes, tenemos demasiado trabajo.

Julie entró y de inmediato vio que la cocina estaba saturada de cajas llenas de comestibles, dulces y flores. Observaba la dinámica agobiante que se desenvolvía con el ajetreo de los preparativos. La señora Chapel agarró una caja con ambas manos y la colocó al lado de la alacena. Julie, curiosa, comenzó a rebuscar su contenido. Antes que pudiera encapricharse de cualquier cosa, la señora la tomó por el brazo halándola hasta la mesa de madera, junto a Hannah que estaba sentada despellejando papas, con su pierna sobre una almohada, en lo alto de una silla debajo de la mesa.

—¡Hoy no podemos tenerte por el medio de la cocina! —dijo la señora Chapel en alta voz y con aire autoritario—. ¡Los señores tienen invitados muy especiales, y ya nos han advertido varias veces que no quieren inconvenientes ni distracciones! —exclamó.

Agarró una papa del puñado asentado sobre la mesa y se la dio a la niña. Julie la miraba perpleja y un poco asustada. El ama de llaves la cacheteó afablemente.

—Así que toma —dijo la señora—. Haz dos muñecas con esta papa y juega tranquila.

—Pero, señora Chapel, me ha dado una sola papa. ¿Cómo puedo hacer dos muñecas con una papa?

La señora Chapel le quitó el cuchillo a Hannah, se volteó apresurada y le quitó la papa a Julie. Entonces cortó de un tajo la papa en dos.

—Toma, niña, ya no tienes una, ¡ahora tienes dos papas! Corre a hacer tus dos muñecas y no molestes a tu madre, que tiene mucho trabajo.

—¡Gracias, señora Chapel!, mire lo que me ha regalado mi madre... —dijo la niña y se sacó la cadenita por el cuello del vestido— Es una medalla, para que me escuche desde el cielo, si algún día se va con mi papá.

La señora se ajustó el delantal y se lo apretujó en la cintura; entonces, agarró la canasta de ropa limpia y la cargó sobre una de sus voluptuosas caderas. Aunque las faenas de lavandería no eran su responsabilidad, lo hacía con gusto por ayudar a Hannah. Se dio cuenta de que la niña seguía frente a ella y bajó la mirada para inspeccionar el medallón. Le echó un vistazo y parpadeó con los ojos en blanco. De esta manera, mostraba el visaje que solía hacer para expresar desinterés.

—Está muy bonita, pero te quiero en esa esquina. Como te portes mal, ¡te quito la medalla hasta que aprendas a escuchar!

Hannah prestaba atención ojeando con el rabillo del ojo. Trataba de aguantar la risa que le causaba el humor oscuro de la señora Chapel.

—Señora Chapel no tiene que hablarle así. Ella es pequeña, pero sabe escuchar a los adultos y se porta muy bien —recalcó Hannah.

La señora Chapel mostró su sonrisa forzada, al notar que la niña quedó desconcertada ante su amenaza. De inmediato, intentó corregir el efecto que tuvo su broma y comentario de mal gusto.

—Está muy bonita tu medalla, Julie, ¡muy bonita! Ahora ve donde tu madre a que te recoja el pelo, para que no se te enrede en la cadena y tengamos que cortártelo como a un niño.

La cacheteó cariñosa y se fue hacia el pasillo de servicio, sin soltar la canasta en su cadera. Julie colocó los trozos de papa sobre la mesa y caminó hacia su madre, mientras sacaba el cepillo y la gomilla del bolsillo. Hannah soltó el cuchillo sobre la mesa, se secó las manos con el delantal y, tras darle un par de cepilladas, tramó el cabello en una trenza sencilla, que recogió en un rodete y pinchó con dos hebillas de su propio peinado.

La niña sentía el estómago apretado de hambre, no había probado bocado desde la noche anterior. El accidente de su madre en el pasillo, junto con los regaños de la quisquillosa señora Cartwright, le espantaron el apetito y prefirió acostarse con el estómago vacío.

—Mamá, tengo hambre —dijo Julie en voz baja.

Hannah se volteó y estiró los brazos hacia la tabla de madera, para alcanzar una taza con caldo que había preparado un rato antes.

—Toma, Julie. Esto te calmará el hambre hasta que sea la hora de almuerzo.

Julie removía el caldo caliente con una cucharilla, esperanzada en encontrar un pedacito de carne para saciar el hambre. Como no lo encontró, lo acompañó con un pedazo de pan. Comía sin rechistar y su madre tampoco cruzó una palabra. Estaba atareada, preparando el festín para los invitados de la casa.

—Mamá, ¿vas a trabajar para la señora Cartwright para siempre? —preguntó la niña entre sorbos y enseguida terminó la sopa.

—Eso espero, Julie, ¿por qué preguntas?

—Porque si se enfada como anoche, a lo mejor no quiere que trabajes más para ella.

—No sé por qué piensas en esas cosas, Julie, estás muy pequeña para pensar en problemas. Si eso pasa ya veremos —le contestó Hannah en voz baja otra vez.

—Pero, ¿trabajarías para otra familia? —preguntó la niña, al tiempo que pinchaba una papa con varios imperdibles y enganchaba una servilla. Confeccionaba una muñeca.

—Claro que sí, Julie; seguro que muchas familias necesitan personas que las ayuden, y nosotras ayudamos a quien nos necesite. Y también sabemos limpiar muy bien, ¿verdad?

La niña asintió con el movimiento de su cabeza. Y se levantó para ir hacia una caja que estaba colmada hasta el tope de flores. Agarró varios lirios y una rosa. Cuando volvió a la mesa, su madre la miró con el rabito del ojo, entonces se volteó hacia ella con un gesto de alarma.

—¡Julie! No puedes tocar las flores... Esas flores son para los arreglos de la cena y para los cuartos de la casa ¡Ponlas de vuelta en la caja! ¡Ahora!

En esas estaban, cuando entró el mayordomo, el señor Parker, quien agachaba la cabeza eludiendo así el picaporte de la puerta que daba a la cocina desde el comedor. El hombre, parecido a un ganso y de modales refinados, podía tocar el techo con la mano.

—Hannah, los invitados están por llegar, la señora Cartwright quiere que le sirvamos un buen vino y algunos bocaditos antes de la comida. —Dijo el hombre caminando hacia la caja de flores. Hannah le abría los ojos a su hija y gesticulaba muecas, ordenándole que escondiera las flores. Julie se negaba moviendo la cabeza testaruda, cuando Hannah se lanzó con medio cuerpo sobre la mesa, en su intento de arrebatarle la rosa y los dos lirios, sin éxito. El mayordomo agarró la caja llena de flores dispuesto a salir por la puerta hacia el patio, cuando vio a la niña jugando con las flores y sus dos papas. La miró disgustado y Hannah, que esperaba que la travesura de Julie pasara desapercibida, lanzó con resignación una bocanada de aire, al escuchar el regaño.

—Señora, Ames, usted sabe lo importante que es que su hija se mantenga fuera del alcance de las flores de la señora Cartwright.

—Si... Ya... —dijo Hannah, para agachar la cabeza avergonzada.

Julie se plantó frente al señor alzando la mirada, lo percibía tan alto como una jirafa.

—Disculpe, señor Parker, ¿a dónde lleva esa caja con flores? —preguntó Julie, con una sonrisa genuina.

—Voy a sacarlas al taller —respondió el señor después de agachar suficientemente su cabeza—. Una dama nos visitará pronto para preparar los arreglos de la señora Cartwright.

Julie se viró, para ver a su madre que bajaba la cabeza abochornada, entretanto ella enjuagaba las papas peladas en un cubito con agua y sal. Entonces la niña, insistente, le haló la chaqueta al señor Parker:

—Con permiso, señor Parker, mi mamá me pidió que no tocara las flores de la casa, pero no le hice caso... Porque le estoy haciendo una muñeca a la señora Cartwright, para que la siente de adorno en su árbol de Navidad

Hannah alzó la mirada incrédula, y el semblante del hombre se transformó con una sonrisa cordial.

—¡Oh! —exclamó agradado.

Se inclinó a mirarla, y al segundo su rostro se tornó en espanto, cuando la niña le mostró la "muñeca", que era una papa con dos guisantes incrustados y envuelta en una servilleta, pinchada con alfileres ordinarios. Por su parte, Julie sonreía orgullosa.

—Humm..., estoy seguro de que a la señora Cartwright le va a gustar tu regalo —dijo el señor Parker.

La cara de Julie se iluminó con ilusión, al escuchar el comentario del hombre, que siempre solía mostrarse distante.

—¿Cree que le guste de verdad, señor Parker? —inquirió nuevamente la niña con una sonrisa.

—Sí, estoy seguro, Julie... Por favor, Hannah, asegúrese de darme la muñeca antes de cerrar la cocina.

—¡Se llama Daisy! —dijo Julie—, la muñeca se llama Daisy.

—Humm, humm. Por favor, Hannah, asegúrese de traer a Daisy antes de cerrar la cocina.

—Sí, señor Parker —contestó Hannah, aliviada.

Entonces partió hacia la caseta del jardín. Julie le sonreía a su madre que sacudía la cabeza, resignada a lidiar con sus ocurrencias.

Transcurrieron un par de horas, durante las cuales Julie se hubo entretenido jugando a las muñecas con sus dos pedazos de papa. Se cansó de jugar y las echó a un lado; entonces se sentó junto a Hannah al tiempo que se comía una rajita de pan y tomó un sorbito de té de la taza de su madre. Vio a sus espaldas el trastero de vajilla sucia que le aguardaba a Hannah sobre la pileta y ello la hizo bostezar, solo se animaba a lavarla. El reflejo de una sombra se plasmó de momento sobre la ventanilla de la puerta que daba a la calle, y esto le llamó la atención.

Se inclinó para observar desde la silla, su rostro se iluminaba ahora sonriendo. Saltó de su asiento, con la típica risita de niña traviesa que intentaba reprimir, tapándose la boca con la manga deshilada de su vestido. Hannah, la censuró sin dejar de sucumbir a su encanto infantil.

—Julie, no juegues con la comida. Termina y no hagas muecas.

La niña asintió, mientras se restregaba la boquita con una servilleta.

—Mamá, es Peter. ¡No puede entrar! ¡Ji, ji!

—Ábrele la puerta, Julie, ¿qué esperas? ¡Pobre criatura! Hace un frío terrible. Abre la puerta y llama a la señora Chapel.

El chico la esperaba con la cara pegada a la ventanilla.

Tan pronto la niña le abrió la puerta, el chico se metió en la cocina de un empujón, y se soplaba las manos, en el intento de aliviarlas del frío con el calor de su propio aliento.

—Has tardado mucho en abrirme, Julie. ¿Te da gracia que me esté congelando ahí afuera? ¡No es gracioso! —dijo el niño y se quitaba la boina, la chaqueta negra que, aunque le quedaba grande y se veía pesada, a él no le resultaba incómoda; por el contrario, le gustaba. Si bien le abrigaba, también escondía su canija figura.

Se sentó con confianza junto a Hannah, mientras Julie agarraba su gorro y la chaqueta y los colgó en el gancho de madera, detrás de la puerta que daba al pasillo de servicio. Tras colgarlo, caminó frente a su amigo con el típico porte de una señorita mandona.

—Voy a llamar a la señora Chapel, para que te dé instrucciones. No hables con el señor Cartwright. Tiene muy mal genio.

Hannah se llevó un dedo a los labios.

—Shisss... Julie, habla más bajito, no quiero que te escuchen dando tú instrucciones. Eso lo hacemos los adultos. Ahora ve, busca a la señora Chapel, y no hagas ruido —le pidió Hannah en voz baja.

—Está bien mamá.

Julie fue a la alacena, y guardó a Daisy sobre una repisa junto a los manteles de lino y otros más finos. Sin decir más, salió de la cocina hacia el corredor de servicio.

En la pomposa mansión, Hannah y su hija pasaban por los corredores como fantasmas, invisibles e inadvertidas, aunque ellas lo preferían así. Evitaban exponer sus oídos a los desagradables regaños de la señora Cartwright.

Pasaron unos minutos, durante los cuales la niña caminaba paciente en la oscuridad. Se acercaba frente a la puerta de la biblioteca, cuando de repente escuchó la voz chillona de la señora Cartwright. La señora se escuchaba protestona con la respiración agitada desde la habitación contigua a la biblioteca, en el despacho del señor Cartwright. Julie abrió los ojos grandes, sobrecogida de curiosidad, y se echó a un lado despacito, casi como para aguantar la respiración. De espaldas contra la pared, arrastraba los pasos lentos hasta que llegó frente a la puerta de la oficina y se inclinó. Arrimó la cara a la puerta con el ojito pegado al hueco de la cerradura. No la sorprendió ver al señor Cartwright sentado en el sillón de piel mostaza frente a la chimenea, inhalando el humo del tabaco que fumaba con su pipa de madera. La señora Cartwright estaba de pie repasando detalladamente un documento con lupa, y mala cara. Una joven tímida, se notaba cabizbaja, aguardaba sentada en una silla al lado del señor Cartwright.

—Esto es inaceptable —dijo la señora Cartwright—. No voy a hacerme cargo de ninguna persona que no tenga un certificado con credenciales impecables.

—Señora Cartwright, pero esas personas tienen años de experiencia...

—¡No me importa! —gritó la señora—; solo con un certificado de excelencia las mandaré a América, pero ¡no por menos de diez libras cada una! Quiero que le de ese mensaje a la señora Banks.

En un arrebato de locura, la señora tiró los papeles que leía sobre la falda de la joven. La chica atónita, no pudo evitar que las hojas resbalaran de su falda al suelo.

—No voy a perder mi tiempo por menos dinero. Ustedes no saben lo difícil que es encontrar empleados de servicio con una excelente preparación. ¡No voy a mandarle a nadie más, a menos que acepte mis nuevas condiciones! —concluyó la señora con aires de superioridad, y partió pomposa por la puerta correspondiente hacia el pasillo principal de la mansión.

A diferencia del pasillo de servicio, este pasillo gozaba de una exquisita decoración. Los marcos que bordeaban las pinturas eran de bronce pulido y brillaban como oro palestino. Los candelabros, suspendidos en el techo, parecían un juego de diamantes flotantes de excelente calidad, y su contraste con la alfombra roja, que arropaba el pasillo, daban un aire de majestuosidad.

Julie espiaba atenta, y observaba a la joven inclinada frente al señor Cartwright, recogiendo los papeles con la cara tensa y las manos temblorosas. Entonces Julie apartó la carita de la puerta súbitamente y se sentó de espalda contra la pared.

—¿Nos mandará a América en un barco...? —se preguntó.

El rompecabezas de dudas y preguntas, en su cabeza, se derrumbó al acordarse que tenía que buscar a la señora Chapel. Peter, quien era su hijo, la esperaba para limpiar la chimenea. De hecho, se levantó apurada y anduvo hasta el frente de la puerta de la biblioteca. Julie estiró la mano y agarró la manilla para abrirla, cuando la señora Chapel se le adelantó de improviso, y abrió la puerta de un tirón. Ambas saltaron del susto.

—Por el amor de Dios, ¿quieres matarme de un infarto, niña?

—Disculpe, señora Chapel. Peter la espera en la cocina para que lo lleve a la chimenea de los señores.

—Siempre me están interrumpiendo en medio de mi tarea. ¿Cómo se supone que termine todo lo que me piden los señores, si no me dejan trabajar? —musitaba la señora, malhumorada. Cojeaba aligerando el paso hacia la cocina, perdiéndose en las tinieblas que reinaban en el decadente pasadizo. Julie caminaba a sus espaldas, aguantando su risita, ya estaba acostumbrada a escuchar las regañinas de la señora, que era protestona por naturaleza, aunque en el fondo gozaba de un gran corazón. Cuando la señora Chapel abrió la puerta de la cocina se encontró a su hijo sentado junto a Hannah, tomando caldo de una taza. Julie también entró, pero sonriente.

—El caldo no tiene pollo, pero si lo acompañas con pan, te sentará mejor y te quitará el hambre —dijo con aires de enfermera.

Él asintió moviendo la cabeza. Terminó la sopa de un buche y le dio la taza a Julie, quien la tomó diligente y la colocó en la pileta junto a los platos sucios.

Cuando Peter se levantó de la silla, se percató de que Hannah descansaba el pie sobre una silla, bajo la mesa, y se agachó curioso. Comenzó a observar el pie envuelto nítidamente en gaza blanca, mientras la joven continuaba pelando papas con tal esmero que parecía entretenerse en algo interesante, lo encontraba divertido. El chico, que estaba agachado curioseando frente a la mesa, se incorporó y alzó la mirada.

—Señora Ames, ¿qué le pasó en el pie?

Julie se sentó al lado de su madre esperando la respuesta. Hannah permanecía medio distraída, sin contestar.

—Mi mamá estaba llevando la ropa limpia al cuarto de la señora Cartwright, y como no había luz en el pasillo, mientras yo caminaba me pisé la falda y se me dobló el pie. El doctor Cook le dijo que debe descansar para que se mejore, pero como a los señores les gusta comer tanto, mi mamá tiene que cocinar con el pie enfermito —dijo la niña en tono teatral y parodiaba así la postura del señor Cartwright, imitando su forma de caminar, con las piernas entre abiertas.

—¡Un día, el señor Cartwright se va a caer rodando por las escaleras, por lo mucho que le pesa la barriga! —dijo Peter y se echaron a reír. A la señora Chapel, que proponía formalidad bajo el techo de los Cartwright en todo momento, se le desfiguró la cara de mal humor que agarró, ante las burlas de Julie y su hijo sobre la apariencia del patrón. A Hannah le bastó una mirada punzante de la señora para reprender a la niña.

—Julie, ¿cuántas veces tengo que pedirte que, por favor, te reserves esos comentarios? Son de muy mal gusto... Un día los señores te van a escuchar y vas a causar un problema grande. Por favor, compórtate.

La señora Chapel extrajo un deshollinador y vertió jabón en polvo dentro de un cubo colmado de agua.

—Vamos, Peter, quiero que le hagas un buen trabajo a los señores. Con suerte te pedirán que le vuelvas a limpiar la chimenea la semana que viene.

Julie contemplaba el cubo con el cepillo con extrañeza.

—¿Por qué el señor Cartwright no emplea a un adulto para que limpie la chimenea, señora Chapel?

Peter agarraba el mango del cubo que su madre le traspasaba sin esfuerzo.

—Julie, los adultos no pueden limpiar chimeneas porque no caben. Por eso me llaman a mí, porque soy pequeño y quepo por esa pared tan angosta.

—Y ¿qué vas hacer cuando crezcas, y no puedas limpiar más las chimeneas porque tampoco cabes? —insistió la niña con aire pensativo.

Peter aún aguardaba, sosteniendo la puerta del corredor de servicio, entreabierta.

—Sé lo que voy hacer. No limpiaré chimeneas por mucho más tiempo, porque ya se me comienza a hacer fastidioso también. Mi hermano carga ladrillos, y me prometió que cuando yo creciera y estuviera más fuerte, me iba a llevar a cargar ladrillos con él.

La señora Chapel lo haló de la oreja, y le encaminó fuera de la cocina hacia el pasillo de servicio.

—Vamos a limpiar la chimenea del señor Cartwright, así que no pienses en ladrillos.

Julie se sentó junto a Hannah que ahora amasaba una mezcla de harina sobre una tabla, encima de la mesa. Su mirada parecía perderse en algún recuerdo distante. La niña se cuestionaba si debía o no comentarle a su madre sobre lo que escuchó en la biblioteca y, aunque sabía que a su madre la enfurecía que espiara detrás de las puertas, la inquietud impuesta por la curiosidad desbordante la impulsaron a indagar. No pudo contenerse, y se le arrimó.

—Mamá, ¿alguna vez has estado en América?

—No, Julie, ¿por qué?

—Cuando fui a buscar a la señora Chapel, escuché a la señora Cartwright protestando y le gritaba a una joven... El señor Cartwright estaba sentado. Estaban con unos papeles y...

—No quiero oír más —la interrumpió Hannah—. No debes escuchar conversaciones ajenas. Es una mala costumbre y de muy mala educación. En este instante para de hablar del tema.

—Mamá, pero la escuché...

—¡Shisss! —censuró Hannah y le exigió silencio—. No quiero que la señora Chapel te escuche y mucho menos la señora Cartwright —dijo molesta.

Julie aguantó el cuchicheo agachando la cabeza retraída, mientras se levantaba de la silla. Entonces se subió sobre un banquito de madera frente a la pileta y comenzó a lavar el trastero de platos sucios en silencio. Se entretenía enjabonando y enjuagando las cucharas, tazas y cacerolas.

En el transcurso de media hora entró el señor Parker. El hombre de porte holgado cubría sus magras zarpas con guantes blancos que eran exclusivos para servirles a los señores y a sus invitados en fiestas especiales. Con tan solo dos pasos de sus espigadas piernas se afincó frente al caldero de carnes y papas que se cocinaban a fuego lento. Miró a Hannah con el rabillo del ojo, mientras ella fingía estar despistada. Precavida, agarró una cuchara limpia al lado de la pileta y alzó la tapa del delicioso guisado que soltó su exquisito aroma tan pronto lo destapó. Entonces se llevó una cucharada de caldo a la boca que deleitaba con los ojos cerrados.

Al señor Parker le fascinaban los exquisitos guisos de Hannah, pero jamás se lo admitiría. Era el cotilla de la señora Cartwright y prefería distanciarse de los demás empleados de servicio. Se dispuso a tapar la olla, percatado de que la niña estaba lavando los trastes y que le miraba arrugando la cara y fingiéndose molesta. El señor Parker, abochornado, le pellizcó el cachete y se ajustó la corbata del smoking.

—Ya los invitados están sentados. Comenzaré a llevar el vino y los platos de entrada. Por favor, señora Ames, vaya pasándomelos. Y déjeme saber cuándo esté listo el cocido por favor —dijo apurado.

Hannah, que estaba sentada dándole la espalda, se volteó a medias.

—No sé, señor Parker, dígame usted... ¿Está listo? —inquirió con una sonrisa cálida.

El señor Parker avergonzado, hizo caso omiso a la pregunta y se volvió ajustar la corbata innecesariamente. La niña que terminaba ya de lavar la trastera se echó a reír.

Hannah se levantó de la silla y comenzó a arrastrar el pie. Se inclinó hacia el tablero contiguo a la pileta y tomó la bandeja preparada y se la pasó. Era una fuente de plata, donde servían una gran variedad de exquisitos quesos, panes de diversos granos y mermeladas. El señor cargó la bandeja con su alargado brazo que parecía de goma.

Julie bajó del banquillo y se paró frente al mayordomo para halarle la chaqueta.

—Espere señor Parker… —dijo la niña. Corrió a la estantería y buscó la papa vestida con servilletas. Ya le había enganchado la rosa y los dos lirios en el tope de la papa que pretendía ser la melena de aquella supuesta muñeca. El señor esperaba sonriente, incluso sosteniendo en alto la bandeja.

—Tome, señor Parker. Quiero que Daisy adorne el árbol de la señora Cartwright. Dígale que es de parte mía, ¡ah!, y de mi mamá. ¡Feliz Navidad!

Aunque el estirado asistente reprimía su sonrisa, la dulzura de la niña lo desarmaba. No logró esconder la chispa que emanó de su mirada.

—Se la daré, Julie —dijo el hombre saliendo de la cocina presuroso con la papa en el bolsillo. Al tanto, Hannah se esmeraba en colocar los últimos toques decorativos alrededor de otra de las bandejas.

—Julie, ve pasándome los platos. No puedo hacerlo sola. Ya ves cómo sigue mi pie.

—Toma, mamá…—dijo la niña.

Le iba pasando a su madre la cuchara que hacía juego con un elegante cuenco de plata, en el que Hannah habría de servir la sopa. La madre lo tomó diligente y lo colocó sobre un platillo, al lado del tazón. Entonces Julie comenzó a pasarle los platos para que ella los fuera acomodando sobre el enorme azafate decorado, con delicados ornamentos navideños.

—Mamá, ¿cuándo crees que se te mejorará el pie? —preguntó la niña con un hilo de voz.

—Pronto, pero en estos momentos lo que urge es servir a los señores. Esperemos que mi pie no sea un inconveniente.

Julie le traspasaba los últimos platos a su madre, cuando escuchó a Peter que entraba por la puerta de servicio junto a la señora Chapel. El niño tosía incontrolablemente y la señora Chapel lo trataba de aliviar dándole palmaditas en la espalda.

Peter estaba empolvado de pies a cabeza de cenizas oscuras del carbón. Su aspecto, en conjunto con la tos, sacudían a Julie, que le miraba espantada. Sin perder tiempo, la niña agarró la primera taza limpia que vio y la sumergió en una cazuela con agua potable, que Hannah preparaba todas las mañanas.

Todos en la cocina atendían a Peter cuando este avanzó a la mesa arrebatándole la taza a Julie antes que ella se la llenara del todo. El niño se bebía el agua sin respirar, ofuscado en calmar la tos que le causó el polvorín de la chimenea.

Ya había parado de toser cuando su madre le pasó una servilleta mojada para limpiarle su cara.

—Peter, lávate las manos cuando acabes de beber agua. ¡Esa chimenea estaba tan sucia! Menos mal que te traje para que la limpiaras tú y no otro niño de la calle. Hoy día cobran demasiado por hacer un trabajo pésimo —dijo la mujer rociándole la cara todavía con una nueva servilleta empapada de agua templada.

Peter soltó la taza en la pileta y se sentó junto a Julie que imitaba las acciones de la señora Chapel, dándole ahora palmaditas de alivio en la espalda a su amiguito que la miraba agudizando la vista.

—Cuando termine el invierno, no volveré a limpiar chimeneas —concluyó afligido.

La señora Chapel asintió, estaba preocupada, quería alejar a su hijo de las tribulaciones de la vida y no hallaba cómo. El alborozo de los invitados se escuchaba desde la sala, despertando en la señora el atosigante sentimiento de culpabilidad. Reconocía que el niño se reventaba los pulmones, limpiando chimeneas a tan corta edad. Eran tiempos difíciles y su familia, al igual que la mayoría de las familias de clase trabajadora en esos tiempos, vivía con escasos recursos, y necesitaba su ayuda. No veía otra opción más que echar los sentimientos de culpa a un lado y sumergirse enteramente en su necesidad, que era también su triste realidad.

—Peter no vas a limpiar más chimeneas si no quieres, pero sabes que tienes que buscar en qué trabajar —le expuso la señora en voz baja.

—Esa chimenea me ha dejado sin respiración. ¡Qué sucia estaba! —repuso Peter.

Julie caminó junto a su madre que le iba pasando la última bandeja al señor Parker.

—¡Mamá, no es justo! Por favor, habla con la señora Cartwright, No dejes que vuelvan a pedirle a Peter que les limpie la chimenea.

—Julie, todos tenemos que trabajar y no tenemos muchas opciones durante el invierno, además ya escuchaste lo que dijo la señora Chapel, aunque no limpie chimeneas tiene que trabajar. Recuerda que la señora Chapel no vive en esta casa, ella y su familia tienen que pagar arrendamiento.

La señora Chapel asintió y observaba cabizbaja a los chicos, que permanecían sentados silenciosos. Iban aprendiendo valores importantes, mientras la vida hacía su parte preparándolos para luchar en su terreno antes de tiempo.

Ese día en la mañana, la señora Chapel había llevado con ella una muda de ropa limpia para su hijo. Sabía que, tras limpiar la chimenea, el chico acabaría embarrado de cenizas. Sacó la bolsa de tela, que guardó esa mañana en la alacena, y la soltó sobre la mesa frente a Peter.

—Ahí está tu ropa limpia. Ve al ático a lavarte, vamos a cenar ya mismo...

—¿Me dejaste el cubo con agua y jabón arriba o me lo llevo ahora? —preguntaba Peter en camino al pasillo.

—Ya lo puse al lado de la habitación de la señora Ames —contestó su madre al tiempo que desdoblaba un mantel y lo estiraba sobre la mesa de madera.

Peter salió sigiloso al pasillo de servicio y corrió al ático donde se aseó y cambió su ropa sucia por otra limpia. Guardó sus trapos con las cenizas pegadas en la bolsa de tela y marchó a la cocina, ya limpio y perfumado. Hannah, su hija y la señora Chapel lo esperaban frente a la mesa de la cocina y se sentaron a disfrutar de una variada y amena cena de Navidad.

No podían darse el lujo de cumplir con la costumbre del intercambio de regalos porque apenas les sobraba dinero para los gastos básicos; de todas formas, los niños no lo esperaban, ni preguntaron. Durante la cena, Hannah, la señora Chapel y los niños comieron postres y quesos acompañados de té mientras compartían anécdotas entre risas.

Se hubo hecho tarde cuando Hannah y la señora comenzaron a limpiar la cocina. En eso entró el señor Parker sonriente. Peter se despedía.

—¡Espere! —dijo el señor Parker.

Peter se volteó con mala cara. Supuso que quizá le pediría que volviera otro día a limpiar alguna de las otras chimeneas de la casa, y no estaba dispuesto. "¡No! tengo mucho trabajo, ¡eso diré!"—Pensó.

—Sí, señor Parker —contestó Peter con cara de pocos amigos.

El señor Parker sacó una cajita de un saco.

—Esto es de parte de la señora Cartwright, ¡Feliz Navidad!

Peter tomó la cajita mirando al hombre perplejo. Era la primera vez que la quisquillosa señora se animaba a extenderles regalos de Navidad a sus empleados. Peter, que inicialmente se mostró desabrido, cambió su mal semblante a otro resplandeciente por la grata sorpresa.

—Feliz Navidad, señor Parker. —contestó el chico animado y salió de la cocina a la calle. Camino a casa, no aguantó la curiosidad que lo impulsó a abrir su regalo. Tan pronto lo vio se le hizo la boca agua. Eran unas chocolatinas de excelente calidad que despidieron su aroma al aire en cuanto el chico abrió la tapita que las tapaba.

En la cocina de los Cartwright también había suspenso y sonrisas de complicidad. A Hannah y a la señora Chapel las tomó de sorpresa, cuando el señor Parker les hizo entrega de un hermoso pañuelo a cada una, con una pastilla de jabón muy fino que olía a extracto de rosas. Entonces el mayordomo salió de la cocina a la sala y volvió con un regalo para Julie. La niña ya daba saltitos emocionada, y hasta la señora Chapel quedó maravillada. Era una muñeca hermosa, de rizos dorados que brillaban como un sol, y sus cachetes sonrosados parecían maquillados de colorete. Julie era toda risa abrazando al señor Parker agradecida. Corrió a darle un abrazo a su madre, que tampoco lo esperaba y reía emocionada. Entonces, el mayordomo salió de la cocina con su habitual postura formal.

—Buenas noches señor Parker —dijo Hannah agradecida. —Feliz Navidad.

—Feliz Navidad, señora Ames.

La señora Cartwright esperaba en la sala, en silencio, hasta que oyó la risa de la niña. Entonces se retiró a su habitación.

Hannah y su hija ya iban de salida hacia el pasillo de servicio, cuando Julie se detuvo.

—¡Espera mamá! —dijo de pronto, y corrió hasta la puerta de la cocina que daba a la sala. Esta estaba entre abierta, y desde allí dio un vistazo al árbol de Navidad. Sonrió satisfecha. El señor Parker le había dado la papa vestida con flores y servilletas a la señora Cartwright, quien la puso junto con los demás ornamentos navideños. Finalmente, esa noche, Julie, orgullosa, lograba que su papa pinchada entre alfileres y servilletas formara parte de la linda decoración, bajo el árbol de Navidad.

Capítulo 4

Pasaron los meses cuando las recurrentes lluvias de Londres se iban integrando a la primavera. Era un Londres casi sin sol, una ciudad en la expectativa posible de la luz. En el área abierta de una parcela, a pocas casas de distancia de los Cartwright, se encontraban los niños jugando a las guerrillas. Peter y Julie creaban bolitas de fango y arena, estaban embarrados hasta las orejas. Julie se preparaba a zumbar un pelotazo a los niños del partido oponente, cuando escuchó que la señora Chapel la llamaba a todas voces. Le extrañó su falta de cordura en público, supuso que era importante. Entonces se volteó para buscarla con la mirada, cuando de repente sintió un golpetazo en la cara que la hizo saltar del susto y del dolor. Los chicos que lograron sorprenderla se reían a carcajadas.

—¡Sí, sí! ¡Ríanse más! que les voy a tirar una más grande cuando vuelva.

Dijo molesta y se limpió la cara, llena de arena con la manga del vestido. Alzaba las manos haciendo señas a la señora que la observaba desde el medio de la calle.

—¡Voy, señora Chapel! Ya perdí el juego por su culpa.

Peter también reía. Julie estaba tan furiosa que pateó el monto de arena afincado frente a ella. El chico no se salvó del polvo que le salpicó. Tosió perplejo mientras se quitaba el sombrero sacudiéndose la arena de la cara y la chaqueta.

—¡No es mi culpa, Julie! ¡Yo estoy en tu equipo! ¡No me patees! ¡Pareces un caballo! —dijo él sin animarse un ápice.

—Voy a ver qué quiere la señora Chapel, seguro que mi madre me va a reñir por jugar contigo a las guerrillas —dijo la niña y se echó andar.

—Si te riñe, dímelo. Yo te voy a defender. ¿Qué se supone que hagas metida en esa casa todo el día? Te divertirías más en un convento, rezando con las monjas, que en esa casa oliendo guisados y mirándole la cara a la amargada señora Cartwright! —le gritó Peter.

Julie se ajustó el lazo en la cintura agilizando el paso hacia la señora Chapel, que aún la esperaba, ya en la entrada de la cocina. Llegó frente a la casa con inquietud y acompañada de una ansiedad inusual que la hacía parecer débilmente extraña, diferente.

Entraron a la cocina, ella sin preguntar, y la señora tampoco le mencionó una palabra. Julie se sentó cohibida observando a la señora Chapel, que doblaba un juego de manteles sobre la mesa de madera. Terminó de doblarlos y los amontonó con cuidado llevándolos a la alacena de madera. La mujer mantenía un silencio inusual y su rostro inexpresivo lograba complementar la pesadez del entorno. Julie se levantó de la silla, no entendía su propia inquietud.

—Señora Chapel, ¿por qué me ha llamado? ¿Dónde está mi madre?

—Tu madre está hablando con la señora Cartwright. Necesito que te quedes en la cocina, y si vas a tu habitación, procura no hacer ruido. Te calentaré agua para darte un baño.

Veía a la señora Chapel que llenaba la cazuela hasta el tope de agua; y le respondía a la niña sin mirarla, sin querer hacerle caso. Entonces Julie aprovechó y salió hacia el pasillo de servicio. Como se había acostumbrado a escuchar a la mujer que la regañaba, cada vez que salía al pasillo de servicio sin avisar, le extrañó ahora ver a la mujer envuelta en su faena, y que, aunque la vio salir, no la censuró y eso a Julie la sacudió. Fue como una intuición de que "algo está pasando" —pensó—.

Tras una corta caminata, llegó hasta el comienzo de las empinadas escaleras que llevaban a su habitación en el ático, y tan pronto la niña pisaba el primer peldaño, oyó el llanto de su madre. La descompuso una corriente nerviosa que la movió a bajar el pie del peldaño. Se arrimó de espalda y silenciosa a la pared agudizando el oído atenta a ubicar el sonido de las voces. Andaba de puntillas hasta que llegó frente a la puerta que daba al despacho del señor Cartwright. Se arrodilló atenta, para enfocar su atención en la escena que observaba a través del agujerito de la cerradura, viendo a la señora Cartwright frente a la chimenea, que estaba apagada, y su madre, Hannah, frente a ella; ambas de pie. El cabello de su madre estaba inusualmente desaliñado y la señora Cartwright lucía extraña, engalanada en su vestido largo, de color rojo vino. El tejido del ajuar lucía bordados exquisitos. Los volantes de la falda en conjunto con las mangas infladas, que parecían campanas, le daban un aspecto cómico. Aparentaba estar disfrazada de algún tipo de canasta, claro está, finamente elaborada. Aunque la calidad de su ropaje gritaba excelencia a simple vista, el vestido no la favorecía.

Julie exhaló sosegada. Concluía que la señora Cartwright simplemente regañaba a su madre y eso para ella no era nuevo. Se iba a retirar entonces despreocupada cuando escuchó la voz de su madre, que sonaba desconcertada, y Julie se volvió a inclinar para escuchar mejor. Pegó el ojo en el agujerito de la cerradura tan ansiosa, que aplastaba la nariz contra el pomo de la puerta.

—Pero, ¿adónde voy a ir con mi hija, señora Cartwright? No tenemos familia y llevo muchos años trabajando para usted. Mi hija no molesta y yo siempre he sido diligente con mi trabajo... Por favor, hable con el señor, ¡se lo suplico! No tenemos a dónde ir —dijo Hannah con un hilo de voz mientras se frotaba las lágrimas con su pañuelo.

La señora Cartwright permanecía cruzada de brazos, frente a Hannah.

—Señora Ames, por favor, no haga este momento más difícil. Me siento muy mal al tener que pedirle que se vaya, pero el negocio de mi esposo ha decaído grandemente y no podemos seguir manteniéndola a usted y a su hija. Las cosas están cambiando y ahora tenemos que cortar gastos... Usted es joven y le daré una buena carta de recomendación —dijo la señora que dejaba ver una mirada con apariencia de preocupación. Eran órdenes del señor Cartwright que, aunque actuaba tras bastidores, era realmente mezquino, y la señora Cartwright solía ser su mensajera de malas noticias.

—Tiene que salir de nuestra casa mañana a primera hora. Son las órdenes del señor Cartwright sobre las mías —concluyó sin pestañear.

Hannah sacudió la cabeza en un instante de reflexión. La gravedad de su situación era inminente. No tendrían a dónde ir. La falta de soluciones inmediatas ante el problema le ponía los nervios de punta. Guardó el pañuelo en el bolsillo de su delantal, aunque era una mujer fuerte también era de modos lentos. Agachó la cabeza y asintió. A la niña se le hizo un nudo en la garganta al ver a su madre tan angustiada. Percibía su dolor como si una corriente eléctrica le encogiera el corazón.

La señora Cartwright salió de la oficina sin decir otra palabra mientras Hannah caminaba cabizbaja hacia la puerta de salida al pasillo de servicio.

Julie se levantó del suelo antes que su madre la pillara espiando por el agujerito de la cerradura, y aunque sentía las rodillas medio dormidas y las piernas pesadas a causa de los nervios, corrió hasta llegar al cuartucho en el ático. Llegó con la mente en blanco y sin aliento. Buscaba la vieja silla de madera que encontró en la oscuridad y se sentó pensativa. Cuanto más pensaba en la conversación de la patrona y su madre, más culpable se sentía ante la situación, aunque dentro de sí luchaba por rechazar esa línea de pensamiento. Se agachó aún sentada, y se descalzó. Sus botitas estaban embarradas de fango. Escuchó la resonancia desigual de las pisadas de la señora Chapel y se levantó aliviada de verla entrar al cuarto con una jarra enorme colmada de agua.

—Vamos, Julie. Quítate la ropa y vamos a darte un baño con jabón. Ese juego de guerras de arena con los niños no te sienta nada bien. A ver cuándo le tomas más cariño a las muñecas —musitó la señora.

La niña deslizó sus brazos por las mangas del vestido y tan pronto lo desabrochó, el traje resbaló de su cuerpo al suelo. Se zambulló en el enorme cubo de agua que se tornó tibia, gracias al jarrón de agua caliente que le hubo de echar la señora Chapel. El olor del jabón, mezclado con aceite de jazmín, le propiciaba un efecto relajante. Tras enjabonarla, la señora Chapel sacó un frasco del bolsillo y lo colocó en la silla, antes de lavarle la cabeza con la barra de jabón.

—¡Esto es inconcebible! Tienes mugre pegada hasta en las cejas —dijo la señora con tono de sermón.

Julie se reía de la, a veces, gruñona ama de llaves, que no solía esconder su carácter desabrido. Tras restregarle el jabón por la cabeza lo frotó sobre el cabello como si estuviese lavando una prenda de ropa, entonces lo enjuagó con el resto de agua clara que quedaba en el jarrón. Tan pronto la señora enjuagó el cabello, agarró el frasquito de la silla y lo vertió sobre la cabeza de la niña. El frasquito contenía una mezcla de té de romero, vinagre, agua clara y un chorrito de ron. Julie se puso en pie mientras la señora Chapel la iba secando antes de vestirla con su batita de dormir. Le sacudía la cabeza con un trapo, secándole el cabello. Una vez acomodó a la cría en su cama, se agachó a recoger el vestido sucio del suelo y lo envolvió en la tela que usó para secar a la niña… De pronto, se alertó de un ruido proveniente del pasillo. Agudizaba la mirada hacia la puerta, escuchando unos pasos firmes y lentos. Julie y la señora Chapel miraban atentas hacia la entrada y, tras un momento de silencio, vieron a Hannah que llegaba a la habitación.

La joven entraba con la mirada perdida y los ojos hinchados. El silencio se hizo eterno por el minuto que guardaron sin hablar. Julie permanecía sentada en la cama, observando el rostro inexpresivo de su madre, mientras esta se sentaba a su lado.

—Hannah, ¿qué vas hacer? —dijo la señora Chapel en voz baja, con aire compasivo.

Hannah estaba sentada recta, mirando al vacío, y no le contestó; había como perdido el pensamiento y era como si estuviera estancada en su propia incertidumbre. La señora Chapel, de formas lugareñas, soltó la ropa sucia al suelo y se agachó frente a ella. Trataba de buscarle la vuelta, pero Hannah procuró atribuir su malestar a un fuerte dolor de cabeza. La decisión de los Cartwright le propició una fulminante sacudida de nervios que la mantenía aturdida. Julie le tomó la mano, quería escuchar tan solo una palabra de su boca.

—Mamá, no importa si no nos podemos quedar más en la casa de los señores. Vamos a encontrar una solución, ya lo verás —fue el consuelo de la niña con voz entrecortada.

Mostraba la madurez de una viejita atrapada en el cuerpo de una criatura. Su madre la abrazó pensativa.

Hannah no tenía familia. Su padre murió de tuberculosis, cuando ella apenas cumplía tres años de edad, su hermano Albert, cuatro. Tras la muerte de su padre la familia quedó desamparada y sin recursos. Su madre, Bertha, pasaba los días limpiando escaleras para ganarse la vida. El dinero que su madre ganaba apenas le alcanzaba para poner un plato de comida sobre la mesa. Al año de la muerte de su padre, Hannah y su madre vivieron nuevamente una indescriptible desgracia. El pequeño Albert, quien para ese entonces recién cumplía cinco años de edad, perdió la batalla contra una severa pulmonía. Esa mañana, Bertha lo destapaba de las cobijas, intentando despertarle para darle su medicina, y fue cuando supo que el niño no despertaría, estaba frío como hielo y blanco como un papel.

Hannah observaba a su joven madre que se negaba a aceptar que su hijo dormía ya eternamente, y se plantaba de rodillas frente a él todas las mañanas para lavarlo con paños tibios en su lecho de muerte. Bertha gritaba como demente todas las noches hasta que los vecinos llamaron al doctor. El olor que despedía el cuerpo descompuesto del niño se apoderaba del viejo edificio, aun así, ella se negaba a aceptar la realidad. Perdió hasta la última gota de razón. Entonces fue internada en un hospital del gobierno que cuidaba a los enfermos de locura, y Hannah encontró refugio en un orfanato de monjas. Ahí creció desde los cuatro años hasta el día en que conoció a John, el padre de Julie; ella tenía dieciséis años y John veintidós. Él era el hijo del jardinero del orfanato y cuando un día llegó para ayudar a su padre conoció a Hannah, fue amor a primera vista. Enseguida se casaron y el joven, quien era cochero de los Cartwright, se la llevó a vivir con él bajo el techo de la adinerada familia. Hannah vivió los dos años más felices de su vida, junto al hombre que la hubo rescatado de la soledad de una existencia sin sentido. Después de la muerte de John, quien falleció en el impacto tras un accidente en las escaleras, Hannah volcó su amor y atención en Julie, quien venía a representar ya lo único en la vida que lograba darle aliento.

Ahora, la joven viuda volvía a sentir el desamparo que la retrotraía a las amargas memorias de su infancia, y recordó por un instante el día cuando su madre perdió la razón. Entonces eludió la memoria confiada en que Julie no viviría su misma suerte. A diferencia con su madre, Hannah no enloquecería a causa de la desesperación. Ella no era de abrumar a la gente con sus problemas o preocupaciones, pero ahora, cuando sintió que la desesperanza se arraigaba en su corazón, haciéndola desesperar, no aguantó más. La mujer de formas lentas, complaciente y corazón noble hasta rayar en la ingenuidad, tapó su rostro con las manos y se echó a llorar. La señora Chapel la abrazó y ella se pegó a su abrazo como a un bote salvavidas en el medio de un mar bravo azotado por tormentas sin piedad. No tenía la energía para pensar sobre la posibilidad de encontrar alguna solución, su situación era digna de pena. La señora Chapel se compadecía de ella profundamente, pues sabía que Hannah no tenía parientes, y se sintió en la obligación de ayudarla. No encontraba otro remedio.

—Hannah, mi esposo trabaja en el campo durante los meses de primavera y verano. Ven a casa. Te quedarás con mis hijos y conmigo hasta el otoño. Estoy segura que conseguirás trabajo en los próximos meses. Cuando regrese el señor Chapel ya vivirás bajo el techo de alguna familia y estarás feliz trabajando en un nuevo hogar —sugirió la señora Chapel con aire alentador.

Hannah la miraba con ternura y sonrió. Fue su primera sonrisa del día que ya se hacía tarde.

—Gracias, señora Chapel, no sé cómo se lo pagaré.

La señora Chapel la abrazó con calidez y se volteó a recoger el saco de ropa sucia que había soltado al suelo minutos antes.

—No se preocupe, señora Ames, si la necesito algún día se lo recordaré —repuso la señora Chapel en plan de broma.

Ambas soltaron una sonrisa, la señora Chapel sincera, y Hannah aliviada.

Capítulo 5

———◇———

Julie despertó y enseguida reparó en la ausencia de su madre. Se frotaba los ojos mientras se incorporaba y saltó de la cama. Se aseó como todas las mañanas, aunque esa mañana era diferente. Debían salir de la casa de los Cartwright, y Hannah no había perdido tiempo en preparar sus atavíos y pertenencias. En la habitación, solo quedaban las botitas junto al vestido de la niña, que estaba nítidamente tendido sobre la vieja silla de madera. Su madre tomó el tiempo suficiente para sacarle brillo a esas botitas y planchar su vestido que quedó impecable. Y todo lo hizo la noche antes, mientras su hija dormía.

Julie se vistió apresurada y anduvo a prisas hacia el oscuro pasillo. Tan pronto salió de la habitación dio media vuelta y, con una mezcla de emociones extrañas, paseo la vista por el suelo, las paredes y finalmente por el techo del espacio que las hubo guardado del frío y la lluvia por tantos años. Sin embargo, la niña no se sentía afligida, al contrario, se enardecía de pensar en las aventuras que aguardaban a partir de ese día.

Bajó las escaleras como acostumbraba y llegó hasta la puerta color caoba. La abrió sin avisar y caminaba por la cocina sin pedir permiso, sonriendo, en su intento de aliviar la incertidumbre de su madre. Esta la aguardaba sentada tomando el té de la mañana junto a la señora Chapel.

Hannah ansiaba salir del lugar y tenía el equipaje preparado junto a la puerta.

Esperaban a Peter que las guiaría hasta el nuevo hogar. La señora Chapel se levantó de la silla apoyándose en la mesa de madera y haló a Julie por el brazo.

—Ven, Julie, siéntate aquí. Come algo con tu madre. Peter llegará en cualquier momento. Vas a trabajar con él durante el verano. Por su parte, tu madre hará diligencias por el día. Ya sabes que ella tiene que salir a buscar otro trabajo —le comunicó con amabilidad.

Julie sacó el cepillo del bolsillo de su vestido y se lo pasó a Hannah, quien la cepilló y le recogió su melena en una trenza. Entonces, la mujer se levantó dirigida hacia la puerta y se inclinó para meter el cepillo en uno de los sacos en que guardaba su ropaje.

—Julie, hoy es el último día que te peino en la cocina —censuró la madre. —Sabes que es antihigiénico. A partir de mañana te peinarás en la habitación, ¿ehhh?

—Está bien mamá, ¿cuándo llega Peter?

—Ya mismo debe estar por llegar... Come tranquila.

—¿Cuándo vas a trabajar otra vez mamá?

—No lo sé Julie... Pronto espero.

—Tú, no preguntes tanto y haz lo que tu madre te diga. Esperemos que consiga otro empleo en las próximas semanas... —reiteró con cierta suavidad la señora Chapel, al tiempo que guardaba algunas servilletas de tela en la alacena.

La niña asintió sin dejar de relamer su rodaja de pan bañada en miel. El pan fresco aún despedía su rico aroma por la cocina. Los quesitos, con el tarro de miel fresca sobre una tablita, también se veían exquisitos.

—Mamá, te voy ayudar. Voy a trabajar con Peter. ¡Él hace hasta cuatro chelines diarios!, vamos a ganar lo suficiente para pagarle gastos a la señora Chapel, y tú te podrás quedar con lo que sobre.

—El dinero que hagas debes dárselo a la señora Chapel —dijo Hannah, mientras recogía las tazas y platillos que iba colocando en la pileta.

—Gracias a ella tendremos donde vivir.

Julie asintió con una sonrisa y se levantó de la silla tras acabar el desayuno. Llevó su plato, ya vacío, a la pileta. Alzó la vista hacia su madre, con la emoción de escuchar la escandalosa resonancia de la campanita frente a la puerta de servicio que daba a la calle.

—Abre —pidió Peter desde la calle sin parar de agitar la campanita que la señora Chapel hubo instalado días antes. La novedad revolucionó a los críos del vecindario, que a menudo echaban carreras hasta el atrio de servicio de los Cartwright, para agitar la campanita. El tilín tilín enloquecía a la señora Chapel.

Julie saltó emocionada de verlo, y él continuaba insistente agitando el cordón de la campanita.

—¡Julie! ¡Buenos días! —dijo el chico, risueño y lleno de vida.

Hannah sonreía ante las gesticulaciones de la señora Chapel, que agarraba de un pellizco a su hijo por la oreja.

—¿Buenos días? ¿Buenos días? —censuraba la señora susurrando su enojo como una cascarrabias. —Cuántas veces te he dicho que no me estés dando un concierto cada vez que llegas. ¡Qué diablos le encuentran a la dichosa campanita! —continuaba en voz baja, salpicando las palabras de entre los dientes. —¡Como vuelvas a tocar la campanita de esa manera te vas a enterar!

Peter se le zafó para sentarse junto a Julie. El chico masajeaba su oreja enrojecida del halón. Julie los observaba con la boca medio abierta, sorprendida de ver la destemplanza de la señora Chapel. Sin embargo, a Peter los jalones de oreja lo tenían sin cuidado. Sacó dos bolsitas de tela del bolsillo mostrándoselas a Julie que las ojeó curiosa.

—¿Qué es eso Peter? ¿Comida? —preguntó la niña con aire de sospecha.

—No ¡tonta! —dijo Peter emocionado— Esto es arena que recojo cuando barro el polvo del suelo de cualquier tienda. Yo paso la escoba gratis en algún negocio y a cambio me dejan que me lleve la arenilla que acumulo para venderla en el taller de ladrillos de mi hermano; el señor Beck las compra para darle volumen a la mezcla. —detallaba el chico, avispado.

La señora Chapel y Hannah se echaron a reír. Jamás imaginaron que barrer suelos llevaría a la creación de semejante negocio. Reconocían que Peter era un niño demasiado ingenioso, espabilado y muy trabajador.

—¿Sí? ¿Lo crees gracioso mamá? —reclamó el chico como si se sintiera burlado— ¡Vas a ver que funciona! ¡Te voy a sorprender!

La señora Chapel le sacudió la cabeza cariñosamente, mientras caminaban juntos con Hannah y la niña preparados a salir.

—¡Vas a tener que barrer muchas tiendas! ¡Ahora somos cinco en casa, en vez de tres! ¡No sé cómo te las vas a arreglar! Sabes que puedes barrer en casa cuantas veces quieras —comentó la señora en son de broma, mientras le cedía los sacos de ropa a Julie y a su madre. Entonces, Peter agarró el saco de Julie.

—¿De dónde crees que salió la cantidad de polvo que acumulé en estas dos bolsitas? —resumía Peter andando hacia la acera junto a Julie.

La señora Chapel sonreía resignada con los ojos en blanco, acompañando a Hannah que salía del atrio bajando las escaleras. Tan pronto Hannah pisó la acera, alzó la vista para mirar la casa de los Cartwright por última vez. Se sintió dispersa y más solitaria que nunca en su desamparo, se afligía sin querer al sentirse turbada por la incertidumbre. La joven advertía que no podía permitirse un segundo de tristeza, aclaró su garganta y con una leve sonrisa bajó la mirada a la señora Chapel, que aguantaba la puerta abierta a la salida frente a ella.

—Todo saldrá bien —suspiró el ama de llaves, ya lista para comenzar su jornada de trabajo. —Mira la situación por el lado positivo. ¡Ya no tendrás que soportar la peste a tabaco del señor Cartwright!

Ambas se echaron a reír.

El destino había cortado el lazo de jerarquía que las unió por más de doce años bajo el techo de los Cartwright, pero la vida las unía ahora con un lazo de amistad, mucho más profundo. Gracias a la señora Chapel la joven se sintió protegida por primera vez. Lo que hacía por ella y su hija era un favor de inmenso valor que la llevaba a una existencia de deudas en gratitud hacia ella. Si trabajara dos vidas corridas, no serían suficientes para cumplir con ellas.

—¡Vamos mamá! —Llamó Julie, entusiasmada desde la acera.

Hannah avanzó acelerando el paso hasta que empató con los chiquillos y antes de doblar la calle, camino a la avenida, se volteó a medias y miró la casa de los Cartwright a distancia. La sorprendió ver a la señora Cartwright, que las miraba desde la ventana de su habitación. Ambas coincidieron en una misma mirada que sostuvieron por un instante. Entonces Hannah, sin saber por qué, le sonrió, pero la señora Cartwright se mantuvo inexpresiva, como una muñeca de cera frente a la ventana.

La finísima señora de formas soberbias vivía una vida abrumada, en un torbellino de dudas y soledad. Estaba bien casada siendo dueña y señora en su hogar. Sin embargo, era una vida artificial y solitaria. Los veinte años de matrimonio con el señor Cartwright nunca vieron su retoño. Eran una pareja extraña y distante entre ellos, aunque amena ante los ojos de la sociedad. Su falsa vida se tornaba cada día menos soportable y ella escapaba de sí, volcando su agonía en maltrato a los demás. No quedaba rastro de la joven alegre que algún día fue.

Hannah siguió su camino junto a los niños que callejeaban entretenidos, conversando como dos periquitos. Sin embargo, Hannah solo escuchaba el avispero de sus voces. La mujer andaba con la sensación de estar perdida en un sueño que la sumergía en un mar de preocupaciones.

Al rato cayó en cuenta que la señora Cartwright no llegó a darle la carta de recomendación, aunque ella tampoco se la pidió.

Tras una caminata extensa entre calles anchas, muy transitadas y callejones estrechos y solitarios, llegaron a la callejuela del barrio donde vivían la señora Chapel y su familia.

Julie veía a los niños de la vecindad que corrían y saltaban con sus risas inocentes despreocupados. Jugaban felices, ajenos de la terrible situación que atravesaba el país. Un tercio de la población estaba desempleada y la situación empeoraba cada día.

La callejuela por donde andaban era una de esquina y sin salida. Cerrada por un muro de cemento entre dos edificios que sellaban la calle de esquina a esquina. Las calles estaban enfangadas por las frecuentes lluvias y la falta de alcantarillados. Hannah caminaba, alzando su falda con delicadeza y con cuidado de no ensuciar el volante que la flanqueaba. Julie no tenía ese problema, dado que el vestido le quedaba pequeño, la falda no lograba rozar sus tobillos. Peter agilizó el paso para señalar uno de los dos edificios, al final del callejón. El aspecto del edificio de cuatro plantas era demacrado, casi en ruinas, y solo las piezas de ropa suspendidas en el aire, desde los pintorescos tendederos, adornaban las ventanas. Algunas otras ventanas estaban selladas con paneles de madera. El humilde barrio hacía un gran contraste con la mansión de los Cartwright, pero a Hannah no le importó, lo veía como un edificio acogedor, donde alguien bondadoso le abría las puertas para compartir su espacio en momentos críticos. Peter dio media vuelta y dirigió la vista a Hannah. Enseguida señaló hacia una ventana abierta, en lo alto de un edificio viejo que estaba esquinado en la callejuela. Alzaba la voz sin darse cuenta, eufórico.

—Señora Ames —dijo Peter entusiasmado— Mire, es ahí. Nosotros vivimos en el cuarto piso, aquel de arriba, el de la esquina. Así que deben prepararse para subir las escaleras.

—Está bien, Peter, vamos Julie, no quiero que corras por las escaleras. Ya sabes las reglas.

Julie sonreía a su madre emocionada, con la ilusión que tendría algún chiquillo en su primer día de excursión.

—Ya lo sé, mamá, no tienes que repetírmelo. Además, no tenemos tiempo para jugar. ¡Voy a ser la asistente de Peter! ¡Voy a trabajar para ayudarte hasta que consigas trabajo! —dijo la niña con su tono optimista.

El portal del edificio gozaba de mejor aspecto que su exterior. Era evidente que los residentes se esmeraban en hacer turnos para mantenerlo limpio. El olor de los guisos caseros viajaba libremente entre las paredes y junto con los gritos y alborozos infantiles de la vecindad hacía del viejo edificio un lugar peculiarmente acogedor.

Peter, que aún cargaba el saquito de Julie, se les adelantó y soltó el saco en el suelo para alzar las manos, entonces alcanzó a sacar las llaves escondidas dentro de un tiesto de hojalata color naranja, colgado en la pared. Abrió la puerta y la aguantó abierta, dejándolas entrar.

El espacio era reducido, aunque emanaba un aire hogareño. Los hijos de la señora Chapel lo limpiaron la noche antes de manera meticulosa. Todavía se podía apreciar la esencia fresca del detergente.

Peter señaló hacia una de las dos habitaciones en el centro del corto pasillo del apartamento.

—Pase, señora Ames. Este era el cuarto de mi tía y su esposo. Ellos le pagaban renta a mi padre y eso nos aliviaba un poco, pero desde que se mudaron al campo el mes pasado, hemos estado un poco mal de dinero. Mi hermano y yo nos vinimos a dormir aquí, pero ahora ustedes pueden usarlo —explicaba en tono casual— Nosotros ya sacamos nuestras cosas de aquí, dormiremos en el cuarto de mi madre, como antes. Espero que la encuentren cómoda.

La habitación estaba en mejores condiciones que la oscura alcoba esquinada en el ático de la casona de los Cartwright. Este cuarto gozaba de una ventana amplia vestida de unas gruesas cortinas amarillas de cuadritos rojos y marrones, que estaba recogida, atada con una soga echa de una cuerda amarillenta, fibrosa. Por esta ventana (a diferencia de la ventanilla en el ático por cual apenas se apreciaba un hilo de luz) se podía apreciar el resplandor de la mañana y la luz menguante del atardecer. La cama era grande y no tenía cabezal. Tampoco tenía muelles, tres tablas de madera aguantaban el colchón. Era un gran alivio para la niña, que saltó sobre la cama y se regocijaba al no escuchar el desagradable roce de metales. Por mesita de noche tenían una caja vestida con un mantel color verde oliva, que imitaba el mueble de forma extraordinaria.

—Gracias, Peter. Voy a sacar un par de cosas y me iré... Julie, hazle caso a Peter y mira a ambos lados de la calle antes de cruzar. ¿Entendido? —advirtió— ¡Y no hables con extraños!

Julie asintió y Peter avanzó hacia la niña tomándole la mano.

—¡Vamos! No se preocupe, señora Ames, ¡está en buenas manos! —Resolvió el chico con aire autoritario. Antes de salir del apartamento, Julie volteó a medias y sonrió a su madre que la seguía con la mirada.

—Mamá, no te preocupes, Peter está acostumbrado a trabajar y él sabe con quién debemos hablar y con quién no.

—Peter sabe, pero tú no —recalcó— Deja que él hable y no le busques conversación a nadie. Y te repito, quiero que estés aquí a las siete de la tarde. Ni un minuto más, ¿entendido?

—Sí, mamá, entendido.

Hannah tomó del suelo uno de los sacos que acomodó sobre la cama y deshizo el nudo del cordón. Rebuscaba entre sus cosas hasta encontrar su cepillo y un frasquito de agua perfumada. Debía refrescarse antes de visitar el centro donde dejaría sus datos y referencias. Se sentía esperanzada de conseguir otro empleo.

Se sentó sobre la cama pensativa. Sin querer paseó la vista y notó que el nudo que amarraba el segundo saco era diferente. Lo levantó del suelo sin esfuerzos colocándolo sobre la cama. Mientras lo abría, iba aguzando la vista curiosa ante un papel propiamente doblado. Lo sacó mirándolo curiosa. Entonces sonrió al abrirlo, aunque no sabía leer, sí reconoció la firma de la señora Cartwright.

Sin Hannah saberlo, la señora Cartwright le hubo escrito una carta de recomendación, que el señor Parker introdujo en el saco de improviso, en algún momento durante el transcurso de esa mañana. Aunque su situación era difícil, sabía que la carta mejoraría sus posibilidades de conseguir un nuevo empleo. La idea de comenzar una vida diferente a la que conocía le aterrorizaba, sin embargo, se sintió profundamente agradecida y extrañamente liberada.

Capítulo 6

---◇---

Julie corrió frente a la acera emocionada. Era la primera vez en su corta vida que andaría por las calles sin su madre y acompañada por su amigo Peter, que solo le llevaba un par de años.

Peter la siguió frente a la acera y emprendieron camino cuando, de pronto, un niño de la vecindad le lanzó un balón a él, quien no podía quedarse a jugar tampoco y, por tanto, no tuvo más remedio que contener sus actitudes juguetonas, y le devolvió el balón con rapidez.

—No puedo jugar ahora, ¡tengo que trabajar! Ella es mi amiga, Julie. Va a trabajar conmigo. Será mi asistente por el verano.

La niña aligeró el paso. Recién comenzaban a salir del callejón de la vecindad y ella ya se regocijaba.

—Y ¿qué vamos a hacer para ganar dinero, si no conseguimos las cuatro bolsas de arena que te faltan? —le preguntó Julie pensativa.

—Yo no pienso en eso, Julie. Vamos a buscarlas y verás que las encontraremos. En los negocios no puedes pensar en las cosas negativas —dijo el chico firme, muy seguro de sí.

—Pero si no las conseguimos, ¿qué haremos para ganar dinero? —insistió Julie.

—Te digo, Julie, que no seas negativa. Si no las conseguimos, ya pensaré en algo. Por el momento, no es una opción y créelo, no es una opción. ¡Vamos!

Llegaron al final de la angosta callejuela, y tras cruzar dos calles y varias avenidas arribaron al área del mercado. Julie iba encantada, observando a los guardias, los porteros que aguardaban sobre las carretas y sonreían de manera genuina. Por primera vez, sintió la sensación de libertad. Estaba deslumbrada por el vigor tan real del ambiente.

Había carretas con frutas y vegetales, otras con plantas y frascos llenos de hierbas extrañas. Por el medio de la calle, no faltaban niños que corrían entre risas dando saltos, algunos estaban sentados en las aceras y daban la impresión que eran hijos de trabajadores que vendían artículos y comestibles desde las carretas.

Hacía menos de una hora que los chicos caminaban por las calles del mercado, cuando Julie fijó la mirada en un carruaje negro que brillaba como un zapatito de charol. En la parte posterior del carruaje, aguardaba un señor que lucía emperifollado, su chaqueta estaba planchada, lisa, impecable. En el mismo carruaje, había otro señor luciendo un sombrero negro, redondo y chato, que estaba sentado muy correcto al frente y sujetaba las riendas de dos hermosos caballos. Ambos potros tenían la melena color marrón, bien cepillada y que brillaban hasta reflejar las sombras de quienes caminaban por su vera. En el asiento trasero, estaba una niña sentada con un hermoso vestido color rosa, y su melena dorada lucía una coleta amarrada con lazos celestes de seda que adornaban sus lindos tirabuzones, cepillados en perfectos espirales. La niña y Julie parecían de la misma edad. La niña semejaba estar esperando a alguien. Aguardaba sentada como toda una señorita.

—Que vestido tan bonito... —susurró Julie, admirada.

La contemplaba encantada, cuando sus miradas se encontraron y Julie le sonrió. La niña se hubo de sentir intimidada, o quizá se asustó por la apariencia de Julie, aunque en su rostro lucía la sonrisa más hermosa, su ropita la hacía ver como una niña andrajosa. La niña de espirales perfectos, con lazos celestes de seda, miró a Julie de arriba abajo irreverente y le volteó la cara de manera despectiva.

Peter que estaba pendiente se percató.

—Esa niña es tan fea como su caballo —dijo airado—. No la mires ¡Es fea y antipática!

Julie andaba junto al chico que tan pronto comenzó a sentir los codazos y empujones del gentío que iba saturando la avenida. El chico tomó a Julie de la mano y ella se le arrimó.

—¿Has visto qué vestido tan bonito? Pero no entiendo por qué me miró mal... volteó la cara... —dijo Julie en voz baja.

—Julie, algún día entenderás que hay personas estúpidas que no conocen cosas más importantes para ellas que las cosas que existen en su propia burbuja. Solo se interesan en ellos mismos. Cuando puedas entender eso, y que no todo el mundo es genial como tú, serás más feliz. No le des mente a ese vestido, algún día tendrás vestidos más bonitos que ese.

Julie lo escuchaba atenta, iban por la acera sin mirar a nadie cuando Peter se fijó en una señora que barría la entrada de una tienda de telas. Se notaba a leguas que no lo hacía de buena gana. El chico haló a Julie guiándola frente al escaparate de la tienda.

—No digas nada, Julie. Déjame hablar y presta atención. Quédate aquí.

—¿Qué vas hacer?

—Quédate aquí... Ya veremos —dijo Peter, y se echó andar. Peter se apoyó contra la puerta de entrada con los brazos cruzados. Observaba a la señora que se esmeraba barriendo la acera y no soltaba tan siquiera una sonrisa por no darles rienda a que le pidieran dinero. Los niños que deambulaban haciendo trabajillos eran persistentes y a veces resultaban muy pesados. Peter tosió, para llamar su atención, y descruzó los brazos andando hacia ella.

—Buenos días, señora.

La señora continuó barriendo sin contestarle, pero Peter se le plantó en frente, sonriente.

—¡Buenos días, señora! Disculpe que interrumpa su desagradable trabajo.

La osadía de Peter dio resultado. La señora paró de barrer y alzó la vista. Se acercó al chico mirándolo fijo a los ojos con una mirada penetrante.

—Buenos días. Y tú, ¿qué? ¿No tienes modales? —dijo la señora y lo miró con cierta extrañeza.

—Disculpe, señora, si la he ofendido. Solo estaba deseándole buenos días, y me disculpaba por interrumpir su desagradable trabajo. Ofrecer disculpas siempre es un hábito de buena educación, ¿o no?

—¿Por qué insultas mi faena? ¡Eso es de muy mala educación! —repuso la señora.

—Una dama como usted no se ve nada bien barriendo la calle a plena vista y luz del día.

La señora sonrió mostrando una sonrisa mellada y su rostro se transformó al instante de escuchar el cumplido. Se holgaba entrando a la tienda y los niños la siguieron.

—Señora, le propongo que me deje limpiar el polvo de la tienda mientras mi amiga la barre dentro y fuera. Yo le sacaré brillo a sus vidrieras, ¿qué le parece?

La señora, que se disponía a doblar varios cortes de tela naranja con estampados florales coloridos, lo miró escéptica. Amontonó las telas a un lado y señaló frente a una pared donde había un desorden atroz. Había telas dobladas en cajas, otras tendidas sobre los sillones y algunas enrolladas en montones apoyadas contra una silla contigua al mostrador.

—¿Ves toda esta mercancía? No hemos vendido casi nada. La gente no quiere gastar dinero y mi esposo aún no ha logrado vender ni una yarda esta semana. Lo siento mucho, pero no tengo con qué pagarles.

Julie sonrió tímida y vio a Peter que le guiñó un ojo, mientras caminaba frente a la señora. Dio un saltito y se plantó sentado sobre el mostrador con su típica sonrisa de sabelotodo.

—No se preocupe, señora…

—Pebbles, soy la señora Doris Pebbles —dijo con orgullo.

—Bien, señora Pebbles, ¡lo haremos gratis! Es muy difícil conseguir experiencia a nuestra edad y cualquier experiencia y futuras recomendaciones que nos pueda dar serían de gran ayuda para nosotros.

La señora no estaba totalmente convencida ante la propuesta del carismático chiquillo, pero lo escuchaba y ya iba bajando la guardia. De repente, su conversación fue interrumpida del modo más inapropiado. Julie sopló un grito que pudo haber sanado hasta a un sordo. Ambos la miraron perplejos y la niña corría descontrolada por toda la tienda hasta llegar al mostrador.

—¡Ayyy…! ¡Peter…! ¡Ratones!

La señora Pebbles desconcertada tomó la escoba al tiempo que Peter ayudaba a su amiguita que se apoyaba en su hombro impulsándose a subir al mostrador donde se sentó. La señora Pebbles andaba por la tienda con la mirada vigilante buscando al ratón y, tan pronto le echó el ojo, agarró fuerte la escoba y lo persiguió a escobazos para ahuyentarlo. Corría por la tienda como si estuviese apagando fuego y saltaba con las piernas abiertas asqueada de ver la horripilante sabandija. Cada vez que se agachaba enseñaba el borde de sus enaguas y, en ocasiones, cuando saltaba se veían estas a todas luces. Los chiquillos no paraban de reír hasta que la señora se cansó de azotar palos a ciegas y se incorporó para ajustarse el sombrero. Volvía al mostrador cuando, de repente, saltó ante la vista de otro ratoncito que salió de entre los rollos de telas. La señora estaba exhausta.

—Lo peor de la primavera es cuando tenemos que lidiar con estos animalillos tan desagradables. El veneno parece no hacerles efecto —espetó la señora con la respiración agitada.

Peter que se apoyaba de espaldas contra el mostrador, fruncía el entrecejo pensativo.

—Señora Pebbles, ¿a qué están atraídos los ratones? Aquí no hay comida, es una tienda de telas.

La señora sacaba la mercancía de sobre las repisas colgadas en las paredes antes de quitarles el polvo.

—¡El problema es el azúcar y cualquier cosa de comer! A estas criaturas asquerosas les encanta el azúcar…

Peter no dejaba de observarla y Julie no paraba de reír.

—¿Nos dejaría limpiarle el polvo y barrer su acera?

La señora bajó la escoba de la silla y soltó la bayeta.

—Sí, claro que sí. ¡Pero no me pidas ni un chelín! porque ya te lo dije, no tengo para pagarles.

—No se preocupe, señora Pebbles. Si me promete una carta de recomendación, ¡le barreremos todos los días por los próximos dos meses!

La señora Pebbles le extendió la mano confiada.

—Está bien, les permitiré limpiar mi tienda. ¿Sabes? Si te mantienes así de agalludo, quizá algún día podrás tener una tienda como esta.

Peter tomó su mano con veneración.

—Usted me acaba de dar una oportunidad fantástica, señora Pebbles, ya verá que no se arrepentirá. Creo que podremos serles muy útiles.

Su afán de trabajar sin cobrar un chelín la hacía dudar un poco, pero percibía que los chicos eran simplemente niños necesitados y trabajadores. Intentaba apaciguar su duda y echarla a un lado cuando observó a Julie que saltó del mostrador al suelo y le tomó la mano a Peter para llevarle fuera de la tienda hacia la acera.

—¿Qué quisiste decir, Peter? No entiendo. ¿Cómo crees que barrer su tienda es una oportunidad? ¿Crees que haremos suficiente dinero solamente vendiendo la arenilla que acumulemos barriendo y limpiando el polvo de los muebles? Creo que debemos cobrarle algo, ¿no crees?

Peter le sonreía con la típica actitud de un sabelotodo.

—Te diré que las mayores oportunidades vienen a veces de las peores ofertas. ¡No subestimes el poder de la recomendación!

—No te entiendo —dijo Julie con tono de desconfianza y la mirada perdida.

—Julie, para esta señora no tiene valor pagarle a alguien para que le limpien la tienda. Ella prefiere limpiar su tienda antes que pagar, estoy seguro que preferiría usar su tiempo para vender sus telas. Si puedo hacer que use su tiempo para vender su mercancía, la gente la mirará diferente, ¡como la gran señora Pebbles! Gracias a moi! —Insistió en tono teatral—. Además, mientras limpiemos el polvo que recojamos, barriendo, podremos venderlo. Vendiendo la arenilla que acumulemos, ganaremos el dinero.

—Peter, ¡tú piensas en todo! Así que podremos recoger el polvo, hacer dinero y tener cartas de recomendación para buscar más trabajo, ¡y hacer más dinero! —exclamó Julie, admirada.

—Exactamente, Julie. Trabajaremos hasta que todos los dueños de las tiendas de esta calle nos reconozcan. Solo debemos hacer nuestra parte.

Comenzaron a limpiar la tienda de la señora Pebbles ese mismo día. Hicieron un trabajo excelente. Dejaron el suelo de la tienda como un espejo y organizaron meticulosamente todos los rollos de las diversas telas, las acomodaron derechitos y por orden de colores. Las telas eran de seda y otras tenían pedrería cosida. También resaltaban los rollos de telas bordadas de colores neutros.

Tras pasar casi un día entero ayudando a la afable señora Pebbles, se despidieron y quedaron de verla el próximo día. Salieron satisfechos de acumular siete bolsitas de arenilla. Peter se alarmó al mirar el reloj colgado en la pared de la tienda de comestibles próxima a la tienda de la señora Pebbles.

—¡Vamos, Julie, tenemos que apurarnos! ¡El taller de ladrillos cierra en veinte minutos!

Corrieron camino al taller y ya estaba anocheciendo. Llegaron a la callejuela donde estaba el pequeño taller al lado de un lote vacío. Peter le agarró la mano, al notar que la niña se encogía intimidada por el pernicioso callejón. Los niños se plantaron frente a las rejas del taller, que ya estaban cerradas, y vieron al señor Beck, dueño del taller, que les hacía señas con la mano al cuello, indicándoles que la jornada de trabajo hubo acabado y estaba cerrando el local. Julie se sobresaltó ante la idea de no ganar dinero en su primer día de trabajo.

—¡Peter ya cerraron! ¿Qué haremos ahora?

Peter le dio palmaditas de consolación en la espalda para llevar su típica actitud de alguien muy seguro de sí mismo.

—Tranquila, déjamelo a mí —dijo el niño, de modo confianzudo y pegándose a la verja.

—¡Buenas noches, señor Beck! ¡Señor Beck! —gritaba el niño, alzando la mano insistentemente.

El señor Beck se dio vuelta y enseguida se agachaba a recoger un rastrillo del suelo.

—¡Ah, Peter, eres tú! ¡Tu hermano Jack ya salió para la casa! ¡Tuvimos un día muy lento! —respondió.

—¡No es a mi hermano a quién busco, señor Beck! ¡Es a usted! ¡Tengo una sorpresa para usted! —gritaba Peter en aras de llamar su atención.

El señor Beck mostró una sonrisa poco genuina.

—¿Qué sorpresa me puedes traer a esta hora de la noche? ¡Creo que a mi edad las he tenido todas! ¡Ja, ja, ja! —manifestó sarcástico en plan de broma.

Peter sacó algunos saquitos de arena de su bolsillo y tomó también las que guardaba Julie en el bolsillo de su vestido. Entonces se acercó al hombre metiendo las manos entre las rejas que guardaban el local. El señor permanecía con cara de póker, pero la insistencia de Peter le despertó curiosidad. Se acercó al niño y agarró las nueve bolsitas, tenía dos llenas de polvillo que acumuló al limpiar su casa más las siete que lograron juntar tras limpiar la tienda de la señora Pebbles.

Estaban ansiosos de llevar dinero a casa esa noche, tenían que vender las bolsitas de arena y el señor Beck era su única opción. Aunque la desesperación le exaltaba hasta el último de sus nervios, el chico mantuvo una posición firme, como todo un hombrecito en medio de una favorable negociación.

—Señor Beck, mi hermano me ha dicho que usted nos pagaría, según el peso de las bolsitas de arena, que ustedes las usan para rellenar la mezcla de cemento para hacer ladrillos.

—Sí, es cierto, pero no estamos haciendo mucha mezcla. La construcción está muy lenta... Pero si me das un descuento, te las compro… solo esta vez. —dijo el señor, y apoyaba el rastrillo sobre una carreta vieja y sin ruedas.

—Pero, señor Beck, ¡hemos estado todo el día trabajando para esto! —dijo desalentado— ¿Podría comprármelas a precio regular? Aunque no las use ahora, las podría guardar. Estoy seguro de que, en el futuro, cuando haya más construcción, podrá usarlas.

Julie les escuchaba y seguía los comentarios atenta, aunque ya comenzaba a sentir los ojos pesados de cansancio observando al hombre que insistía sonriente.

—Peter, si quieres que te las compre, tendrás que aceptar mis condiciones. De otra manera, no te compraré nada. Puedes vendérselas a otro taller.

El señor Beck le devolvió las nueve bolsitas de arena y se dio vuelta caminando a la oficina del destartalado taller.

—Está bien, señor Beck. Aceptamos su condición. ¿Cuánto nos da? —dijo Peter de mala manera. Estaba furioso.

El señor Beck les sonrió, aunque se sentía mal de no poder pagarles lo que pedían, pero a él tampoco le iba muy bien. Aunque no lo admitiría. El señor de modales toscos les compraba las bolsitas sin quererlas y tampoco las necesitaba. Estaba seguro de que en rara ocasión las usaría.

—Muy bien, Peter, entra al taller. Tengo que pesar las bolsas antes de hacerte una oferta —dijo el señor Beck, con un interés fingido.

Le gustaba ver a chicos trabajadores y animados buscarse la vida de manera honrada, y no los quería desilusionar. Se hacía tarde y los niños se veían cansados.

Tan pronto entraron al taller, Peter le entregó las bolsitas y se sentaron en el suelo. Así observaban al señor Beck que pesaba las bolsitas una a una, entonces tomaba nota de su peso en un papel marrón.

—Bien, Peter, solo les podré dar nueve chelines. Esto se compra por peso y no pesan mucho.

Peter se sentía extenuado, pero no daba su brazo a torcer.

—Está bien, señor Beck, acepto once; ni un chelín menos y si no quiere, no me las compre —expuso en tono desafiante.

Julie abrió los ojos acobardada. Temía que su actitud de reto les mandara a casa, sin tan solo un chelín.

—Peter, está bien. Podemos aceptar nueve. ¡Es mejor que nada! —resolvió la niña.

Peter le disparó una dura mirada. Y, de pronto, explotó en su frustración, y se levantó del suelo para plantarse frente al señor Beck, quien les miraba sonriendo tras el mostrador.

—Julie, ¡no hemos limpiado la tienda de la señora Pebbles un día entero y caminado por veinte minutos para aceptar esto! ¡Señor Beck! ¿Qué dice? ¡Once o nada!

—Está bien, Peter —Sonrió el hombre complaciente— Toma once, pero solo porque eres hermano de Jack.

El señor Beck se volvió y alcanzó una cajita de madera, la puso sobre el mostrador, y tras abrirla, alzó un cartoncito que cubría el cambio; entonces contó once chelines y se los dio. Peter se los arrebató de mala gana y se los metió al bolsillo. El chico salía del taller arrastrando los pies. Hubo comprobado que juntar arenilla para venderla no sería un negocio lucrativo. Julie andaba junto a él y también se veía desalentada.

—Algún día querrá venderme ladrillos y también me aprovecharé de usted —exclamó Peter en voz alta— ¡Se los compraré a precio regalado!

Salieron del taller apresurados para salir del callejón.

—Peter, tienes muy mal genio. ¿No crees que hubiera sido peor si no nos hubiera comprado nada?

—Quizá, Julie, pero él sabe que nos tuvo que haber dado el doble, es muy mala persona. Y tú eres muy pequeña para que me corrijas en medio de mis negociaciones, ¡escucha y aprende! —declaró molesto.

Andaban a la par acelerando el paso, ya eran casi las siete y no habían comido en todo el día a excepción del desayuno.

—¡Ya estamos tarde! —alertó Julie.

—¡Pues vamos a casa! ¡Mañana será otro día!

Vivían el reto de abarcar nuevas oportunidades y gozaban de su infancia trabajando arduamente. Creaban con su imaginación un mundo parcialmente mágico, en el que cada momento era una ilusión y sus preocupaciones se esfumaban al final del día.

Capítulo 7

Ya eran pasadas las siete de la mañana y Julie andaba de camino junto a Peter hacia la tienda de la señora Pebbles. Paseaban admirando los caballos que halaban de carruajes, algunos bellos y otros no tan bonitos. Tan pronto pisaron la acera donde estaba localizada la tienda de telas, advirtieron la presencia de la señora Pebbles, que retiraba la cadena de entre las rejas que aseguraban el establecimiento, cerrado durante la noche.

—¡Buenos días, señora Pebbles! —saludó Peter caminando hacia ella entusiasmado— ¡Ya llegamos! Le tendremos la tienda brillando como un diamante en menos de dos horas. ¡Estará tan limpia que podrá comer del suelo!

La señora les recibía con una sonrisa amable. Le agradaba verlos puntuales, ya que el día anterior hubo disfrutado mucho de su compañía. A menudo sentía que los días pasaban solitarios y pesados. Los chiquillos la enardecían con su alegría contagiosa.

—¡Muy bien! Me parece una buena idea. Precisamente hoy tenemos que cerrar temprano —dijo efusiva.

Peter entró dando un vistazo con el interés de un detective, apuntando su atención al desorden. La tienda simulaba un almacén arcaico de antigüedades de tercera. Aunque el día anterior, Peter y Julie habían limpiado los suelos y el polvo de sobre las superficies de las repisas y mesita redonda de centro, los demás materiales y rollos de tela estaban tirados por todas partes, algunos rollos de telas exquisitas estaban amontonados tras el mostrador.

—Señora Pebbles, ¿usted no se ha dado cuenta? —decía el chico, paseando la vista por el suelo y las repisas desordenadas— Si tuviera su tienda más organizada los clientes podrían ver mejor su mercancía; por consiguiente, usted podría vender más.

—¿Crees que haría diferencia? —inquiría la señora, echándole una ojeada al espacio, y Peter asintió.

—Sus clientes sabrían dónde buscar y usted tendría mejor control del inventario.

Julie tomó la escoba y comenzó a barrer desde la trastienda hacia el frente del local. Escuchaba atenta a su amiguito cómo él orientaba a la señora hecho todo un experto en ventas.

Estuvieron menos de tres horas, en las que Julie limpió de rabo a cabo y Peter, junto a la señora Pebbles, preparó la exhibición de telas en las vidrieras. La montaron con las telas más hermosas de la colección de primavera. Después ordenaron los rollitos de hilo, lana, botones y demás artículos que acomodaron en cajitas sobre las repisas. Por su parte, Peter hubo de organizar los materiales de forma minuciosa, tomó un pedazo de tela rosa y otro rojo que vio tendidos sobre una silla tras el mostrador y lo colocó en la vidriera. El pedazo de tela rojo era de seda y el rosa de seda cruda.

—Señora Pebbles, le voy a dar un consejo que la ayudará a atraer compradores a su tienda —dijo el chico sujetando las dos enormes piezas—. Debe mandar que le hagan unas hermosas cortinas con estas telas, ¿de acuerdo?

—¡Esas telas son carísimas! —exclamó la señora Pebbles, con ojos agrandados.

Peter soltó los dos pedazos de tela que cayeron sobre la butaca contigua al sofá marrón, en el mismo centro de la tienda.

—Señora Pebbles, ¿de qué le sirve tener estos dos trozos de tela? ¡Nadie entra a su tienda!

—¡No importa! —dijo la señora—. ¡Alguien los comprará! Y son carísimos...

—¿Quién se las va a comprar? Con esta tienda desorganizada y fea —La señora le montó mala cara pero él le reiteró— Sí, ¡fea! ¡Nadie va a entrar! Tenemos que hacer de su tienda de telas y confecciones una maravilla. ¡Nadie quiere ver una tienda de cosas viejas e inservibles. ¡Y eso es lo que parece este lugar! —exclamó el niño y se dejó caer de espaldas sobre el sofá para echar la cabeza hacia atrás, rendido por el cansancio.

—Hum, Lo pensaré —dijo la señora y miró hacia la vidriera.

—Piénselo rápido, señora Pebbles... Algún día me lo va a agradecer.

—Quizá tengas razón... —asintió la señora Pebble al tiempo que circulaba por la tienda y paseaba la mirada por las paredes y repisas. Estaba maravillada con la transformación de su tienda.

—¡No puedo más! —expresó Julie, exhausta. Tenía una pañoleta azul en la cabeza que se amarró de la misma manera como solía hacer su madre, cuando trabajaba en la casa de los Cartwrights. Anduvo hacia el sofá y se tiró de espaldas en el sofá junto a Peter.

—¿Crees que hice buen trabajo, Peter? —Exhaló.

Peter le echó un brazo por encima.

—¡Claro que sí, enana! —dijo animado— ¡Esto se ve mejor cada minuto que pasa!

El olor del puchero que recalentaba la señora Pebbles le pasaba intenso por las narices, entonces recordaron que estaban hambrientos. Por suerte, la señora Pebbles salió de la cocinilla en la parte posterior de la tienda y fue hacia ellos.

—Muy bien, chicos. ¡Esta tienda parece otra! Han hecho un buen trabajo. ¿Quieren comer conmigo?

—¡Sí! —gritaron al unísono.

La señora y los chiquillos siguieron hacia la cocinilla de espacio reducido, tenía un aspecto espantoso. El techo bajo y ennegrecido por el humo que desprendía la pequeña fogata de carbón, la hacían ver más pequeña aún. En ese pequeño espacio mal cuidado, los niños comieron su primer pedacito de carne en mucho tiempo. La señora les brindaba un trato excepcional y se sentían especiales, aunque ellos también se lo habían ganado y lo merecían. Eran chicos honestos y trabajadores que no tenían que esforzarse demasiado para agradar. Tan pronto la señora les sirvió se lo agradecieron y comieron en silencio.

Julie se quedó mirando a su amigo y a la señora Pebbles que terminaban su último bocado.

—Gracias, señora Pebbles. ¡Estaba delicioso! Es la primera vez en mucho tiempo que comemos carne —dijo Julie mientras se limpiaba la boquita con la manga del vestido. —Mi mamá no tiene dinero para comprarla. ¡Pero ella hace un caldo delicioso!

La señora Pebbles la miraba compasiva. Estaba consciente de que la mitad de la población vivía en condiciones precarias. Quiso saber más.

—Y tu padre, ¿no trabaja?

—Mi papá murió, ocho meses después que nací.

—Cuanto lo siento, ¿de qué murió? —inquirió la señora y se inclinó hacia la cría que la informaba en tono casual.

—De un accidente. Como las escaleras en el ático no tenían pasamano, se resbaló y se rompió el cuello.

—¡Oh, Dios! —dijo la señora impresionada y se llevó la mano a la boca, como para expresar espanto.

—Desde ese día, mi madre las baja sentada y me enseñó a bajarlas así también.

—Me imagino. ¿En que trabajaba tu padre?

—Mi padre trabajaba con mi mamá para los Cartwright, era el cochero. Pero a mi madre la despidieron hace poco porque no quieren tener empleados con hijos que vivan en la casa. Ellos no tienen hijos y son muy extraños... Por lo menos eso dice mi madre.

—Y ahora, ¿para quién trabaja tu madre?

—Ahora no trabaja. Quizá por eso dice que la carne es muy cara.

—¿No trabaja?

—No, por eso ahora vivimos con Peter hasta que llegue el otoño. Mi madre está buscando otra familia que le dé empleo. Si tenemos suerte podremos vivir en la casa de otra familia.

—La mayoría de familias adineradas ya tienen su personal de confianza, hoy día es difícil que admitan alguien nuevo a trabajar interno... —expuso la señora con aire desalentador.

—A mi madre no le importa si son ricos como los Cartwright. Solo quiere que podamos dormir en la casa porque ella no tiene dinero para pagar una renta.

—¡Oh, querida! Espero que pueda conseguir trabajo pronto. La situación está difícil. A casi nadie le gusta emplear ayuda doméstica con hijos, pero tengo la corazonada de que a lo mejor tu madre va a tener más suerte que otras personas.

Concluyó la señora y le dio una palmadita en la espalda a la niña. Con ello le mostraba cierta empatía. Sin embargo, tras escucharla, el rostro risueño de Julie se puso serio. Sin duda la abrumaba no poder ayudar a su madre. Peter, que notó el cambio en su semblante, le echó el brazo por encima.

—Tiene razón, señora Pebbles. Algunas personas son muy amargadas y no les gustan los niños, pero a otras sí —expresó el chico en tono optimista. —De todas formas nosotros estamos trabajando y vamos a ganar suficiente dinero para ayudar a su madre hasta que consiga trabajo.

Julie volvió su mirada hacia él sonriente. El chico supo cómo alentarla con el comentario que alzó el ánimos de los dos, sin mucho esfuerzo. Peter se levantó apresurado de la mesa, mientras la señora Pebbles recogía los platos de madera, junto con la canasta de pan vacía. Julie se levantó de la silla y anduvo tras él.

—Debemos irnos, Julie —dijo Peter. —Tenemos que hacer un plan de cazar ratones.

—¿Cazar ratones? —preguntó la señora Pebbles y sacudió la cabeza, extrañada.

—Sí... Hay un problema muy serio con los ratones, usted misma lo vio ayer; ¡aquí en su propia tienda! —exclamó el chico. Su tono no dejaba claro si lo decía como hecho o pregunta. Le sorprendió que la señora Pebbles se alarmara de escuchar esa idea que no era nueva.

—Es cierto. ¡Especialmente en las panaderías! —repuso la señora— Pero a lo mejor puedes hacer otro trabajo que no sea lidiar con esos animalillos asqueantes.

—¿Me mencionó usted ayer que a los ratones les gusta el azúcar?

—Sí, cualquier cosa... azúcar y harina ¡los hipnotiza!

—¿Y el queso también? —inquirió Peter, insistente

—Sí... Peter se cruzó de brazos pensativo.

—Señora Pebbles, el color del veneno ¿es blanco como el azúcar?

La mente del niño era una máquina ingeniosa que no dejaba de buscar ideas, entre planes y soluciones para enmendar las eventualidades extrañas que él mismo provocaba. Julie le observaba admirada, escuchando a la vez las respuestas de la señora Pebbles, y registraba en su cabeza cada advertencia como si fuera un manual de instrucciones. Entonces, la señora se levantó de la mesa y tomó un jarrón de barro al lado de la pequeña pileta. Retiró la tapita mostrándoles el contenido y ambos chicos acercaron la vista curiosos.

—Mira Peter, esto es veneno para ratones.

—¡Pero parece azúcar! —dijo Julie.

—Sí..., se debe guardar en un jarrón completamente diferente, si lo confundes con azúcar..., te puedes envenenar! —aclaró la señora y colocó de vuelta la tapita sobre el recipiente, al lado de la pileta.

Peter la abrazó emocionado. Se le hubo encendido una bombilla y Julie comenzaba a sospechar que su amiguito ya maquinaba algún plan un poco extraño. Entonces Peter le agarró la mano y la halaba apurado para salir de la tienda.

—¡Gracias, muchas gracias, señora Pebbles! ¡Por la comida!, y ¡mande hacer las cortinas!

—Eso haré Peter. Hoy mismo se las llevaré a una amiga que sabe coser mejor que cualquier sastre.

—Tome las medidas del ancho y el largo de las ventanas —decía Peter desde la puerta— Si le sobra bastante tela, mandaremos a tapizar el sofá ¡Está horroroso!

—Te haré caso, pero como eso no me ayude a subir el volumen de las ventas, ¡ya verás! —respondió la señora en plan de broma.

—Quiero que me dé la oportunidad de ayudarla a vender sus telas. Podríamos llegar a un acuerdo —aseguró el chico desde la entrada que asomaba medio cuerpo, mientras que Julie mantenía la puerta abierta.

A la señora Pebbles le resultaba refrescante y admirable que un chiquillo tuviera esa actitud hacia el trabajo. Lo admiraba maravillada.

—Mi esposo es el jefe. ¡Mañana es jueves! Llega temprano para que te conozca. Seguro que llegará a un acuerdo contigo. No me cabe la menor duda de que le gustará la idea...

—Gracias, señora Pebbles. ¡Aquí estaré!

—Cuidado por ahí, ¡adiós! —se despidió la señora desde el mostrador.

El día prometía mejores expectativas que el anterior. Los chicos habían almorzado deliciosamente y aguantarían sin hambre por el resto del día. Buscar un bocado para saciar el apetito no sería una preocupación.

Peter contaba con que la señora Pebbles convencería a su esposo y se iba metiendo en la cabeza la idea de convertirse en el mejor vendedor de telas. Sería mejor que cualquier otro oficio. Lo veía como un trabajo fijo que podría mantener en los meses de invierno y con suerte a largo plazo.

Se alejaban a paso acelerado, y ya iban por la mitad de la calle, cuando el chico paró de repente.

—Espera, necesito cuatro chelines... No te muevas, vengo ahora Julie —dijo con tono amable y se echó a correr para cruzar la calle en dirección a la tienda de la señora Pebbles nuevamente. Entró de sopetón, al tiempo que empujaba la puerta jadeando y se apoyó en el mostrador.

—Disculpe señora Pebbles. ¿Sería posible que me preste cuatro chelines? ¡Mañana se los devolveré con interés! —expuso convincente— ¡Ah! Y présteme un saco si tiene; voy a comprar pan y algunas cosas para llevar de comer a casa.

La señora volteó para agacharse frente a una repisa de madera pintada de blanco. Abrió una cajita y sacó cuatro chelines. Le dio los cuatro chelines y fue a la cocinilla. Al momento volvió con un saquito de tela.

—Toma... ¡Te tomo la palabra! Hasta mañana.

Peter agarró el saquito de tela y se guardó los cuatro chelines en el bolsillo. Entonces corrió junto a Julie que lo esperaba en el medio de la acera.

—Ya sé qué haremos, Julie. Vamos a buscar una panadería... ¡Se me acaba de ocurrir una idea!

—No creas que voy a cazar ratas, Peter. ¡No quiero agarrar esas sabandijas! —argumentó la niña y arrugó el rostro asqueada—. ¡Creo que estás un poco loco!

—¡Sí, estoy loco! ¡Ya verás! ¡Soy un genio! Hoy podremos comprar carne, te lo aseguro. Deja de quejarte tanto y ¡sígueme!

Capítulo 8

Corrieron para cruzar la calle del mercadillo y en el trayecto esquivaban las carretas arrastradas por caballos. Algunas llenas de cajas con comestibles de todo tipo y otras eran simplemente carretas particulares de familia que llevaban pasajeros.

Los niños observaban el aérea en busca de alguna repostería hasta que Peter vio una panadería en una esquina.

—Julie, vamos a ver esa panadería. No digas nada, solo sigue mis instrucciones.

Ella asintió y lo seguía sin preguntar, aunque comenzaba a preocuparle su aire de misterio.

—¡Como nos metas en un lío se lo voy a decir a mi madre!

Peter le dio una palmadita en la cabeza.

—Sí, sí, Julie, está bien. ¡No protestes! ¡Chisss! —repuso Peter, con el dedo índice cerrando sus labios.

Entraron a la panadería y Julie, que se aproximaba al mostrador, no disimulaba su admiración con la vista hipnotizada ante el hermoso decorado, repleto de panecillos y diferentes tipos de dulces.

Las mesas eran doradas y las sillas estaban tapizadas con telas coloridas de estampados florales que adornaban el espacio con vivacidad. El tipo de cuadros colgados en las paredes y los jarroncitos con flores sobre las mesas daban un aire de barroca elegancia. Con todo, el rico olor era suficiente para atraer a los clientes, que seguro harían caso omiso a la decoración sobrecargada.

Peter se apoyó en el mostrador y observó al panadero que se entretenía adornando con nata algunos pastelillos empolvados de azúcar, y los iba acomodando uno a uno sobre una bandeja plateada.

—Buenas tardes, señor. ¿Es usted el dueño de esta panadería? —preguntó Peter, con un aire inocentón.

El señor, de mediana estatura y contextura gruesa, se quitó el toque blanche, y se rascó la cabeza pensativo; y tras unos segundos se volvió a colocar su sombrero blanco de chef.

—Sí, soy el dueño. ¿Por qué preguntas? —contestó al tiempo que arqueaba la ceja en tono inquisitivo, todavía con la cuchara bañada de nata en la mano.

—Disculpe la molestia —dijo el niño— Mi madre está trabajando, haciendo panecillos en , y hay un pequeño problema con ratones, ¡ratones grandes!

—No es nada nuevo; están por todos lados! —respondió el señor y soltó la cucharilla en la pileta.

—Cada vez que mi madre ve un ratón, se pone nerviosísima, porque atacan la masa y tiene que tirarla a la basura. Estamos perdiendo el poco dinero que nos queda y tenemos que entregar el pedido mañana.

—Lo siento mucho.

—¿Cómo hace usted para evitar el problema de los ratones?

—Aquí nos pasaba lo mismo, pero ahora tenemos un veneno muy bueno que se ha encargado de solucionar el problema.

—¿Ya no tienen el problema con los ratones? —preguntó Peter y se arrimó aún más al mostrador como si estuviera fingiendo interés.

—Te lo he dicho. Tengo un veneno muy bueno. Eso es todo. ¿Qué más necesitas? Tengo mucho trabajo —dijo el panadero, mientras colocaba la bandeja sobre una de las repisas de vidrio del mostrador.

—Pues, señor, solamente me gustaría saber si podría venderme un poquito de veneno. No tenemos suficiente para comprar una caja.

—No acostumbro ayudar a la competencia. Pero solo esta vez te echaré una mano. Ven, pasa...

Peter le guiñó un ojo a Julie, quien aguardaba frente al mostrador y, aunque la niña no mencionaba, palabra era todo oídos.

—Presta atención para que te fijes bien en cuál de los tarros guarda el veneno —le susurró el chico.

Julie asintió moviendo la cabeza; enseguida se alzaba de puntillas echando una ojeada al área tras el mostrador.

El panadero destapó un tarro blanco y extrajo un poco del veneno en polvo con una tapita de metal y lo echó sobre un papel que enrolló cauteloso.

—Lleva un poco de este veneno. Ya sabes, tienes que guardarlo bien, ¡y no lo confundas con azúcar! —le advirtió el señor ingenuo en tono sereno— El veneno debes guardarlo en un tarro diferente que puedas reconocer, aquí lo guardamos en este tarro blanco, y la azúcar, en este tarro azul, y así no nos confundimos.

Peter se metió el rollito con veneno en el bolsillo y sacó los cuatro chelines que hubo tomado prestado de la señora Pebbles.

—Tome, señor, por favor. No es mucho, pero no podría aceptar este favor sin darle algo a cambio —dijo Peter con aire inocente.

El señor tomó los cuatro chelines y los guardó en la cajita que escondía en un cajón. Disimuladamente, Peter metió la mano en el tarro azul que no tenía tapa y extrajo un puñadito de azúcar para guardársela en el bolsillo. Como Peter no esperaba que el señor aceptara el dinero, no pudo dejar de mirarlo con mala cara al tiempo que le pasaba por el lado, en camino hacia la niña que le esperaba en la entrada.

—Gracias, el dinero siempre viene bien. —dijo el panadero, y Peter miró a Julie con cara larga.

—¡Qué avaro! —murmuró el niño y Julie se encogió de hombros impotente.

—Perdón, ¿decías algo? —preguntó el panadero.

—No, señor. ¡Gracias! ¡Muchas gracias!

—Sí, gracias, señor. —dijo Julie para imitar el tono de voz de su amigo, que abría la puerta malhumorado.

Tan pronto salieron de la panadería, Peter se agachó frente a la ventana, y haló a Julie para que se agachara con él.

—Julie, vas a hacer lo siguiente. En diez minutos voy a entrar y voy a entretener al panadero. ¿Recuerdas cuál es el tarro con el veneno? Es el blanco con la tapa de madera.

—Sí —asentía Julie moviendo la cabeza y mirándole extrañada mientras él se iba descalzando un pie.

—Toma, aguanta mi calcetín.

—¡Qué asco, Peter! ¡Huele mal, uf! —dijo asqueada.

—¡Pues no lo huelas! —musitó Peter. —Cuando yo esté entreteniendo al panadero, tú vas a entrar agachada hasta detrás del mostrador. Vas a tomar veneno del tarro y lo vas a echar en el calcetín. Después, vas a buscar el tarro azul que contiene azúcar y vas a echar bastante de esa azúcar en el tarro de veneno vacío. El de azúcar no lo vacíes del todo para que no sospeche.

—¡Oh!, entiendo... Pero debo vaciar el veneno dentro del calcetín primero, ¿verdad?

—¡Pues claro! Y te metes el calcetín con el veneno en el bolsillo. ¿Crees que puedas hacerlo?

—¿Y si nos pillan, Peter? —preguntó Julie, asustada.

—¡No nos van a pillar! No digas tonterías. Si sigues exactamente mis instrucciones paso por paso, todo saldrá bien.

—Sí, está bien... Si me pilla, ¡le diré que fue tu idea!

—Anda, Julie, y deja de protestar.

Julie se arma de valor, repitiéndose a sí misma las instrucciones; y Peter, por su parte, se asomaba sigiloso por la esquinita de la puerta de entrada. Entonces le hizo señas con la mano.

—Julie, es el momento perfecto. Quédate agachada hasta que nos veas hablando lejos del mostrador, lo voy a entretener. ¡Tienes que ser rápida! entra gateando sin que te vea.

—¡Está bien! ¡Ya me lo has dicho dos veces!

Peter entra a la panadería nuevamente y llama la atención del panadero para hacerlo ir con él hacia el ventanal, en el fondo del local; Julie aprovecha y entra gateando rápidamente, como un gusanito. Llega inadvertida hasta detrás del hombre, frente al tarro blanco de veneno. Lo toma y comienza a vaciar el contenido en el calcetín que iba llenando poco a poco. Las manos le temblaban como hojas. Por los nervios podía escuchar claramente las palpitaciones violentas de su corazón. Estaba aterrada.

Peter señalaba hacia el techo del local, dando la espalda al mostrador; despistaba al panadero mientras Julie corría bien inclinada hasta la puerta de entrada. En cuanto Peter la vio salir, interrumpió al panadero que se disponía a contestarle.

—¡Gracias, señor! Muchas gracias por su tiempo. ¡Me tengo que ir! —expresó Peter y aceleró el paso hacia la puerta.

—Estos críos, ¿quién los entiende? No me dejó ni contestarle la pregunta... —comenta para sí, sacudiendo la cabeza y caminando nuevamente tras el mostrador.

Julie andaba siguiendo a Peter, sin soltar el calcetín que aguantaba cerrado en su bolsillo.

—Peter, ¿qué vamos hacer con el veneno que tengo en tu calcetín?

—Lo llevaremos a casa por si necesitamos veneno para ratones. Quizá utilice un poco en un rato... Ya veremos.

—Y ahora, ¿qué vamos a hacer?

—Vamos a comprar papas y pan con el dinero que nos pagó el señor Beck ayer. Volveremos en un rato a ver qué tal le va al señor panadero con los ratones.

Llegaron a la calle del mercado, que no era lejos. Fueron a una carreta, donde una señora vendía pan fresco y más económico que en las lujosas panaderías. Solo pudieron comprar una barrita de pan y dos papas. Los once chelines que ganaron la noche anterior no alcanzaron para comprar más.

Tras esperar un rato largo, anduvieron de vuelta a la panadería y, casi al llegar, se toparon con una tiendita de quesos.

—Necesitamos queso, ¡ven! —dijo Peter en tono misterioso.

—Peter, ¡no nos queda dinero!

—Está bien. No necesito mucho queso. Para un pedacito no necesitaremos dinero, ¡ya lo verás!

Julie exhalaba resignada. Se volvía a preguntar, en qué estaría su amigo ahora.

Entraron a la tienda, y Peter agitó la campanita sobre el mostrador. Al instante, un chico salió de una despensa y avanzó hacia ellos sonriente.

—¿En qué puedo asistirle? —inquirió el chico pecoso.

—Buenas tardes, señor. ¿Podría darme a probar el queso más apestoso y desagradable que tenga, por favor?

El joven con una sonrisa les miró escéptico.

—¿Desagradable?

—Sí, señor, a mi padre le gusta mucho el queso que huele mal.

—Ah, sí, ya veo... ¡Son los mejores! Pero, ¿quieres probarlo?

—Sí, señor. Necesito probarlo para asegurarme de que es el mismo que compra mi padre. Me mataría si gasto lo que me queda de dinero en un queso que no le gusta.

—¡Ah!, entiendo... Mira, amigo, este es el queso más fuerte que tenemos. Pero si no te parece suficientemente fuerte, mañana nos traerán más.

—Está bien con este. ¿Podría cortarme un pedacito?

—Sí, claro.

Julie ya ni se asombraba, pero si se confundía un poco al ver a su amigo que le mentía a la gente con una facilidad tremenda ¿Cómo era capaz de inventarse tantas historias tan rápidamente? —se preguntaba— Tan pronto el vendedor de quesos le dio a probar un pedacito, Peter simuló comérselo y, sin que lo viera el empleado, se metió el pedazo de queso en el bolsillo.

—Gracias señor, pero… no es este. Tendré que venir mañana a probar la variedad. Quizá traiga a mi padre.

—Aquí estaremos —dijo el chico con cierto dinamismo.

—¡Gracias! ¡Adiós! Vámonos, Julie.

Julie cargaba el saquito de tela con las dos papas y la barra de pan, y andaba detrás de Peter con mala cara hasta que no aguantó su descontento, y corrió frente a él cortándole el paso.

—Peter, ya deja de mentirle a la gente. ¡No me gusta! —exclamó.

Peter, le quitó el saquito y siguió caminando tranquilo.

—Julie, estas mentiras son mentiritas piadosas. No hacemos daño a nadie. No te debe dar un ataque de moralidad. Soy yo quien está creando nuestras oportunidades de trabajo.

—Pues a mí no me consigas trabajo, inventando historias y diciendo mentiras.

—Ya me lo agradecerás. Vamos a ver a nuestro amigo, el panadero —repuso Peter sonriente.

—Estás loco y no eres honesto. ¡Mi madre me va a reñir cuando se lo diga!

—¡Pues no se lo digas! —dice Peter encogiéndose de hombros— Ya verás lo contenta que se pone tu madre cuando vea que llevamos dinero todos los días. Además, no le estamos robando dinero a nadie. ¡Vamos!

Ambos aceleraron el paso hasta que cruzaron la calzada cerca de la panadería. Desde los ventanales del pequeño negocio se veía al panadero corriendo de lado a lado detrás del mostrador. Peter le pasó a Julie el saquito.

—Manos a la obra —apresuró, enfocado en el nuevo asunto.

El chico caminaba sacando el pecho, orgulloso, como quien va empeñado en resolver un conflicto comunal. Entró a la panadería y paseaba la vista por el suelo entre las sillas, mesas y entrada del local. Su plan dio resultado. Los ratoncitos corrían de esquina a esquina y el panadero no soltaba la escoba que azotaba contra el suelo en su afán de ahuyentarlos. Contra más fuerte azotaba la escoba por las esquinas más rápido corrían las sabandijas. Peter se apoyó sobre el mostrador con una sonrisa amplia, en plan de un sabelotodo.

—¡Hum, hum!, buenas tardes, amigo. Lo veo un poco alterado. Tiene compañía por lo que veo.

—No sé de dónde han salido. Mientras más veneno hecho en las esquinas, ¡más ratones aparecen!

—¡Ah! Parece que usted no lo sabe... o no se lo han dicho. ¡Yo me acabo de enterar! —dijo Peter, con ojos abiertos como quien comparte un secreto.

—No sé, ¿qué? —inquirió el señor panadero.

—Bien, señor. El problema con estos venenos es que trabajan a corto plazo, porque después de un tiempo los ratones quedan inmunes a ellos. Se ponen hasta más rabiosos, ¡y se multiplican más rápido!

—¡Es la primera vez que escucho semejante disparate! El veneno me ha servido desde que lo compré, hace dos semanas. —expuso el señor que comenzaba a dudar de la eficacia del polvillo blanco.

—No puedo creer que quien le vendió el veneno no se lo haya advertido —dice Julie, fingiendo estar sorprendida.

—Pero no se preocupe, ¡hay una solución! —repuso Peter en tono confianzudo.

—¿Cuál?

—La está mirando frente a usted, aquí. ¡El mejor cazador de ratones de Londres! No tome mi palabra. ¡Véalo usted mismo!

—No te creo... —respondió el señor— Si eres tan bueno, ¿por qué me pediste ayuda?

—Hace un rato vi a mi hermano, Jack, él me confió su secreto para cazar ratones... En menos de una hora limpió la cocina de mi madre y no sabe lo contenta que está. Déjeme solucionarle el problema y después podremos negociar...

— ¿Cuánto cobras? —preguntó el señor desesperado.

—Eso depende, cobro cinco chelines por cada ratón que cace, pero si quiere darnos empleo vendré de lunes a sábado por el resto del verano y le aceptaré cincuenta chelines a la semana. Le tendré su panadería limpia de ratones, con garantía. ¡Y no verá ni un ratón!

— Treinta chelines! ¡Ni uno más!

—¡Señor! ¿Sabe el trabajo que cuesta agarrarlos? ¡Buena suerte! —dijo y caminó holgado junto a Julie hacia la puerta.

—¡Está bien! —repuso el hombre desde el mostrador— ¿cuándo empiezas?

—¿Ahora?

—¡Bien! Empieza a cazar ratones porque no puedo terminar de hornear los pedidos por culpa de estos desagradables animales.

—Sí, señor. Lo entiendo. Pero cobro por adelantado.

—Límpiame el local primero y luego te pago...

—¿Y si le limpio el local de ratones y después usted no me paga?

—¡Ahh!, ¡está bien! —contesta el señor sacudiendo la cabeza malhumorado, mientras se sacaba una bolsita del bolsillo. La abrió y sacó veinticinco chelines que soltó en el mostrador, frente a Peter. El chico los contó con prolijidad.

— ¡Aquí solo hay veinticinco chelines! —exclamó Peter

—¿Y si te doy todo el dinero y no me limpias el local de

ratones? —contestó el panadero—. Te daré lo que falta cuando termines.

Peter le pidió aceite y una caja. Entonces el panadero anduvo a la trastienda y volvió a los dos minutos con una cajita y un frasco con aceite. El niño se embarró las manos con el aceite y se las restregó con el pedacito de queso que se sacó del bolsillo. Se agachó junto a la caja y acercó las manos para frotárselas frente a la guarida de los ratones. Los roedores salieron atraídos por el olor y Peter los iba agarrando uno a uno metiéndolos en la caja como si hubiera trabajado de cazarratones toda la vida. Julie lo observaba perpleja con la boca medio abierta. Peter le hizo señas

—Pisss, ven, Julie, dame el calcetín con el veneno —le susurró Peter.

Ella sacó el calcetín de su bolsillo y lo abrió para que Peter metiera la mano y tomara un puñadito del veneno que esparció por las esquinas del local. En menos de una hora volvió todo a la normalidad.

—Señor, ¿ve? ¡El mejor cazador de ratones de Londres! Pasaremos mañana para mantenerles el local en óptimas condiciones.

—Buen trabajo, estoy impresionado. Quién lo diría... y más temprano te recomendé esta porquería de veneno —expresó el señor agradecido.

—Cierto, señor. Me debe veintinueve chelines.

—No, ¡veinticinco!

Peter se acercó al mostrador.

—Señor, veinticinco que quedó en pagarme; los cuatro chelines son los que me cobró hace un rato por venderme un veneno que no sirve para nada. No sería justo, ¿no cree? —repuso con ojos grandes y una sonrisa pícara.

El panadero se sacó la bolsita del bolsillo y sin protestar le pagó los veinticinco chelines por su trabajo y le devolvió los otros cuatro. Peter entonces se inclina de forma teatral, haciendo reverencia agradecido.

—Ha sido un placer hacer negocios con usted. ¡Hasta mañana! ¡Ah! ¿Cómo lo llamo? ¿Señor...?

—Harrington!, señor Harrington.

—¡Gracias, señor Harrington!

—De nada, chicos, hasta mañana.

Los niños anduvieron emocionados de vuelta a casa, no sin antes parar en la carnicería y comprar un pedazo de carne que, aunque no era muy grande, sí era suficiente para compartir con todos en el hogar.

—Peter, ¡eres un mago! Pudimos comprar carne como dijiste esta mañana.

Peter sonreía orgulloso durante su paseo camino a casa, y ambos llegaron más temprano que de costumbre. Julie entró eufórica entre risas, y besó a su madre que esperaba sentada en la mesa del comedor junto a la señora Chapel, quien también llegó más temprano de lo usual. Julie le quitó el saco a Peter y lo abrió en la mesa, mostrando el contenido a su madre.

—Mira, mamá. Hoy finalmente encontramos trabajo fijo —exclamó Julie, emocionada— ¡Hicimos suficiente dinero para comprar carne!

Las mujeres coincidieron con miradas de asombro y la señora Chapel, que pegó la mirada al saco lleno de comestibles, tornó la vista hacia su hijo con cara de sospecha. Entonces se levantó veloz y avanzó hacia el chico que la observaba inexpresivo, y lo haló hacia sí de un pellizco por la oreja.

—¿De dónde sacaste el dinero para esta compra? Ahora mismo me dices qué has estado haciendo todo el día —inquirió alarmada para sacudir al niño sin soltarle de la oreja.

—¡Ah!, ¡suéltame!

Julie entonces se lanza hacia ella, zafándole la mano de la oreja del chiquillo, que inclinaba la cabeza de lado hasta que su madre le soltó.

—Señora Chapel, no le tire así de la oreja. ¡No le hemos robado a nadie! ¡Conseguimos dos trabajos! Estamos limpiando la tienda de la señora Pebbles por las mañanas y en las tardes trabajamos en la panadería del señor Harrington cazando ratones.

—¿Cómo sé que no me están mintiendo? —dijo la señora refunfuñona.

—Puede visitarnos allí si no me cree...

La señora Chapel la observaba agudizando la vista con cara de duda y Hannah, que conocía a su hija como la palma de su mano, intuyó que decía la verdad.

—Señora Chapel, he escuchado que durante los meses de verano los establecimientos de comestibles tienen un problema muy grave. ¡Los ratones salen mucho más frecuente que en invierno!

La señora Chapel la escuchaba apuntando la mirada al niño que permanecía frente a ella y sobaba la oreja roja del enorme pellizco que había recibido. Seguía serio y recto como un soldado mientras su madre le examinaba con sus ojos vigilantes. Aunque estaba molesto por el jalón, Peter observaba a su madre con la mirada templada y tranquila, entonces ella también supuso que decían la verdad.

—Está bien. Más vale que sea cierto. Porque como me entere de que estás haciendo algo indecente, ¡ya sabes la que te espera!

Julie se sacó el calcetín con veneno que escondía en el bolsillo del vestido y extendió las manos mostrándoselos orgullosa.

—Mire, señora Chapel. ¿Ve que no le miento? Con él hemos estado ayudando al señor Harrington a cazar los ratones. ¡Le puede preguntar!

—¿Han cazado ratones con un calcetín? —preguntó la señora e inspeccionó el calcetín con su aguda vista. Entonces se agachó frente a Peter y le alzó los dobladillos del pantalón. Sonrió sorprendida al evidenciar que a su hijo le faltaba un calcetín y les creyó.

—Me parece bien que aprendas a ganar dinero, trabajando como la gente decente —comenta la señora aguantando la risa.

Peter fue hacia Julie y le arrebató el calcetín. Entonces se plantó frente a su madre y lo abrió para mostrarle el veneno que quedaba.

—Sí, ¡pero no es con mi calcetín que cazo ratones! Es con este veneno... Tuve que usar mi calcetín para echar el veneno porque no tenía dónde guardarlo.

Jack, asomó medio cuerpo desde el cuarto.

—¡Qué asco! ¿Para qué necesitas el veneno? ¡Si con el olor de tu calcetín solamente, se mueren todos los ratones de la ciudad entera!

La señora Chapel y Hannah volvieron a mirarse, y se echaron a reír tras escuchar el comentario de Jack. La señora Chapel sacudía la cabeza, sonriendo, y entretanto Hannah tomaba a Julie de la mano y se la llevaba a la habitación. La arrimó a un cubito colmado de agua y tras agarrar la manopla le lavó la cara y las manos. De inmediato regresaron al comedor, Julie se sentó junto a Peter y Hannah siguió en la cocina junto a la señora Chapel.

—Vamos señora Chapel, la ayudo —dijo Hannah en voz baja mientras sacaba las papas del saco.

—Pues muy bien. Vamos a cocinar, no perdamos más tiempo —dijo la señora Chapel— Buen trabajo, Peter. Muy bien, Julie. Así me gusta, ¡que les paguen por un trabajo bien hecho!

Al rato, las mujeres prepararon la mesa y todos estaban sentados impacientes de hambre. Plantaron la cazuela con el rico guisado en el centro de la mesa, y Hannah concluyó de servirle a los niños antes de sentarse junto a Julie. La señora Chapel le pasaba a Hannah la canastilla de pan recién horneado.

—Bien, señora Ames. Si sigue con la suerte que lleva buscando empleo, ¡va a tener que ir a cazar ratones con los chicos! —dijo la señora en son de broma. A Hannah se le tornó opaco el semblante, avergonzada. Su hija alzó la vista e incluso con un pedazo de pan en la boca la miró inquisitiva.

—Mamá, ¿todavía no has conseguido trabajo? —le preguntó Julie en voz baja.

—Ya mismo encontraré algo, Julie. No te preocupes por eso, come tranquila que ya mismo es hora de acostarnos a dormir.

La niña asintió y no le volvió a tocar el tema. Todos cenaron y disfrutaron en familia. Al fin, Peter y Julie vieron los frutos de su esmero y trabajo por lo que disfrutaron aún más la deliciosa cena, poco usual en tiempos difíciles.

Capítulo 9

Al día siguiente, Julie y Peter llegaron temprano a la tienda de la señora Pebbles. Advirtieron la presencia de su esposo, quien los recibió animado y jaranero.

—Buenos días, chicos. Me imagino que tú eres Peter... Y tú eres, ¿Julie?

—Buenos días señor Pebbles —dijo el chico extendiendo la mano, respetuoso— ¡Peter Chapel! es un placer conocerlo, su esposa nos ha hablado mucho de usted.

El señor les admiraba, encantado de su soltura y buenos modales. Julie no se quiso quedar atrás y lo saludaba de la misma manera.

—Hola, mi nombre es Julie y soy su asistente —dijo la niña sonriente —¡Ah! Su esposa nos ha dicho que usted no puede vender ni una yarda de tela. Y que la economía está muy mal...

Peter se viró hacia ella y la miró perplejo. En cambio, el señor se echó a reír mientras se incorporaba cauteloso, sentándose en la silla que hubo afincado frente a la puerta, de espaldas a la vidriera. Peter continuó como si no la hubiera escuchado.

—Soy un excelente vendedor y estoy seguro de que podría ayudarlos a vender sus telas. Le sorprenderé, si me da la oportunidad— dijo con una media sonrisa.

—¡Es verdad señor! —procedió Julie —aunque la señora Pebbles nos ha dicho que usted no tiene dinero para pagarnos...

Peter la miró alarmado y ella se encogió de hombros.

—No he dicho nada malo... —Repuso Julie con ojos grandes en tono inocentón.

En eso estaban cuando la señora Pebbles salió de la tienda, animada de verlos. Su cabello castaño poblado de canas, estaba esa mañana, inusualmente recogido en un moño de trenzas bien enrolladas en un rodete bajo muy elegante.

—Gracias a ustedes puedo encontrarlo todo. ¡No puedo creer que hice dos pedidos del mismo hilo cuando me sobraban dos cajas! Organizar el inventario ha sido lo mejor que hemos hecho, señor Pebbles —exclamó la señora. —¡Este chico tiene buen ojo para los negocios! Logramos vender tres yardas de tela y la semana que viene ofreceremos algunos descuentos para deshacernos del inventario de la última temporada.

Peter sonreía satisfecho, siguiendo a la señora que entraba nuevamente a la tienda. Julie andaba detrás, aguzando el oído.

—¿Ha mandado a hacer las cortinas con la tela que le sugerí, señora Pebbles? —preguntó Peter.

La señora asintió con una sonrisa, se sonrojaba tímida. Le costaba creer que las sugerencias de un chico de once años comenzaran a dar resultados en tan solo un día. Ella siempre quiso tener un niño varón, aunque la vida nunca le dio esa fortuna y, a cambio, solo les brindó un nuero protestón.

El señor y la señora Pebbles eran padres de una joven que se hubo casado con un señor de maneras cordiales y mente cerrada. Como el chico era granjero, su hija vivía con él en el campo, lejos de la ciudad. No coincidían con frecuencia y solo tenían la certeza de contemplar su rostro dos veces al año. Una semana durante el verano y la semana de festividades navideñas.

Peter se tiró en el sofá y Julie lo siguió. La señora Pebbles se sentó en la silla contigua al viejo mueble.

—¿Qué te ha dicho el señor Pebbles? —inquirió curiosa la señora.

—No me ha dicho nada todavía —respondió el chico para encoger sus hombros, y la señora se levantó y caminó tras el mostrador.

—Toma Peter —dijo y acto seguido sacó dinero de la cajita.

El niño se levantó del sofá y llegó frente a ella dando tres pasos agigantados.

—¡Una libra! ¡Gracias, señora Pebbles!

—Eso es para ti y para Julie, para que tengan dinero para el almuerzo y les sobre algo para el resto de la semana, si es posible.

El señor Pebbles entraba, arrastrando la silla de la acera, y la colocó al lado del mostrador.

Peter, creo que deberíamos darte una oportunidad. Si nos ayudas en las ventas, te voy a pagar cincuenta peniques a la semana, más el veinte por ciento de todo lo que vendas —le aseguró el hombre con la mano extendida. El niño no cabía en sí de la emoción.

—¡Gracias señor Pebbles! ¡No sabe lo feliz que me hace! —exclamaba dejando ver un rostro dichoso.

—Creo que nos serían de gran ayuda —concluyó la señora Pebbles.

—Y yo puedo mantenerles la tienda muy limpia para que los clientes no se asusten, como nos asustamos nosotros el primer día—recalcó Julie, dispuesta.

Todos se rieron ante su comentario consciente de que había algo de verdad en él. Días antes de limpiar el espacio, la tienda estaba hecha un caos y ahora comenzaba a sentirse acogedora y organizada. Todo lucía mucho mejor.

El señor Pebbles se puso el sombrero y agarró su bastón de la trastienda. Se encaminó hacia la puerta dispuesto a salir...

—Tengo cosas que hacer —decía mientras andaba— así que quedamos en eso, Peter. Y tú jovencita también has hecho un trabajo excelente —Le sonrió a la niña y ella asintió orgullosa. —Me dice la señora Pebbles que cazas ratones. —El chico asintió.

—¡Bien! hablaré con algunos amigos comerciantes para que te procuren si necesitan un cazador de ratones. ¿Sabías que puedes vender los que caces a las apuestas de pelea de ratones?

—¿De veras? —inquirió Peter con cara de sorpresa.

—Voy a conseguir el contacto. Hay un grupo de amigos que apuestan en peleas de esos animales. Podrás venderlos y ganar más dinero. Ahora, ¡a trabajar! Yo tengo una reunión importante... Ya nos veremos durante la semana. Adiós.

Con esas últimas palabras, el señor Pebbles salió de la tienda. Por su parte, Peter advirtió la capa de tristeza que cubría el rostro de la señora Pebbles. Julie anduvo hacia la trastienda y comenzó a barrer como si nada. Sin embargo, Peter observaba a la señora con una mirada de preosupación, y se iba sacando el saquito de tela que había enrollado y guardado en su bolsillo.

—Tome señora Pebbles, aquí está el saquito que me prestó para cargar la compra —dijo atento.

La señora hubo de soltar una sonrisa desganada, y tomó el saquito de sus manos y automáticamente la colocó sobre una silla pegada a la pared. Peter se le acercó.

—¿A dónde tiene que ir el señor que sea más importante que cuidar su negocio, señora Pebbles? Disculpe mi atrevimiento...

—¡Ah! No importa... —responde la señora con un ligero movimiento de la cabeza y con aire tristón. —El señor Pebbles visita el club de juegos tres veces en la semana, los demás días se acuesta a recomponerse del brandy y del mal humor.

El señor Pebbles no era rico, aunque llevaba retirado los últimos dos años y gracias a una modesta herencia se animó a invertir en el negocio de telas y confecciones. No sabía mucho sobre ventas, sin embargo, las damas de sociedad gastaban un dineral en vestidos y materiales de costura. Tenía esperanzas de crecer su pequeña fortuna y a la vez usaba el negocio como gancho para entretener a su esposa. La mujer de formas lugareñas no compartía la mentalidad clasista de la burguesía que les rodeaba. Era una mujer solitaria que prefería envolverse en su pequeño mundo y negocio, el cual favorecía sobre las tediosas tardes de té con las damas de sociedad, que tanto repelía. Le resultaban engoladas y cargantes.

Peter la observaba atento con la mirada templada.

—Si no le gusta, ¡dígaselo! —le expresó Peter, en tono compasivo.

—Gasta muchísimo dinero en el juego y yo estoy aterrada. Como no logremos levantar este negocio no sé qué va a ser de nosotros —concluyó la señora, entretanto se dedicaba a medir varios pedazos de tela.

—Señora Chapel, ¿me permitiría que le prepare un plan atractivo de ventas? —preguntó el chico que la comenzaba a contagiar con su ánimo.

—¡Claro que sí! ¿Qué tienes en mente?

—¿Dónde guarda las telas de la última temporada? —inquirió el chico muy seguro de sí mismo.

La señora apuntó a la pared, donde se hallaban los rollos de tela organizados en fila y en orden de colores.

—Allí —señala la señora, apuntando al montón de telas enrolladas que se encontraban apoyadas sobre la pared —Están mezcladas con los de esta temporada...

Peter mueve la cabeza, poniendo los ojos en blanco, imitando así la visura que solía expresar su madre, la señora Chapel.

—¡Muy mal! —censuraba el chico— ¿Cómo se supone que prepare descuentos especiales si mezcla las telas nuevas con las de temporadas pasadas? Debemos dividir las telas por calidad, después por temporadas. Mientras más viejas, mayor el descuento, pero tenemos que impulsar ese descuento, imponiéndoles la compra de algo nuevo —advirtió Peter, pensativo. Al rato ya le hubo organizado más de cinco rollos con especiales de ventas, la señora estaba encantada.

Compre una yarda de cualquier tela

y se llevará la segunda yarda

a mitad de precio

Claro que el chico ofrecía la segunda yarda de las telas fuera de temporada.

La propuesta de Peter tuvo tanto éxito que en menos de dos horas se les llenó la tienda de clientes y mironas curiosas. La señora Pebbles estaba eufórica. Vendieron más de treinta yardas de tela junto con cantidad de hilos y botones. Nunca antes había vendido tanto. Peter trabajaba enfocado, rebosado de carisma y chispa empresarial, demostrando ser todo un éxito.

Tras su jornada de trabajo en la tienda, Peter y Julie se encaminaron a la panadería del señor Harrington. Allí, Julie ayudaba al señor limpiando y lavando trastes, mientras Peter hacía de las suyas azuzando a los ratones para después cazarlos. Tuvieron otro día airoso.

Durante el verano Peter llegó a vender más de veinte cajas de ratones, aunque su mayor ganancia la lograba en la tienda de telas del señor y la señora Pebbles. A él le fascinaba su trabajo y ya se comenzaba a correr la voz entre los comerciantes por el área del mercado. Poco a poco, Peter se iba dando a conocer como un excelente vendedor.

El último día de trabajo en la panadería del señor Harrington, Peter llegó a juntar diez ratoncitos que guardó en una caja y tan pronto acabaron su jornada, él y Julie se encaminaron a una taberna. Allí venderían la caja a los hombres toscos, amantes al trago, que entretenían sus noches apostando en peleas de ratones.

Un atardecer, tras cruzar varias calles y avenidas, los chicos se desviaron en un pintoresco callejón donde tan solo unas lamparitas alumbraban la entrada de varios negocios, que aún no habían cerrado. La tenue iluminación hacía del callejón un lugar algo tenebroso. Los niños caminaron a la taberna que quedaba entre dos edificios. El local era pequeño y desde la acera se podía escuchar la bulla de voces y risas de gente ebria. Peter, que cargaba la cajita llena de ratones, se detuvo en la acera, frente a la taberna.

—Julie, voy a llevar la caja dentro para venderla al dueño. Quédate aquí. Salgo en cinco minutos.

—Está bien, Peter. Pero está oscuro —dijo Julie en voz baja. Observaba alrededor intimidada.

—Si alguien te molesta, solo grita, aunque saldré en menos de cinco minutos.

Julie se quedó frente a la puerta y Peter entró sigiloso. No pasaron cinco minutos cuando, de repente, Julie escuchó un grito.

—¡Ayyy! ¡Me ha mordido! —gimió el niño desde el interior del negocio.

Julie entró como un bólido, alarmada con ojos grandes. Su vista asustada examinaba el rostro de cada parroquiano, entretanto avanzaba y se hacía paso por entre muchos hombres, de pie y sentados. Sentía la respiración agitada en esos momentos de abrirse paso entre las personas aglomeradas en el local. Finalmente encontró a Peter agachado, a pocos pasos de la entrada.

—Peter, ¿qué te ha pasado? —gritó Julie, desesperada halándole el brazo.

Peter se apretaba el dedo, sin contestarle. Su semblante delataba el pánico que acaparaba hasta su último nervio y solo miraba a su alrededor con cara de espanto.

—Toma esto —expresó un señor desconocido con su mano extendida, después de sacarse diez chelines del bolsillo—. Lleva a tu hermanito a casa. Lo mordió una rata. Debe ver a un médico lo antes posible. Las ratas transmiten enfermedades muy raras —los diez chelines por la compra de la caja llena hasta el tope de ratones.

Los niños salieron del lugar corriendo sin importarles el chubasco que iba apretando fuerte. En menos de diez minutos llegaron al vecindario y subían por las escaleras del edificio, llegando al apartamento.

Peter sudaba con la respiración violentamente agitada de la carrera y Julie estaba tan nerviosa que no lograba articular una palabra. Llegaron frente a la puerta del apartamento, ambos empapados con las gotas que chorreaban de su atavío y cabellos mojados. Entonces, al ver la puerta cerrada, Julie logró soltar un grito impaciente.

—¡Mamá! ¡Señora Chapel! ¡Abra la puerta! —Voceaba desesperada. Hannah le abrió al momento.

—Julie, ¿qué pasa? —dijo desconcertada —¿Por qué gritas así?

Julie entró de un empujón y Peter la siguió sin decir una palabra.

—Mamá, me ha mordido una rata —dijo el niño con la voz entrecortada. Hasta en su modo de andar se delataba el terror que lo desganaba. Su índice estaba al rojo vivo y le ardía como una llama, según confesó.

—¡Dios mío! —exclamó la señora Chapel alarmada —¡Hannah, busca al doctor Cook!

Hannah se tiró el abrigo encima y agarró el paraguas.

—Julie ve al cuarto y quítate esa ropa ahora mismo que te vas a enfermar. Sécate bien, vengo enseguida —dijo, y se echó a correr escaleras abajo.

La niña asintió y entro a su habitación. Por su parte, la señora Chapel ayudaba a su hijo a desvestirse del ropaje mojado que cambió por atavíos secos.

La señora Chapel arrimó una silla al lado de la cama, junto a Peter, que se recostaba arropado. En eso, ya Julie entraba al cuarto con un jarrón de agua fría y un pañuelo blanco. La señora Chapel mojó el pañuelo en el jarrón y lo exprimió antes de palpar con el trapo la frente del niño que se calentaba sudando de fiebre.

En el transcurso de una hora no hubo novedad hasta que Hannah y el doctor Cook entraron apresurados. Sus pasos interrumpieron el silencio y rompieron así la tensión cortante que suele acompañar a los fortuitos desdichados.

El galeno se despojó del sombrero que entregó a Hannah. Ella también tomó la gabardina del doctor y la tendió sobre una silla en el comedor frente a la entrada. El Dr. Cook se dirigió con cara de urgencia a la habitación, donde todos habían estado aguardando su llegada, sentados en silencio junto Peter.

Tan pronto el señor entró a la habitación, la señora Chapel se levantó de la silla para facilitársela, y él se sentó. Después de examinar con detenimiento la mordida del dedo enrojecido, el doctor se levantó.

—Por favor, necesito estar a solas con el chico, necesitamos orden y tranquilidad.

—Estaremos en el comedor Dr. Cook —dijo Hannah temblorosa, y tomó a la señora Chapel por el brazo.

—Gracias señora, Ames, no tardaremos.

Hannah se llevó a la señora Chapel de la habitación y se sentaron en el comedor; Julie y Jack las siguieron sin encontrar qué decir o qué preguntar.

Al rato, el Dr. Cook salió del cuarto y se acercó a la señora Chapel, que estaba sentada con la cabeza inclinada sobre la mesa. El señor, bonachón, con calva de monje, se le arrimó susurrándole al oído. Tan solo de escucharlo la mujer se echó a llorar. Como la señora mantenía la histeria a flor de piel, su reacción no fue nada de extrañar. Era un manojo de nervios, y bajo las palabras que le habían acabado de susurrar al oído, lo era aún más.

—Debe tranquilizarse, todo saldrá bien —dijo el doctor y regresó a la habitación, entonces cerró la puerta.

Hannah abraza ahora a la señora Chapel, murmurándole al oído alguna pregunta que esta contestó con la voz entrecortada, y tan bajito que Julie no logró escucharla por más que agudizaba el oído.

Al rato, escucharon los gritos dolorosos de Peter; Hannah sostenía la mano de la madre angustiada y la acariciaba con el fin de calmarla. Poco después, el Dr. Cook salió de la habitación y Hannah se levantó de la mesa con expresión inquisitiva.

—¿Estará bien doctor? ¿Cómo salió todo? —preguntó Hannah.

—Estará adolorido por varios días. Dele esto que le ayudará a dormir. Volveré mañana para ver cómo sigue —dijo el doctor.

—La señora Chapel palideció al escucharlo. Respiró de modo afanoso. —Gracias doctor. Muchas gracias —dijo la señora desmoronada de sus nervios, y se fue a la habitación junto al niño.

Hannah alcanzó la gabardina y el sombrero al doctor.

—Dígale a la señora Chapel que no se alarme, el chico es fuerte y he visto casos peores. Estará bien en par de semanas —comentó el hombre en voz baja.

Hannah asintió con media sonrisa y abrió la puerta que estaba a un paso de distancia.

La apurada situación, ahora, golpeaba duramente la tranquilidad del hogar. Julie no habló por el resto de la noche y, al tirarse a la cama, cayó dormida con el ruido de la lluvia que iba acariciando levemente los cristales de la ventana de su habitación.

Capítulo 10

---◇---

Hannah aún no conseguía empleo fijo y ya entraba la segunda semana de otoño. Aunque durante los meses de verano la joven cumplió con algunos trabajillos sencillos, estos eran temporeros y ella no lograba afincar un empleo seguro como necesitaba. Julie y su madre aún dormían bajo el techo de la señora Chapel y Hannah comenzaba a preocuparse.

Hubo pasado una semana desde la última visita del doctor Cook y Peter se recuperaba con lentitud. El doctor tuvo que amputarle parte del dedo por miedo a que se propagara la infección. La medicina era muy limitada en esos tiempos y para personas de bajos recursos lo era aún más. Inicialmente, el pequeño quedó un poco afectado, pero se iba acostumbrando a ver su dedo enrollado en gaza blanca. También le daban fiebres esporádicas, pero cada vez eran menos frecuentes y más leves, su salud mejoraba cada día y lo peor ya había pasado.

Esa tarde, Julie estaba sentada en el suelo frente a la mesa del comedor, observando a Peter que contaba entusiasmado el dinero que lograron ganar esa semana. El chico se preparaba para darle la mayoría de sus ganancias a la señora Chapel, que estaba juntando el restante para pagar el alquiler.

—¡Peter! ¡No es justo, yo quiero vender telas también! —exclamó Julie frustrada. La señora Pebbles tan solo le pagaba veinte chelines semanales y ella se los daba a su madre todas las semanas.

—Las mujeres no saben vender como los hombres, Julie.

—Yo te he visto y lo que tú haces es hablar y hablar hasta que te compran, eso no es tan difícil. ¡Yo también puedo hacerlo! —repuso Julie molesta.

En eso estaban cuando escucharon el sonido de unas llaves tras la puerta del apartamento. El silencio se hizo denso mientras el suspenso acaparaba el aire que respiraban en ese momento. Todos miraban hacia el pomo de la puerta, que se movía como si lo estuvieran forzando desde el lado opuesto, hasta que la puerta se abrió y dejó ver un hombre de mediana estatura y con pinta algo desaliñada.

—¡Hola! ¡Ven Peter! ¡Abraza a tu padre! —expresó el hombre robusto de aspecto demacrado.

Era el señor Chapel que llegaba a su casa tras seis largos meses de trabajo en el campo. Ya comenzaba el invierno y la agricultura se detendría hasta principios de la primavera.

Peter se levantó indiferente y lo saludó con un abrazo poco genuino.

—Hola, papá —respondió el niño y se sentó nuevamente junto a Julie.

—Qué rápido creces, Peter. ¡Estás casi igual de grande que tu hermano! —comentó el señor con la sonrisa torcida.

Jack lo escuchó entrar y salió de la habitación. Igual a Peter, Jack también abrazó a su padre con cierto desánimo. Hannah y la señora Chapel que estaban cocinando, se miraron con cierta inquietud. La señora Chapel se secó las manos y fue hacia la entrada para saludar al hombre de modo seco y algo distante.

Al ver la presencia de Hannah, el hombre extrañado avanzó hacia su esposa susurrándole algo al oído que la hizo contestarle de igual manera. La respuesta que le hubo murmurado su señora tuvo tal impacto que llevó a transformar la cara del hombre en mal humor. A la señora Chapel le temblaba la sonrisa que fingía junto a su mirada ambivalente.

—Ya hablaremos de la situación durante la cena —repuso en voz alta—. Te explicaré en breve, pero saluda, ella es Hannah, y esa niña es su hija, Julie.

El señor Chapel saludó a Hannah con una sonrisa forzada, mientras Hannah iba hacia él con la mano extendida de manera cordial.

—Buenas tardes —dijo Hannah con voz cascada y temblorosa, aunque sonreía intentando agradarle.

—Buenas tardes— contestó el hombre con el aliento cargado a whiskey, y se encaminó derecho a su habitación para dejar a la joven con la mano extendida. Hannah percibió en ese instante su descontento. Presentía que cada minuto que pasara, albergada bajo ese techo, se le sobresaltaban sus nervios como si bien jugara a la ruleta rusa, sin saber cuál sería el momento cuando el hombre explotaría y diría algún improperio.

El señor Chapel era un bebedor empedernido. Llevaba una vida desordenada y era fiel a ese día de la semana en que se embriagaba hasta las entrañas. Cuando eso pasaba, llegaba al vecindario voceando a todo pulmón desde la esquina de la calle hasta llegar a su hogar, donde sus hijos y esposa lo esperaban temblando como hojas. Peter y Jack le tuvieron terror hasta que su presencia solo les inspiraba desprecio. Los niños eran testigos de las constantes riñas entre su padre y la señora Chapel, quien vivía avergonzada de los escándalos que ocasionaba el esposo. Sus bullas eran espectaculares y toda la vecindad cuchicheaba de esas actuaciones erráticas. En casa de la señora Chapel solo se respiraba paz y tranquilidad durante los meses que contaban con su ausencia.

La señora Chapel evitaba hablar de los problemas en casa y tampoco hubo encontrado la vergüenza necesaria para advertir a Hannah de su marido y carácter desabrido. Sin embargo, ya no era necesario mencionarlo. Hannah supo al instante de conocerlo que debía encontrar donde ir con su hija lo antes posible. Su bienvenida se hubo extendido y el momento de empacar el equipaje nuevamente había llegado.

—Tengo hambre. ¿Cuándo estará lista la cena? —gritó el hombre desde la habitación.

La señora Chapel volvió apresurada a la cocina, bajó los platos de la repisa de madera y los colocó al lado del caldero.

—¡Ya estamos por poner la mesa! ¡Puedes sentarte! —exclamó la señora con la voz entrecortada.

Julie observaba a Peter que miraba a su hermano con la cara tensa y Jack se mantenía inexpresivo. Julie, que era una niña despierta, percibió la hostilidad que arrastraba el señor Chapel a su hogar de manera precipitada. Peter le dio una palmadita en la mano.

—Julie, vamos a dejar que coman los mayores, esperemos que mi padre se acueste y entonces comeremos nosotros —musitó el chico y Julie asintió.

La niña comenzaba a recordar la tarde de primavera, cuando espiaba por el agujerito de la cerradura y vio a su madre angustiada por el despido de la señora Cartwright. Una sensación similar la embargó. Peter guardó su dinero para no dárselo a la madre delante del padre, puesto que sabía que este se lo quitaría sin reparos.

La mente de Hannah corría en busca de posibles soluciones llevando los platos a la mesa y tratando de aparentar la calma que le faltaba. El señor Chapel salió de la habitación y se sentó junto a Hannah y la señora Chapel, los tres comían en silencio. De repente, el señor Chapel alzó una mirada colérica, respiró profundo, y dio un golpe con el puño sobre la mesa.

—¿Para esto trabajo la mitad del año fuera de mi casa? ¿Para llegar del campo agotado a comer con extraños en mi propia casa? —vociferó el hombre. Al instante soltó un manotazo sobre la mesa zumbando la jarra de agua y la canasta de pan al suelo.

Hannah se levantó de la mesa y sintió un intenso nudo de nervios en el estómago, agarró a Julie del suelo, la tomó de la mano y se la llevó con ella a la habitación. Peter y Jack las siguieron.

Desde la habitación se escuchaban los gritos desmedidos por la ira del hombre, con cara de ogro y modales bestiales. Los gritos del hombre se escuchaban hasta el portal. Era evidente que sus arranques de soberbia aterraban a la señora Chapel que le hablaba en voz baja con el fin de aliviar su ira.

—La señora Ames trabajaba en casa de los Cartwright conmigo —reparaba la señora Chapel con la voz temblorosa. Intentaba calmarlo, manteniendo la cordura—, pero la señora

Cartwright la despidió del servicio. Las cosas no están muy bien económicamente.

—¡Yo no voy a mantener a nadie por lástima! —gritó el hombre.

—La señora Ames nos ha ayudado con los gastos durante el verano, quizá si la dejamos una semana con nosotros podría encontrar algo estable. No tiene donde vivir.

El señor Chapel se levantó de la mesa dejando su plato ya vacío.

—Ya ha pasado el verano y está terminando el otoño. Si necesitan donde vivir, pueden ir a la Casa del Trabajador. Miles de personas que no tienen trabajo se quedan allí. ¡No mantendré a extraños en mi casa por pena! Si apenas tenemos para pagar la renta… —dijo el señor Chapel y anduvo a su habitación que cerró de un portazo.

Julie abrazaba a su madre nerviosa y Hannah la abrazaba acariciando su espalda con el fin de tranquilizarla. A Hannah no le cabía en la cabeza ponerse en la piel de la señora Chapel. —"Lidiar con este hombre tan desagradable debe ser una pesadilla", pensó. —Tan solo en ese instante se sintió afortunada.

Peter se agachó frente a Hannah, se notaba más calmado de lo que estaba.

—No se preocupe, señora Ames. Ya lo habíamos hablado Jack y yo hace un par de días. También mi madre se imaginó que mi padre actuaría de esta manera, por eso hemos preparado una esquina arriba de las escaleras, antes de llegar a la azotea. Es una especie de ático. Como nadie sube al techo durante el invierno, ahí no las verá mi padre.

La señora Chapel entró al cuarto avergonzada y las manos temblorosas.

—Señora Ames, Jack y yo les arreglamos una esquina arriba.

—Ya nos lo ha dicho Peter, señora Chapel —interrumpió Hannah con un hilo de voz— No se preocupe, ha sido demasiado generosa con nosotras, pero ya tengo que tomar un paso firme ante mi situación. Nos iremos mañana a primera hora señora Chapel, puede decírselo al señor Chapel, para que se quede tranquilo. No quiero causarle más inconvenientes.

—Señora Ames, sabemos que la Casa del Trabajador no es la mejor opción —repuso la señora Chapel— pero quizá por los meses de invierno... —musitó.

—Lo he pensado señora Chapel, ya veremos. Usted vaya y descanse, ya nos ha ayudado demasiado. No se preocupe por nosotras.

La mujer avergonzada dobló hacia abajo la cabeza, exhausta, y salió de la habitación.

La señora de formas toscas, protestona y expresiva se hacía añicos frente a su esposo que controlaba el hogar con puño de hierro y mal humor.

Peter tomó la mano de Julie y ella sonrió aún atemorizada de escándalo y él la intentaba aliviar.

—Tú vendrás conmigo mañana.

Hannah abrazó al niño, que la miraba con el miedo plasmado en el rostro, y lo despeinó con la mano de manera tierna y a la vez juguetona.

—Gracias Peter, has sido como un hermanito para Julie, pero no debes preocuparte tanto de problemas ajenos. Yo encontraré alguna solución. ¿No trabajas mañana? —preguntó Hannah con un hilo de voz.

El niño asintió con el movimiento de la cabeza y ella le pellizcó el cachete, cariñosa.

—Entonces ve a dormir, ya se hace tarde...

Los dos hermanos caminaron hacia la puerta; entonces Peter volteó, insistente.

—Señora Ames, quédese arriba con Julie al menos por una semana, si no consigue trabajo en una semana entonces vaya a la Casa del Trabajador como sugiere mi madre...

Hannah asintió con los ojos entrecerrados y él le sonrió.

—Buenas noches, Julie, buenas noches señora Ames...

—Buenas noches, Peter —respondió Julie y reposó la cabeza en el lecho de su madre.

—La Casa del Trabajador... He escuchado tantas cosas terribles de ese lugar... —se decía Hannah a sí misma.

Julie, que se le hubo cerrado el estómago de puros nervios, alzó la mirada para admirar a su madre.

—Mamá, no te preocupes. Si no tenemos otro remedio, nos iremos a vivir un tiempo a ese lugar, como dijo la señora Chapel, solo hasta la primavera cuando yo podré trabajar nuevamente con Peter en la tienda de la señora Pebbles.

Hannah abrazó a la niña con una sonrisa tierna. Buscó una rajita de pan con miel y sirvió un chorrito de la deliciosa crema de papas en una taza de madera. Se la llevó al cuarto y la niña se lo comió, sentadita en la cama antes de echarse a dormir.

Hannah intentaba no desesperarse. La incertidumbre comenzaba a causarle un pavor imponente que acaparaba sus pensamientos como una nube insoportable, negra y cargante hasta que la abrumaba un punzante dolor de cabezas. ¡Al fin!, hubo un momento en que sin poder pensar más ya, empezó a quedarse dormida hasta el próximo día, pero siempre, claro, sería un sueño con sobresaltos.

Capítulo 11

---◇---

A l día siguiente, Hannah se levantó de la cama a las cinco de la mañana, no durmió cinco minutos en toda la noche. Tras asearse empacó las pocas cosas que tenía y colocó su equipaje al lado de la puerta. La niña aún dormía y no la quiso despertar. Se sentó a su lado para admirar su rostro angelical, dormía como un lirón. Hannah sentía que le comenzaba a dar vueltas la cabeza de tanto pensar; buscaba alguna alternativa que no fuera ir junto a su hija a la Casa del Trabajador. Su apurada situación no dejaba de atormentarla.

Ya eran las siete de la mañana, cuando oía al señor Chapel que se marchaba, alertando de su salida con un portazo. Entonces Hannah salió de la habitación y fue a la cocina. Se sirvió un poco de té y se sentó sobre el banquillo contiguo a la pileta para tomarse la infusión a solas. Tan pronto lo acabó, sirvió un chorrito en la misma taza y cortó un pedacito de pan que puso sobre un plato para la niña. Lo dejó en la mesa del comedor y entró a la habitación. Julie estiraba los brazos, aún acostada.

—¡Buenos días! —dijo Hannah fingiéndose animada.

—¿Qué hora es mamá?

—Hora de levantarse... Vamos, ya tienes el desayuno en la mesa.

—¡Quiero dormir!

—¡Yo también! Pero no es posible así que ¡espabílate! —dijo y descorría las cortinas, dejando entrar la luz tenue que se rendía al día lluvioso. Se sentó en la cama, acarició el bracito de la niña para alentarla a despertarse, aunque Julie todavía estaba más dormida que despierta.

—Mamá, ¿por qué has recogido nuestras cosas y las has puesto en la maleta y en los sacos? Pensé que dormiríamos por un tiempo arriba, en las escaleras, hasta que consiguieras trabajo.

—Julie, vamos a tratar de solicitar estadía en la Casa del Trabajador. No podemos dormir en las escaleras, hace demasiado frío y te puedes enfermar. Además, si el señor Chapel se entera que aún seguimos aquí, le crearemos un problema bien grave a la señora Chapel.

Como Hannah no pegó ojo en toda la noche, su rostro se veía demacrado y más pálido que otros días. Apenas conseguía esbozar una sonrisa para disimular la intranquilidad que salía de su mirada.

—Mamá ¿puedo visitar la tienda de la señora Pebbles, mientras estemos en la Casa del Trabajador? —preguntó la niña al sentarse en la cama. Su madre movía la cabeza en desaprobación, objetando la idea.

—No lo sé Julie, pero no creo. No le digas a Peter dónde vamos, ya lo volverás a ver en la primavera. Podremos volver cuando pase el invierno y con suerte conseguiré trabajo. Por ahora debemos mantener esto en secreto, ¿de acuerdo?

—Está bien mamá.

La niña comprendía que su madre estaba en una situación crítica. Aunque Hannah no le hablaba sobre la gravedad del asunto, a su corta edad advertía la angustia a través de su tono de voz. Escuchaba a la madre de una manera apacible, mucho más que de costumbre. La niña se levantó de la cama y se aseó con apuro. Entonces empezó a cambiarse, entretanto su madre estiraba las sábanas y sacudía el polvo de los muebles.

Julie salió de la habitación y se sentó junto a Peter que también desayunaba ya en el comedor, antes de salir a la tienda de telas.

—Peter, hoy tengo que ir con mamá a buscar trabajo. Si me ven con ella, quizá tengamos más suerte.

—Sé que tu madre no se quiere quedar en las escaleras, pero no quiero que vayas a la Casa del Trabajador. Mi hermano me ha dicho que ha escuchado cosas horribles de ese lugar.

—No sé qué vamos hacer Peter. Pero mi madre me ha dicho que volveremos con ustedes en la primavera, cuando tu padre se haya ido otra vez a trabajar al campo.

—Ojalá se quedara en el campo todo el año...

—¿No quieres a tu padre Peter? —le pregunta Julie extrañada.

Peter se levanta de la mesa y lleva su plato a la cocina, entonces vuelve.

—Mi padre ha sido bastante difícil de querer. Siempre está gritándole a mi madre —dice el chico para ponerse la chaqueta negra y su boina gris.

—Mi madre nunca grita, aunque esté enfadada, nunca me grita. Dice que eso es de muy mala educación —responde Julie y Peter sonríe.

—Tu madre no grita porque le teme a todo el mundo, ¡tiene miedo hasta del viento! Creo que respira de milagro... —argumenta el chico en son de broma.

—¡Eso no es verdad! —Soltó Julie —Lo que pasa es que tu padre es muy gritón y tu madre es muy mandona. Por eso dices eso de mi madre...

—Está bien enana, no te enfades, era una broma... —resolvió Peter y se fue a la puerta para salir del apartamento.

—¡Peter! —le grita Julie, levantándose de la silla.

—¿Qué?

—Ven, quiero darte un abrazo. A lo mejor no te puedo ver más tarde —le aclaró, tímida. Peter caminó hacia ella y la abrazó fuerte.

—Eres un poco latosa a veces, pero creo que te vamos a extrañar en la tienda de la señora Pebbles.

—Mi madre dice que quizá pueda ir a visitarte a la tienda de la señora Pebbles antes de la primavera.

—Convéncela para que se quede arriba, Nadie sube al techo en el invierno. No es tan incómodo como pareciera, además una semana pasa rápido. Luego veremos cómo la ayudamos si aún no consigue trabajo...

En ese momento Hannah sale de la habitación con los dos sacos y la maleta de cartón.

—¿Se va señora Ames? —inquirió Peter.

—Aunque nos quedemos arriba en la escalera, no quiero dejar nada que el señor Chapel pueda ver, no quiero causarles problemas. Sé que no es de carácter fácil. —comenta Hannah en voz baja.

—¡Es un monstruo! —dijo Julie.

—¡Sió! —Señala Hannah con un dedo sobre los labios. —¡No vuelvas a expresarte así del señor Chapel! Termina y ve a lavarte las manos.

Peter rio de manera casual.

—Está bien señora Ames, Julie no es la única que piensa así de mi padre. Si por fin se va a quedar arriba, entonces las veré más tarde.

—Sí, Peter, hasta luego... —responde Hannah, de nuevo en voz baja, y sonriendo a medias.

—Nos veremos en un rato. Adiós, señora Ames. Hasta luego, Julie.

—¡Adiós! —grita Julie desde la habitación.

Enseguida la niña corre a la ventana del comedor, y se planta frente a esta observando a su amigo que ya corría por la calle como todas las mañanas, aunque esa vez lo hacía sin ella y esquivaba a la gente que caminaba apiñada en su ajetreo mañanero. Lo miraba sin pestañear hasta que lo vio cruzar hacia la esquina de la calzada perderse entre la gente.

Julie contemplaba la calle desde la ventana con la mente en blanco, cuando siente el calor de la mano de su madre sobre su hombro. La niña no se vuelve a darle atención y sigue con la vista perdida en la escena de la calle. Una capa de tristeza comenzaba a opacar la luz de su mirada.

—Julie, sé que nuestra situación es difícil, pero todo saldrá bien, te lo prometo.

—Lo sé, mamá —afirma Julie, con la mirada aún pegada a la ventana.

Al minuto se levanta para seguir a su madre, que le pasaba uno de los sacos al tiempo que ella cargaba lo demás. Entonces, Julie agarró la medalla que colgaba de su cadenita.

— Mamá... ¿Crees que papá pueda escucharme si le pido que te ayude a encontrar trabajo?

—Creo que sí —contestó sonriente— ¿Por qué no tratas en la noche, a la hora de dormir, después de orar? Ese suele ser el mejor momento.

Hannah tomó a la niña de la mano y salieron del apartamento.

Bajaban las escaleras del viejo edificio de peldaño en peldaño sin soltar el pasamano.

— Julie no sueltes el pasamano —dijo Hannah en tono urgente. Desde que hubo perdido a su esposo, la joven vivía predispuesta de un riesgo ante todas las escaleras. La aterraba pensar que su hija fuese a correr la misma suerte. Hannah era cautelosa hasta rayar en la obsesión.

—Mamá, ¡ya lo sé! —exclamó Julie.

—No me grites...

— No te he gritado, solo que me mareas siempre con lo mismo... —responde la niña como hastiada de escuchar la cantaleta de su madre.

—Piensa lo que quieras Julie, pero baja con cuidado.

— Mamá, me había acostumbrado a vivir aquí, con Peter y su madre. ¿Crees que podríamos volver con ellos el próximo verano?

—Quizá, Julie... Ya veremos.

Salieron del viejo edificio y tan pronto pisaron la acera sintieron una bofetada de aire frío. La mañana estaba lluviosa e iba como anestesiándoles el rostro además de que el frío traía un oleaje de vientos repelentes. Caminaron durante una hora sin parar de cruzar calles y avenidas, hasta que la lluvia apretó. Entonces esperaron bajo un techo que las podía resguardar del chaparrón. Por fin, cesó de llover y aprovecharon la escampada para avanzar nuevamente. Ya se acercaban a uno de los edificios conocidos en esos tiempos como los albergues más horrendos de la nación.

Estas instituciones eran hogares inmensos que albergaban a miles de personas carentes de vivienda. En el país, para esa época, una de cada cuatro familias vivía por debajo del nivel de pobreza, sin un techo seguro, y terminaba por alojarse en uno de estos centros. También acudían a ellos personas de la tercera edad sin recursos, con la esperanza de que le cuidaran su salud si sufrían alguna enfermedad.

Una vez Hannah identificó el edificio del albergue, dirigió a su hija por la larga calzada compuesta de adoquines de cemento. Los adoquines recubrían toda la vía, pero estaban tan mal alineados que los pies se les doblaban con cada paso.

Se detuvieron frente a la puerta de entrada, que era inmensa y la mantenían abierta de par en par.

—Mamá este edificio me da miedo...

—No estés prejuiciada, Julie, verás que no será tan malo como crees.

—Parece un lugar de cuentos de horror... —comentó la niña y paseaba la mirada por el atrio.

—Pasaremos el invierno aquí y espero que nunca más tengamos que volver. Por ahora, no hay otra opción Julie.

La niña alzó la mirada con un rostro que indicaba el terror que sentía. Las paredes de su estructura estaban descoloridas, dándole al edificio una apariencia atemorizadora. Las aldabas y picaportes de acero en la puerta de la entrada proyectaban un tipo de sobriedad intimidante.

Hannah y su hija entraron y se detuvieron en medio del amplio vestíbulo. Ambas observaban paseando la vista desde el techo hasta el suelo. El espacio carecía de muebles con excepción de un banquillo ubicado contra una pared. Caminaron hasta allí y Hannah soltó la maleta que colocó frente al saco en el suelo. Julie soltó su saquito en el suelo, junto al saco de su madre, y se sentó.

—Mamá, no hay nadie —musitó la niña que observaba el área desde el banquillo.

—No, Julie, buscaré adentro. Seguro debe haber alguien que nos atienda. Quédate aquí, y que no se te ocurra curiosear por ahí... No te muevas, ¿entendido?

Julie asintió y se echó hacia atrás apoyando la espalda contra la pared. La niña continuaba paseando la vista por el techo y las paredes del silencioso vestíbulo. Aunque el sitio no era una cárcel, sus ventanas tenían rejas y las paredes despedían un olor que le recordaban el descuidado corredor que llevaba al ático de los Cartwright.

Hannah curioseaba por el pasillo a la expectativa de toparse con algún oficial de servicio, pero no aparecía nadie y no atinaba a dónde buscar. Todas las puertas que flanqueaban ambos lados del largo pasillo estaban cerradas, con excepción de una que encontró medio abierta y hasta allí fue. Al entrar agachó la cabeza, tímida, ante la presencia de un señor, sentado detrás de un escritorio de madera.

La oficina era pequeña y lo único que sobresalía en el humilde espacio venía a ser la ventana adornada con una cortina ajada color marrón. Solo dos sillas viejas frente al escritorio complementaban el escaso mobiliario.

—Buenos días, mi nombre es Hannah... Hannah Ames —dijo la joven en voz baja.

El viejo delgado, de pelo gris, escribía como si estuviera abrazando el escritorio. Tenía la cara casi pegada sobre el documento que ojeaba a la vez que lo llenaba. Se hallaba tan concentrado en su tarea que no se percató de la visita.

Hannah lo miraba perpleja y, por primera vez en mucho tiempo, quiso soltar una carcajada, pero se reprimió con una sonrisa. La postura del viejo escribiendo con la cara pegada al papel resultaba cómica.

—Hum, Hum... Buenos días —aclaraba su garganta y alzó la voz.

—¡Ah! —exclama el viejo asustado ante la visita inesperada de la joven —¿Quién es usted? ¿Qué quiere? ¡No ve que estoy ocupado!

Hannah se arrimó al escritorio.

—Buenos días, mi nombre es Hannah Ames, necesito internarme con mi hija, no tenemos dónde ir...

El viejo tomó los documentos para guardarlos con nerviosismo en un cajón, como si los estuviese escondiendo. El desorden de papeles sobre el escritorio era desconcertante, para cualquiera que lo viera, pero al viejo eso lo tenía sin cuidado. Al levantarse de la silla, con modos lentos, deja ver su joroba abultada que resaltaba de manera exagerada de su pequeño torso.

—Debería conocer el protocolo, antes de venir a la Casa del Trabajador —repuso el hombre— No puede llegar, así como así, sin verificar las reglas. El oficial de autorización y relevo viene mañana, y ya hay personas en la lista para ser entrevistadas. Tiene que regresar la semana próxima —dijo el señor con su raya de labios tan pequeños que se escondían entre la barba abundante y su ancho bigote. Hannah sintió su corazón que se oprimió de modo repentino al escucharlo, no aceptaría esa respuesta. Avanzó hacia él y le tomó del brazo. Aunque inicialmente la fisonomía del viejo era reacia, se transformó al instante que notó la mano de Hannah temblorosa.

—Por favor, señor, ayúdeme —Le suplicó— Mi hija de nueve años está aquí conmigo y no tenemos a dónde ir. Estoy dispuesta a esperar todas las horas que sean necesarias —concluyó casi perdiendo la calma—. El viejo la escrutaba mientras ella hablaba y al momento de escucharla bajó la guardia. Sus ojos empezaron a irradiar compasión.

—Está bien señora, tranquila. Déjeme ver qué puedo hacer —sugirió en tono afable.

Hannah exhaló aliviada y de inmediato bajó la cabeza, mientras el viejo agarraba su chaqueta tendida tras la silla y se la ponía. Entonces caminó hacia la puerta. Parecía que iba derrengado, cargando su pesada joroba de búfalo. Hannah le seguía con la mirada.

—¡Sígame!— Exclamó el viejo haciéndole un gesto con la mano y Hannah caminó detrás de él hasta el asolado vestíbulo.

—Espéreme en aquel banquillo —Le ordenó señalando el banquillo donde estaba la niña — ¿Es ella su hija?

—Sí, señor. Es mi hija Julie.

—Siéntese con su hija. Hablaré con la directora del centro. En casos de emergencia, a veces hace entrevistas y autoriza admisiones.

—Gracias, señor; no sé cómo agradecerle.

— No le prometo que trate su caso inmediatamente, pero voy a hablar con ella —dijo el viejo y se echó a andar.

Hannah anduvo hacia el banquillo y tras sentarse, tomó a su hija en brazos y la sentó sobre su falda.

—Seguro que el señor podrá ayudarnos Julie...

—Mamá, ese señor camina muy extraño... —musitó la niña.

El comentario de la niña logró sacarle una sonrisa. Tras un largo rato, Julie entrecerraba los ojos adormecida cuando la madre palpó su hombro para alertarla. El viejo avanzaba hacia ellas acompañado de una señora que exhibía rasgos pronunciados de autoridad y un aspecto desabrido. Su mirada firme, de ojos vigilantes, era digna del silencio que reinaba en el vestíbulo. Tenía pinta de viuda o de esposa de algún triste marido.

El pobre viejo batallaba, acelerando cada dos pasos para andar a la par de la señora, que se iba aproximando hacia el banquillo.

Julie se incorporó como toda una señorita y a la vez examinaba el rostro de la señora que llevaba el pelo tan estirado, que podría provocar dolor de cabeza tan solo verla. Un mechón azabache le cruzaba por el casco poblado de canas. Su presencia irradiaba un aire de misterio, cuando se plantó frente a Hannah con cara larga. El viejo se situó frente a Hannah y junto a la intimidante señora.

—Ella es la directora de la institución, la señora Rabbit, Jean Rabbit —expuso el viejo con voz áspera.

Hannah se levantó del banquillo respetuosa. Julie parecía hipnotizada ante aquel porte recto y restringido, que hasta podía incitar sentimientos de amargura.

—Buenos días —dijo la señora. —El señor Baily me acaba de informar sobre su situación. Según me ha contado, se trata de una emergencia. ¿No tiene familia ni lugar donde hospedarse? —preguntó.

—Buenos días, señora Rabbit. No tenemos a dónde ir. El señor Baily me explicó el protocolo, pero la verdad es que no tengo dónde ir. Ojalá pueda hacer una excepción —imploró.

La señora Rabbit se fijó en la niña que la miraba perpleja, con la boca medio abierta, observando el collarín de su vestido negro tan apretado que parecía pellizcarle el cuello y que le daba una desesperante impresión de asfixia.

—Tienen suerte —dijo la señora con cara de pocos amigos. —Los miembros de la junta están aquí. Pase a mi oficina para hacerle la entrevista preliminar. Llenará unos documentos antes que la junta la entreviste. Sígame por aquí —ordenó.

Hannah miró a Julie que tenía los ojos abiertos como platos, intimidada ante la situación, aunque no despegaba la vista de la señora. Hannah le hizo señas.

—Julie no mires así.

—¿Qué? —preguntó la niña despistada.

—¡Qué no mires así! —musitó Hannah. —Vengo en seguida. Quédate sentada y no hables con nadie.

Julie asintió y su madre colocaba el saco junto a ella, sobre el banquillo.

—Recuéstate aquí. —le dice Hannah, acomodando el saco en forma de almohada y Julie, asintiendo, recuesta la cabeza sobre el saco. No tardó en reposar su mente abrumada por las preocupaciones de su madre; así, se dispuso a tomar un sueño liviano.

Llevaba un ratito cabeceando, cuando escuchó el ruido de numerosos pasos que llegaban acompañados con el avispero de voces infantiles. Entonces se sentó para mirar la fila de niñas que entraba por la puerta principal del edificio. Las niñas seguían a una mujer delgada. La señora tenía el pelo negro recogido en un rodete y lucía como si usara algún tipo de aceite, el pelo le brillaba como un espejo. Su cuello era tan corto que daba la impresión de andar asustada, encogida de hombros. Julie veía a las niñas con palidez en los rostros que lucían amarillentos y pasaban como soldaditos curiosos ante su presencia. Marchaban, siguiendo a la señora en fila recta. La última niña de la fila le llamó la atención porque caminaba a sus anchas, con una sonrisa despreocupada. Era la única en la fila de niñas que se veía feliz. Era más pequeña que las demás y cojeaba igual que la señora Chapel; estaba tan delgada que casi se perdía en su uniforme; el uniforme estaba compuesto de un vestido gris de manga larga, cubierto con un batín blanco sin mangas; todas vestían igual. Julie le sonrió y esta le devolvió el gesto con una sonrisa amplia. Julie corrió hacia el tabique que dividía el vestíbulo del pasillo, y asomó medio cuerpo para mirar a las niñas que se desvanecían de su vista, marchando por una puerta enorme debajo de un arco —"Dios las salve" —pensó Julie, al verlas desaparecer junto a la señora que aparentaba no tener ni una chispa de carisma.

Julie se perdía en su mirada, sin moverse. Estaba como en un estado de sonambulismo, hasta que de repente escuchó la voz de la señora Rabbit, que salía de una de las oficinas ubicadas en el mismo pasillo. Julie saltó del susto y se echó a correr de puntillas hasta el banquillo. Se sentó junto a su saco para ver a su madre que se aproximaba junto a la señora Rabbit, y otra señora más que las acompañaba. Tan solo de verle la cara a su madre supo que la novedad sería molesta, de aflicción.

Hannah se desbordaba de angustia por lo que acontecía. Se inclinó frente a su hija con la mirada cristalizada por lágrimas que pretendía reprimir.

—Julie, necesito que seas una niña fuerte y obediente —susurró.

—¿Qué pasa, mamá? ¿No nos podemos quedar? —preguntó Julie.

—Sí, pero tenemos que separarnos. Tú estarás con otras niñas de tu edad. Vas a estudiar y aprenderás muchas cosas que te van a enseñar. Yo estaré con las adultas en un área diferente. Mientras estemos aquí, la gerencia nos exige a los adultos que les ayudemos trabajando en las faenas diarias de la institución —Le explicaba pacientemente con la voz entrecortada. —Tú estarás en un edificio diferente y podrás hacer amiguitas. Solo necesito que me prometas que te vas a portar bien.

—¿Dónde voy a ir mamá? ¿Me vas a acompañar?

Hannah negó con un sacudimiento de la cabeza.

—Ella es la señora Bean, ella será quien te llevará al área de niñas.

La señora, de porte menudo, permanecía seria, observando a la niña con sus ojos pequeños de mirada punzante.

El lugar era frío, con paredes carentes de pintura. Las actitudes de quienes allí trabajaban, al parecer, resultaban ser más temibles de lo que eran. La niña observaba las pésimas condiciones del edificio y las caras de amargura del personal, y no pudo aguantar su descontento. Se levantó del banquillo para ir hacia su madre y desplomarse en sus brazos.

—Mamá, no quiero amigas, quiero estar contigo. No me dejes sola.

La señora Rabbit no mostraba ni pizca de empatía. Estaba acostumbrada a la misma cantaleta que con frecuencia se daba entre niños y padres, que entraban por necesidad en la institución. Su asistente, la señora Bean, tomó a Julie por el brazo.

—Vamos, no llores... —repuso la señora Bean en tono monótono. —Despídete de tu madre. No podemos perder más tiempo —concluyó, con la intención de minimizar el momento angustioso que atravesaba la niña.

Hannah abrazó a su hija y esta se agarró de su cuello con gran fuerza.

—¡No me dejes sola mamá! —Lloraba Julie, embargada por el temor de encontrarse sin ella por primera vez.

Entonces, la señora Bean hala a Julie y la agarra por la cintura, de manera tan brusca, que la niña siente los pies en el aire.

—Su hija irá con la señora Bean —repone la señora Rabbit. —La llevará al centro probatorio para revisión médica. Puede dejar su equipaje ahí, señora Ames. El señor Baily se encargará de buscarlo para desinfectarlo y guardarlo en el almacén. Lo podrá recoger cuando firme su relevo —dijo la señora Rabbit en voz alta y se dirigió hacia el pasillo, camino a su oficina.

Hannah que andaba tras ella avanzó hacia la niña que iba a mitad del pasillo caminando forzada por los halones continuados de la señora Bean.

Hannah las detuvo, al interrumpir el paso, y le tomó la mano a su hija. Acariciaba su rostro secándole las lágrimas.

—No llores, Julie, por favor, todo saldrá bien...

—¡No me quiero ir con esta señora! —gritaba Julie entre sollozos. —Me quiero quedar contigo...

—Recuerda lo que te dije. Estaremos separadas solo hasta la primavera. El tiempo pasará rápido y estaremos juntas otra vez. Quiero que te portes bien y prestes atención, para que me enseñes en la primavera todo lo que has aprendido —dijo Hannah y la abrazó por un momento. Al despegarse del agarre de su hija sintió un dolor punzante en el alma, dejaba junto a la niña las pocas fuerzas que le quedaban.

Julie jamás había vivido un dolor tan profundo a su corta edad, también sentía a su madre destrozada.

Esta institución de gobierno tenía como regla pisar con insistencia la poca dignidad que le quedaba a todo aquel que por necesidad buscaba ayuda bajo ese techo. En Inglaterra, la ley del pobre fue enmendada en 1834 por el Parlamento. Esta enmienda establecía que el estado debía reducir los costos de manutención de los pobres y que cualquier indigente que necesitara ayuda del gobierno la conseguiría exclusivamente en estos alberges. Su estadía debía ser desagradable al punto de que no quisieran volver jamás.

Cerrada en su angustia, Hannah sentía que su corazón se deshacía en pedazos. Sumida en un estado de aturdimiento y desasosiego del cual no encontraba salida. La lucha que llevaba por su vida la desalentaba hasta que comenzó a destrozarla.

Era su vida una realidad llena de experiencias pesadas que le venían quitando las ganas de vivir. Desde esa tarde, la joven comenzaría a contar los días restantes para celebrar la primavera con su hija, pues solo entonces podrían salir del infierno que conocieron esa tarde de otoño, para lograr sobrevivir.

Capítulo 12

L a señora Bean llevaba a Julie arrastrada por los pasillos halándola por el brazo y aunque la niña no se quejaba estaba aterrada de lidiar con la señora de carácter seco y nariz larga. Las venas de sus manos resaltaban como gusanos y las manchas de su piel en conjunto con su mirada vacía aturdirían a cualquiera de tan solo mirarla.

—Vamos, camina ¡rápido! Estamos tarde. Hay que darte un baño antes de que te vea el doctor.

Julie paró de caminar y la miró con sus ojos aún cristalizados por el llanto que no lograba aguantar.

—Pero, señora, yo no estoy enferma.

Al instante de escucharla, la señora paró el paso dándole una fuerte sacudida por el brazo a la niña.

—Si vas aprender algo en este sitio será a no contestarle a los mayores. Veo que no te han enseñado modales. ¡Qué sea la primera y última vez que me contestas!

Julie asentía moviendo la cabeza, bajando la mirada bañada en lágrimas; lágrimas que le nublaban la vista y chorreaban sus mejillas. No se atrevía a protestar. Llegaron al fondo del pasillo, cuando la señora Bean abría las puertas debajo del arco, del cual media hora antes habían cruzado el grupo de niñas internas. Mientras andaban, Julie no le quitaba los ojos a los techos que eran altísimos y estaban cubiertos y rodeados de paredes sucias, decadentes. Solo el silencio se hacía presente, tocando el eco de sus pasos. Tras pasarle por el lado a unas escaleras que llevarían a las plantas superiores del edificio, cruzaron por un patio enfangado a causa de la lluvia de ese día. Una vez que arribaron al ala de enfrente, entraron por una puerta de madera que tenía varios hoyos y su pomo estaba visiblemente oxidado. El personal de la institución apoyaba un cajón de madera contra la puerta que la sostenía abierta. Tras pasar otro pasillo llegaron a un cuarto y la señora Bean la hizo entrar de un empujón.

—¡Quítate esos trapos de encima! Hay que desinfectarte antes de que llegue el doctor —le ordenó tan pronto la soltó frente al vestidor y anduvo hacia un cuartito esquinado. El cuartucho era el área de aseo a tan solo dos pasos de la camilla. Julie fue tras el vestidor y se desabrochó el vestido, y de inmediato deshizo el nudo de la cinta amarrada a su cintura. Comenzaba a desatarse las botas cuando notó que las manos le temblaban; estaban incontrolables por el terror.

En la habitación, se contaba con tan solo una mesa vieja que la persona usaba de escritorio, además de una silla con un camastro, contiguo a un vestidor de barras de metal, tapado con sábanas blancas. Tras desvestirse, la niña caminó frente al vestidor para situarse al lado del desvencijado lecho. Se tapaba el torso desnudo con el vestido que sujetaba entre sus brazos. Aún vestía su ropita interior. La señora Bean salió del cuartucho y fue hacia la niña, entonces la haló por el brazo y le safó el vestido de las manos. Entraron al estrecho compartimento que era el cuarto de aseo, el cual estaba tan frío como una nevera.

—¡Camina! ¡Talones juntos!—casi gritó la mujer con voz chillona.

Julie arrastraba los pies sobre el suelo de cemento y aunque la avergonzaba desnudarse y temblaba de frío y horror, se iba holgando poco a poco hasta que la señora tomó un cubo de agua frente a un biombo de metal y se lo echó por encima. Julie se agachó de súbito golpeada por la oleada de agua tan helada que le cortó la respiración. Lo sentía como un shock eléctrico que la frisaba con calambre, desde la cabeza hasta los pies; no logró reprimir los gritos que escaparon desde lo más profundo de su ser. Tras escuchar a la niña, la señora hizo una pausa y alzó la vista con una mirada criminal. La embriaguez de autoridad y poder que emanaba de su mirada era aterrante. Tal parecía que le hubiera extrañado la reacción de la niña que permanecía encogida, temblando de frío.

—¡Date prisa! ¡No tenemos todo el día!—Gritó la señora con voz afónica y le extendió una barra de jabón que agarró de la tabla que tapaba el biombo de metal oxidado. La pastilla de jabón era dura y áspera como piedra y su olor tan fuerte como una botella de acetona.

—¡Está muy fría! —dijo Julie aún agachada.

—¡Talones juntos! —exigió la señora Bean, antes de llenar nuevamente el cubo de agua y haber ignorado las quejas de la niña.

Julie se enjabonaba apresurada, sin darse cuenta de que sus labios le temblaban como el resto del cuerpo; estos también comenzaban a tornarse violetas. Solo entonces la señora

Bean introdujo una llave en la cerradura del agua caliente, que sobresalía pintada de rojo. El agua templada, que ahora corría entre sus pies descalzos sobre el suelo de cemento, comenzaba a darle un alivio.

Tras secarse, la señora le arrimó un vestido gris con el batín blanco, que sería su uniforme. El uniforme era idéntico al de las chiquillas que vio marchando en el vestíbulo. Llevaba un sombrero de la misma tela y color con unos leotardos de lana áspera. Julie se disponía a amarrarse el sombrero cuando la señora se lo arrebató de la cabeza de un halón.

—¡Todavía no! ¡Sígueme!

La niña la siguió y se sentó frente a la mesa contigua al camastro. La señora Bean sacó unas tijeras del cajón de la mesa. Se arrimó a Julie y después de darle tres bruscas cepilladas, comenzó a cortarle su hermosa melena. Julie veía cómo sus largos rizos caían al suelo provocándole una profunda sensación de pérdida. Estaba todo cambiando demasiado rápido, en tan solo una tarde, la vida ya comenzaba a sentirse diferente.

—No te pongas el gorro hasta que te vea el médico —dijo la señora en tono sermoneador, antes de salir de la habitación.

Tan pronto la señora salió del cuarto, Julie se levantó de la silla curiosa, y corrió a la ventana. Quiso echar un ojo al exterior, pero la pared del edificio contiguo, que también era parte de la enorme institución, bloqueaba la vista. Desalentada, volvió nuevamente frente al escritorio justo antes de que la señora Bean entrara acompañada del doctor y una chica que los seguía con un cubo lleno de bayetas.

El doctor sacó sus instrumentos del maletín y comenzó el proceso de documentación y chequeo médico. La muchacha con el cubo de bayetas le quitó el polvo al escritorio y cambió las sábanas del camastro, entonces la señora Bean le llamó la atención.

—Llévate estos trapos, desinféctalos y dáselos al señor Baily para que los ponga con el resto de sus cosas en el almacén —ordenó.

—Sí señora, Bean.

Al cabo de un rato el doctor terminó de examinar a la niña, que permanecía sentada sin mencionar una palabra. Llenó el último documento y alzó la vista hacia la señora Bean, quien le observaba atenta con los brazos cruzados.

—Señora Bean, ya la chica está lista. Puede llevarla con las demás.

—¡Vamos!, ¿qué esperas?—dijo con mal tono la señora, impaciente.

—Sí señora—musitó la niña.

Caminaron para cruzar varios pasillos hasta llegar al área de las niñas y entraron al salón del comedor. Estaba lleno, a toda capacidad. En la entrada se hallaba una mesa rectangular de madera rústica, donde una joven acomodaba una canasta con pan al lado de un enorme caldero de metal negro. La joven era delgada y, aunque lucía facciones finas, llevaba sus veinte y siete años con la piel demacrada. Sus ojeras y cabellos finos la hacían ver mayor, aunque su sonrisa honesta le iluminaba el semblante.

Julie se quedó en la entrada con la cabeza hacia adelante, cuando la despectiva señora Bean se dirigió a la joven que guardaba orden en el comedor.

—Aquí hay otra niña. Si te da problemas, hazme saber. Hay que ponerles respeto a estos críos desde el primer día —espetó la señora y, sin decir más, salió del comedor. La joven anduvo hacia la alacena con puertas de madera y sacó un platito y cuchara de hojalata. Entonces caminó hacia la niña que aún la miraba con el rabito del ojo y la cabeza hacia abajo.

—Hola. Mi nombre es Maggy, pero las niñas me llaman por mi apellido, señorita Findley. Y tú, ¿cómo te llamas?—dijo inclinada frente a la niña.

—Me llamo Juliane. Juliane Ames, pero me dicen Julie. Usted me puede decir Julie también.

—¡Qué nombre tan bonito!—contestó la joven con una sonrisa —¿Qué te parece si caminamos juntas, y buscamos un lugar para sentarte? Nos estamos preparando para hacer la oración antes de cenar. Me imagino que tienes hambre, ¿verdad?

Julie asintió y dejó escapar una sonrisa mientras la señorita Findley la tomaba de la mano.

Caminaron por el comedor en busca de un espacio vacante entre las largas mesas y banquillos repletos de niñas.

—Toma, Julie, este será tu plato y cuchara, que usarás a la hora de comer.

—Gracias—respondió Julie con la voz entrecortada. Aunque la señorita Findley era de trato cordial, la niña aún estaba amedrentada por los cambios y acontecimientos ocurridos durante el día.

La señorita Findley paseaba la vista en busca de un asiento para Julie hasta que advirtió una manita a lo lejos, que desde la esquina del último banquillo les hacía señas. Entonces se detuvieron atentas, y Julie sonrió al ver que era la niña interna que horas antes le había sonreído. Ahora la invitaba a sentarse junto a ella.

—¡Aquí, señorita Findley! ¡Aquí! ¡A mi lado hay un espacio! —exclamó.

—Ya te vimos, Minnie. Vamos, Julie, parece que ya tienes una amiguita.

—Gracias, señorita Findley—repuso Julie. —Usted ha sido la persona más amable de este lugar. —La señorita Findley sonrió con calidez y la acomodó en el banquillo junto a Minnie. —Ahora nos prepararemos para la oración de gracias —dijo.

La joven volvió hacia la mesa contigua a la entrada del comedor y sonó la campanita que hizo que el murmullo de voces infantiles se fuera disipando gradualmente.

Julie ahora descansaba sus manos sobre la falda, escuchando la oración. Tras el amén que concluyó la oración, Minnie se levantó del banquito y tomó a Julie por la manga del vestido, se echó a correr hacia la fila frente a la mesa con el caldero y canasta de pan. A todas estas a Julie no le quedaba otro tanto que seguirla. Todas las chiquillas en el comedor corrieron hacia la fila frente a la mesa con la misma prisa.

—¡Minnie! ¿Por qué corremos?—cuestionó Julie.

—¡Ya aprenderás! Tenemos que llegar lo antes posible frente a la mesa, porque si esperamos al final de la fila, se acabarán las patatas del caldo.

—No entiendo... ¿No nos sirven lo mismo a todas?

—Se supone —respondió Minnie. —Pero a veces si llegas lo suficientemente rápido, puedes tener suerte y hasta te toca algún pedacito de papa o carne. No ocurre siempre, pero yo he tenido suerte varias veces.

Las niñas se situaban una tras otra en fila india, aguantando su plato que la señorita Findley iba llenándoles con sopa del caldero, y con la ayuda de una enorme cuchara. Se les permitía un pedazo de pan con la sopa. Volvían al banquillo y saciaban el hambre, mojando el pan seco que se desmigaba de tan solo romperlo en dos. Julie observaba la rapidez con la cual Minnie se tragaba el pan hecho migajas en la sopa.

—¿Por qué comes con tanta prisa? Yo también tengo hambre, pero parece que no comes hace días. ¡Te vas a ahogar!

Minnie se arrimó a Julie.

—¿Sabes quién es la señora Bean? —le susurró Minnie con la boca aún llena.

Julie asintió sin despejar la vista de su plato que aguantaba con ambas manos, tomando la sopa. Entonces lo asentó sobre la mesa y se limpió la boca con la manga del vestido.

—Sí, sé quién es. Es muy antipática. Parece que es una persona muy mala.

—Pues, por su culpa me castigó la señorita Stanley, me dejó sin cena ayer. Hoy todo lo que me han dado ha sido un pedazo de pan y un vaso de agua. ¡Es una bruja!

—Mi madre me dijo que aquí nos darían comida durante el invierno. No sabía que nos dejaran sin comer...

—No te dejan sin comer... Solo si te portas mal. También, conocerás a la señorita Stanley, esa vieja es una loca.

Julie abrió los ojos alertada.

—¿Es ella peor que la señorita Bean?

—Hum...—asintió Minnie, con un movimiento de cabeza. —Buscará cualquier excusa para castigarte. A mí me castigó por no estirar bien la sábana de la cama, pero no lo hice a propósito. A veces esa bruja se despierta de mal humor y nos hace la vida imposible. No hace más que orar todo el día y dice que somos pecadoras...

—¡Qué bruja! ¿Pecadoras por qué? —cuestionó Julie.

—Porque somos pobres... —repuso Minnie. —Ella dice que nuestros padres son malos porque no tienen dinero... Ni trabajo...

—Mi madre buscó trabajo todo el verano, pero no consiguió nada. Por eso vinimos aquí, pero solo por el invierno.

—Si te quedas todo el invierno, tendrás que lidiar con estas brujas, pero ya te acostumbrarás.

— ¿Cuál es tu nombre verdadero? Minnie parece un apodo.

—Lo es. Me dicen Minnie porque soy muy pequeña para mi edad. Mi nombre es Matilda... ¿Y tú?

—Juliane, pero me llaman Julie. ¿Cuántos años tienes?

—Tengo once, pero cumpliré doce la semana que viene.

Julie la escrutó de arriba abajo con cara de sorpresa.

—Pensé que eras más chica que yo. Tengo diez años, los cumplí en enero.

—Ya lo sé. Nací antes de tiempo, según me contó mi madre —repuso Minnie, tímida.

—¿También está tu madre aquí? Mi madre está con las adultas en otro edificio.

—No, mi madre se murió cuando yo tenía cinco años —le confesó Minnie

De repente saltaron en sus asientos del susto, al escuchar la resonancia de un escandaloso sonido. Una señora agitaba una cuchara de palo contra la cazuela de hojalata que aguantaba.

—Ahí está la bruja mayor... —señaló Minnie.

—¡Vamos, todas! ¡Recojan sus platos y pónganlos en la bandeja sobre la mesa, al lado del caldero! ¡Las quiero ver en fila frente a esta puerta en menos de un minuto!

Las niñas se iban deslizando de los banquillos y corrían con el terror plasmado en sus rostros. En tan solo un minuto se las arreglaron para estar en fila recta, como soldaditos. Julie paseaba la vista por su entorno, olfateando un tipo de pestilencia desagradablemente peculiar. Observaba las niñas frente a ella y a su lado viendo sus caras sucias y cabellos desaliñados. También los uniformes se veían ajados y manchados.

—¿Qué vamos a hacer ahora, Minnie?

—Shisss. No hables, Julie. La bruja mayor está ahí, hablando con la señorita Findley, y te pegará con la cuchara de madera si te escucha hablar—murmuró.

—¿Es esa la señorita Stanley?

—Hum...—asintió Minnie.

—Tiene el pelo tan naranja ¡como una calabaza! ¡Qué nariz más grande! le cubre la mitad de la cara!—comentó Julie y continuó contemplando, de lejos, la apariencia despreciable de la señora Stanley.

—¡Shisss!¡No hables más! ¡Qué no te escuche!

Ya estaban todas en fila, mirando a la señorita Stanley que caminaba revisándolas de arriba abajo y les iba golpeando las piernas con un palo en su afán de que formaran una fila recta. Tras pasear la vista de cabo a rabo, se plantó frente a la primera niña y se hizo seguir a lo largo del pasillo hasta llegar a las escaleras.

—¡Suban en silencio!—ordenó la mujer de nariz larga y labios pequeños.

Marcaba el paso con su amplia frente en alto. Era una frente grande y chata, arropada por un mundo de arrugas que delataban su amargura. Una vez en el segundo piso, llegaron al cuartillo de costura donde solo se apreciaba un sofá viejo en el centro del cuartucho, con una mesita redonda pequeña. Al sofá le faltaban dos patas y lo sujetaba una tabla gruesa de madera. Tenía el tapiz ajado y deshilachado casi en su totalidad. Las paredes que marcaban el espacio se despellejaban de la pintura vieja amarilla desde las esquinas que dejaban ver las filtraciones a todas luces. Aparte del viejo sofá, había cuatro sillas y un puñado de cartones esquinados en la entrada.

—Tomen sus asientos ¡en orden!—gritó la señorita Stanley y enseguida buscaba acomodarse en una de las sillas. Las chicas aún en fila, iban agarrando un trozo de cartón que usarían como asiento.

—Ven, Julie, siéntate a mi lado. Podremos hablar más tranquilas, sentadas lejos de la bruja— susurró Minnie.

Julie se echó a reír espontánea y la señorita Stanley se levantó de la silla para caminar hacia la niña con una regla de madera hasta que se plantó frente a ella. Julie no se atrevía ni a mirarla.

—¿Qué te causa tanta gracia?

—Nada, señorita Stanley —contestó Julie y sintió un cosquilleo de nervios que le comenzaba a revolver el estómago.

—¡Eso espero! —le comentó con dureza para caminar hacia el armario de madera contiguo a la puerta de entrada. Entonces sacó varios bastidores redondos, que servían para bordar. Los puso dentro de una canasta repleta de rollitos de hilo y lana de varios colores, junto a diferentes tipos de agujas.

—Pueden pasar a buscar sus materiales para la hora de la costura —señaló.

Una tras otra, las niñas fueron tomando sus bastidores, rollitos y agujas. Julie miraba a las demás que escogían sus materiales, y ella tomó los suyos de la canasta. Minnie ya bordaba como toda una experta y Julie se sentó a su lado para contemplarla en detalles.

—Minnie, parece que llevas tiempo haciendo esto.

—Sí, desde que tenía ocho años he tomado esta clase... creo que si no hubiera aprendido sería preocupante... ¿Y tú? ¿Nunca habías bordado?

—No. Solo ayudaba a mi madre a lavar platos... También trabajé el verano pasado ayudando a mi amigo Peter. ¡Esto parece complicado!—comentó mientras observaba a su amiguita.

—No es difícil. ¿Ves el dibujo sobre la tela? Solo tienes que pasar la aguja por detrás y la sacas por la misma línea cruzando la tela por delante. Te será más fácil si lo practicas.

—Minnie, ¿cuántos días en la semana vamos a hacer esto? ¡Qué aburrido!

—Shisss, ya lo sé, pero habla más bajito, que la bruja te puede oír.

—Pero ¿por qué nos hacen aprender esto? ¡Es aburrido!— apuntó Julie mientras agudizaba el olfato y olisqueaba la desagradable pestilencia en el aire.

—Minnie... ¿Qué huele tan mal? Huele a viejo...

—Somos nosotras, Julie, ya te acostumbrarás... Tú también olerás así en tres o cuatro días, ya verás...

—¡Qué asco! ¿Por qué?

—Solo nos dejan bañarnos una vez a la semana...

Julie quedó de una pieza al escucharla. Su madre siempre le daba extrema atención al aseo personal.

—¡Minnie! ¡Eso es horrible!

—Shisss...—susurró Minnie y se llevó el dedo a los labios.

—¡Este lugar es peor que una cárcel!—murmuró Julie y continuaba su bordado, desinteresadamente.

Al transcurso de una hora, la señorita Stanley se puso en pie y dio una ronda para caminar en círculos, sin perder de vista a ninguna niña. Entonces, se ubicó frente al armario de madera y agarró el bastón apoyado sobre el escritorio.

—¡Tienen dos minutos para guardar sus materiales y en fila! ¡Ahora!—gritó la señorita Stanley y golpeó el suelo con el bastón.

Las niñas soltaron los materiales en la canasta situada en el centro del cuarto y salieron de la habitación en fila india hacia el baño. Solo les permitían lavarse las manos y la cara antes de cambiarse sus uniformes por batitas de dormir. Julie ojeaba la enorme habitación con colchones tendidos en el suelo. Se sentó en el colchón al lado de su nueva amiguita y al minuto se levantó asustada por los gritos de la señorita Stanley, que entraba a todas voces golpeando una vieja cazuela de hojalata con su cuchara de palo.

—¡Todas de rodillas! ¡Ahora!—ordenó a gritos la señora, y provocaba una tensión inquietante— ¡Silencio! — gritó y continuaba vigilante, marchando por la habitación. Todas las niñas clavaron sus rodillas en el suelo de cemento frente a sus respectivos colchones. La señorita Stanley se situaba a paso lento frente a la entrada de la habitación. Entonces la señorita, con modos soberbios, alzó la vista con otro grito, volcada en su propia demencia.

—¡Oremos! —resollaba, paseando la vista por el techo y las paredes —¡Repetir después de mí! Oh padre…Todo poderoso... —Las niñas repetían al unísono. —Perdona nuestros pecados y los pecados de nuestros padres. Límpianos del pecado de la vagancia. Límpianos de toda la suciedad que traemos con nosotras a estos centros misericordiosos, que ensuciamos con nuestra indigencia. Ayúdanos a ser agradecidas por el apoyo de esta institución, que nos enseña verdaderos valores. Y bendice a todos los que trabajan en ellas, con el afán de ayudarnos a convertirnos en personas decentes. Amén —Soltó con un chillido agudo y convulsivo que a Julie le provocó más risa que terror.

Julie quedaba cada vez más desconcertada ante las actitudes de los personajes que trabajaban en la institución.

La señorita Stanley apagó la lamparita y salió de la habitación. Entonces las niñas buscaban el sueño acompañadas de la oscuridad y tan solo se escuchaba la resonancia del viento que azotaba el cristal de las ventanas, esporádicamente. Julie cerró

los ojos para sentir que las cobijas las cubrían con más aspere-
za que las de la cama que hubo compartido con su madre en el
ático de los Cartwright. Agotada, cayó en un sueño profundo,
después de su primer día lleno de angustias inesperadas, bajo
el techo de la fría institución.

Capítulo 13

---◇---

E ran las seis de la mañana cuando la señorita Stanley entraba al cuarto de las niñas, acomodando una lamparita de gas en la entrada y alumbrando el espacio gradualmente. Solía entrar desmedidamente bulliciosa, golpeando su cuchara de palo contra una vieja cazuela de hojalata. Circulaba desde la puerta hasta la ventana en el fondo de la habitación y de inmediato gritaba de modo peyorativo.

—¡Arriba, hora de levantarse! Cinco minutos para levantarse y estirar las cobijas. ¡Arriba! —ordenaba continuamente.

Julie se esforzaba en sentarse, aún medio dormida, sintiendo su corazón que latía violento por el susto repentino, impulsado por el escándalo de la señorita Stanley. Buscó a Minnie con la mirada, tras ver su cobija ya plegada y bien colocada a los pies del colchón. Las ásperas sábanas también las había estirado a la perfección.

—¡Levántate, Julie! No hay tiempo —le pidió Minnie y le tiró una bayeta a la cara. —Tienes que estirar las sábanas de tu cama ¡antes que la bruja te saque por los pelos!

Julie saltó de la cama apresurada. Iba estirando las sábanas entretanto Minnie la ayudaba doblando su cobija, la cual colocó a los pies del colchón de su amiga. Ambas camas quedaron impecables.

—Tienes que hacer la cama tan pronto te despiertes. Es muy importante porque si la bruja hace la revisión del dormitorio y nota que no tienes la cama recogida, de manera perfecta, es capaz de dejarte sin comer.

Julie la escuchaba y al mirarla notó como se le transformaba el semblante con aire de preocupación.

—¿Ocurre algo Minnie? —dijo Julie. Veía a Minnie que mantenía la mirada coincidiendo con la señorita Stanley, quien la observaba con ojos grandes y movía la cabeza en señal de desaprobación. Julie se plantó frente a ella.—¡No has hecho nada malo!

—Si lo he hecho… Creo que sí… —contestó Minnie, amedrentada.

—¿Qué has hecho? ¡Te acabas de levantar! —le adujo Julie y encogió los brazos.

—No lo sé, pero ya mismo lo sabremos… A caso no has visto cómo me ha mirado la bruja.

Julie asintió desconcertada. La dinámica en la Casa del Trabajador le resultaba tan estresante que se cuestionó así misma si la sobreviviría. Se sentó en el suelo frente a su colchón y tomó una de sus botas, la cual comenzó a frotar con el paño ajado que Minnie le hubo tirado a la cara minutos antes.

En la Casa del Trabajador daban suma importancia a que los niños le sacaran brillo a sus zapatos antes de tomar la clase de religión.

Posteriormente al ritual con los zapatos, las niñas formaron una fila y caminaron a su clase de religión presidida por la repugnante señorita Stanley. Como la lección de costura, también Julie encontró este curso aburrido y lo consideraba irónico que una mujer tan malvada como la señorita Stanley se escudara tras la religión para excusar su vileza y modos erráticos.

La señorita Stanley era una religiosa desbordada. Nunca se hubo casado y aunque en algún momento gravitó ante la idea de convertirse en monja, su inestabilidad mental y falta de razones genuinas la llevaron a desistir de esa idea. Se convenció a sí misma que su llamado era orientar a las niñas, que, según ella, se perdían en la indigencia a la cuál sus progenitores las exponían tras llevarlas a ese albergue en la Casa del Trabajador.

Acababan la clase de religión y, tan pronto salió la señorita Stanley de la clase, el murmullo de voces infantiles se hubo de incrementar, entre risas y comentarios. De repente, todas callaron de sopetón tras la entrada súbita de la señora Bean, quien llegó con cara de ocho metros adornada con su mirada punzante y apagada.

—¡Todas en fila! —ordenó la señora paseando la vista por el cuarto.

Las niñas se ordenaban, una detrás de otra, casi aguantando la respiración. Julie comenzaba a sentir la pesadumbre en sus hombros, que resultaba a causa de la tensión tan fuerte, casi palpable y continua, que se vivía bajo el techo de esa institución.

Las niñas, marcharon por el pasillo y bajaron las escaleras, todas en fila de manera uniforme hasta que llegaron al comedor.

Una vez allí, se sentaron en sus respectivos espacios y oraron antes de servirse el desayuno. Consistía de tan solo una taza de té y un pedazo de pan. Al terminar con par de bocados el escaso desayuno, colocaron sus platos de hojalata sobre la mesa rectangular, contigua a la entrada, y salieron en orden al patio de recreo. El espacio que brindaba la institución para el rato de asueto era uno sucio, enfangado por las frecuentes lluvias y hediondo por la falta de cuidados, mantenimiento y limpieza.

Minnie, que estaba sentada junto a Julie sobre el tronco de un árbol en el centro del patio, señalaba los distintos edificios que las rodeaban dando una vaga orientación a la nueva interna. De repente, plasmó la mirada hacia otra niña que se encontraba frente a la puerta de entrada del edificio, se veía tristona.

—Pobrecita... —dijo Minnie observando a la niña sentada sobre el pavimento frente a la puerta.

—¿Por qué? ¿Está enferma? —preguntó Julie.

—No, esta noche tendrá que limpiar el suelo del comedor. ¡Sola!

—¿Por qué?

—Porque no quiso lavar las letrinas ayer en la mañana. Hoy, a las doce de la noche, la señorita Stanley seguro que la busca y la lleva por los pelos para que limpie el suelo del comedor... No podrá dormir...

—¡Es mala! —exclamó Julie sin despegar la vista de la vieja, que aguantaba su cara de amargura, conversando con otra señora frente a la puerta del patio, al lado de la niña sentada en el pavimento con cara larga —¿Por qué no la ayudamos? Pobrecita...

—Cuando la vieja bruja me hizo limpiar el comedor hace una semana, yo tuve que hacerlo ¡sola! nadie me ayudó... —le contestó Minnie con cierto tono defensivo...

—Quiero ver a mi madre...

—¡Dios te cuide si la ves! ¡Te darán diez latigazos!

—Voy a verla y le voy a pedir que salgamos de aquí. ¡Este lugar es horrible!

—Ven Julie, vamos a jugar, ya mismo nos encerrarán a trabajar y no saldremos a jugar hasta mañana.

Julie apenas se animaba a jugar, aunque siguió a su amiguita que corría en círculos alrededor de un pedazo de tronco de árbol, y la retaba a alcanzarla. Después de un rato de carreras, se sentaron sobre el tronco, y empezaron a jadear, buscando recuperar el ritmo normal de su respiración. Minnie se volteó a medias con aire de misterio y Julie siguió la dirección de su mirada curiosa.

—¿Te pasa algo?

—¿Ves esa pared? —susurró Minnie para señalar un muro.

—Sí, la veo. ¿Qué hay detrás?

—Sabes que, en la Casa del Trabajador separan a las familias... —musitó mientras le tomaba la mano y echaba un vistazo a sus espaldas previendo que la estuvieran mirando.

—¡Sí! ¿Ahí está mi mamá? ¿Detrás de ese muro?

—Shisss. ¡Qué no te oigan! No puedes tener comunicación con tu madre.

—Ellas no se darán cuenta si la veo... —dijo Julie insistente.

—Si te ven hablando con ella o siquiera saludándola por señas, te darán diez latigazos.

—¡No te creo!

— ¡Créeme! A una niña la sorprendieron cuando daba saltos para ver a su madre y le dieron unos latigazos tan fuertes, que tuvo que dormir bocabajo por más de ¡cuatro días!

Las niñas caminaban en círculos.

—¿Quién te trajo a la Casa del Trabajador? —preguntó Julie

—Una tía por parte de mi padre. Él se murió de toser sangre. Le dijeron a mi tía que murió de tuberculosis. Como no tenía a más nadie que cuidara de mí me llevó a vivir con ella. Ella tenía cuatro hijos y no podía encargarse de mí también, porque explicó que no le alcanzaba el dinero, así que me trajo aquí.

—¿No tienes más familia?—le preguntó Julie con aire compasivo.

—No, bueno, me imagino que sí pero no los conozco. La gente se ocupa de sus propios hijos y lo demás le resulta fastidioso...

—Mi madre y yo tampoco tenemos familia. Le voy a preguntar si te puedes venir con nosotras en la primavera, ¿te gustaría?

—Claro que sí... Pero creo que va a ser imposible... —respondió Minnie, cabizbaja. —Cuando te vayas, te voy a extrañar.

—No quiero que te quedes sola aquí con estas brujas.

— Llevo con estas brujas cinco años, Julie. A veces no es tan malo, sobre todo cuando tenemos a la señorita Findley de guardia en las noches.

Julie no entendía por qué su madre no le mencionó detalles respecto a la crueldad con la cual trataban a los residentes en ese lugar. Se imaginó que ella tampoco lo sabía.

—Minnie, a mi madre y a mí nos separaron cuando llegamos. ¿Sabes por qué lo hicieron?

—Julie, en la Casa del Trabajador separan a todas las familias. Padres de hijos, esposas de esposos, hermanos y hermanas si tienen diferentes edades.

—¿Por qué?

—Porque no quieren que estemos cómodos.

—¡Este sitio es una cárcel!— exclamó Julie.

—Sí —repuso Minnie. —Es como una cárcel, solo que puedes salir voluntariamente si deseas. Pero mucha gente que viene a vivir aquí nunca se va, porque no tienen dónde ir y les hacen trabajar como animales.

—Menos mal que soy pequeña. Yo no sé en qué me harían trabajar porque no sé hacer nada.

—Ya te enseñarán. El lunes viene una señora de una fábrica. La señorita Stanley nos lo dijo hace un par de días.

—¿Viene para quedarse? —preguntó Julie. —¡Pero y a mí que me importa!

—Si me dejas terminar te va a importar...

—¿Por qué?

—Porque viene a buscar niñas para que trabajemos en una fábrica. La señorita Stanley dice que nos van a dar de comer ¡carne y pudín!

—Entonces yo también quiero ir —dijo Julie animada.

—No sé si te escojan, pero a mí me dijeron que seguro me van a mandar. Si no te mandan conmigo te traeré un poco de mi pudín, espero que esté bueno...

—Mi mamá me ha dicho que nos quedaremos solamente hasta la primavera porque ella va a tener trabajo en una casa donde podremos vivir con una familia, como cuando vivíamos con la familia Cartwright, y entonces voy a poder comer pudín todos los días...—comentó Julie como para convencerse a sí misma de que la angustia que ahora vivía pasaría antes de lo previsto.

—Si es así, tienes suerte. —le afirmó Minnie, en tono casual— Cuando sea grande me iré a trabajar con alguna familia también, cualquier cosa es mejor que vivir en este infierno.

—Estoy feliz de haberte conocido. No sé cómo habría sido mi primer día aquí sin ti.

—Seguramente habría sido miserable, como fue el primer día de cualquiera de nosotras.

—Hagamos algo —le pidió Minnie, inclinada, como si le estuviese murmurando un secreto— Haz creer que jugamos a las carreras y me dices en voz alta ¡Te voy alcanzar! ¡Yo gano! ¡Yo gano! Y me sigues. Estas brujas no se darán cuenta. Haz lo que te digo.

Corrieron por el patio y Julie voceaba de modo juguetón el apodo de su amiguita quien corría en dirección al muro detrás del edificio. Una vez se ubicaron cerca de la esquina donde comenzaba el muro que separaba los dos patios, Minnie paró de correr.

—Shisss. No grites más —le advirtió Minnie en voz baja— Nos pueden escuchar desde la cocina y se darán cuenta de que estamos aquí detrás. Ven, ¡sígueme!

Julie la siguió frente a la esquina del muro y Minnie miraba a sus espaldas cautelosa, entonces se arrodilló. Se esforzaba en sacar un ladrillo enterrando las uñas entre el cemento desgastado. Al retirarlo, Julie abrió los ojos como platos, sorprendida de la osadía. Al extraer el ladrillo, Minnie dejaba un hueco a la intemperie por donde se podía mirar y ver claramente hacia el patio de mujeres.

—Ven, Julie, mira por aquí. A lo mejor logras ver a tu madre.

Julie se pegaba emocionada entre el muro y su amiga, y se iba dejando caer para descansar las rodillas sobre el suelo enfangado. La niña observaba el patio de mujeres como un radar en busca de su madre. A Minnie le temblaban las piernas, tenía el semblante blanqueado de terror. Temía que las descubrieran en esas; aun así, vigilaba cómplice.

—Minnie, no la veo—afirmaba Julie, observando con tan intenso deseo de encontrar a su madre, que casi sacaba la cara por el hueco al otro lado —Solamente alcanzo a ver a varias mujeres con vestidos largos rojos. ¿Quiénes son? ¿Trabajan aquí?

—No, Julie, son residentes de la Casa del Trabajador, como tú y como yo, solo que llegan embarazadas y como no están casadas les ponen esos uniformes para distinguirlas de las demás.

—¡Ah! Pero cuando tienen el niño, ¿les cambian el uniforme?

—No, se quedan con el mismo uniforme porque la gerencia quiere distinguirlas entre las otras. Creo que les dan clases especiales de religión o algo así.

—Minnie, no veo a mi madre, pero veo a otra señora vestida con un traje amarillo. ¿Trabaja aquí? —volvió a preguntar curiosa, sin perderse un detalle, empeñada en identificar a su madre.

—Preguntas demasiado. ¡Date prisa! —exhaló Minnie ansiosa. —¡Busca a ver si ves a tu madre!

—Y de dónde vienen las que llevan algo amarillo o un traje amarillo —nuevamente preguntó, Julie, confundida.

—Eso significa que eran demasiado simpáticas —repuso Minnie y la halaba por el brazo apartándola del muro.

—Mientras no veas a tu madre con un vestido amarillo, no te preocupes —concluyó.

Durante esos tiempos, las jóvenes que se embarcaban en el denigrante oficio de la prostitución a menudo contraían enfermedades venéreas y se veían obligadas a entrar a estas instituciones para poder recibir atención médica. A estas las hacían vestir con uniformes amarillos o chaquetas amarillas sobre sus uniformes, y se referían a ellas como "chicas de chaqueta amarilla"

A sus doce añitos, Minnie había madurado rápido y estaba bien informada sobre las realidades que vivían muchas mujeres, bajo circunstancias de extrema pobreza. Sin embargo, no quiso abundar en el tema ante Julie, a quien Minnie encontraba ingenua y absorta en la inocencia digna de su corta edad.

De repente Julie logró ver a Hannah sentada en un banquillo. Entonces la niña sacó la mano y la agitaba insistente por el agujerito del muro por donde espiaba. Tan pronto Hannah, quien junto a varias mujeres deshacía unas sogas sobre un pico de metal, vio la manita haciéndole señas, presintió que era su hija. La mujer soltó la soga al suelo y se echó a correr hacia el muro.

—¡Mi mamá viene!—susurró Julie alegrada—¡Me ha visto!

Hannah corría sujetándose la falda, cruzando el patio fangoso y se iba acercando cuando Minnie avanzó hacia el muro y haló a Julie por el brazo tan bruscamente que la niña cayó al suelo a causa del soberano halón. Minnie volvió a cerrar el hueco encajando el ladrillo en su sitio por miedo a lo que acontecería. Julie se levantó perpleja por la acción inadvertida de su amiga y la empujó rabiosa.

—¡Minnie! ¡la vi y me vio! —exclamó Julie frustrada, subía la voz sin darse cuenta.

—¿Qué has visto?—sorprendió la voz de la señorita Stanley

Se acercaba a ellas acompañada de la señora Bean. Ambas mujeres caminaban vigilantes por el patio en busca de las dos niñas que eran las únicas ausentes en la fila.

—¡La vi, señorita Stanley!—Reaccionó Julie espontánea— Hay un nido en el techo de la cocina. Vi una paloma cargando un huevo. Creo que está mudando a sus bebés a este otro nido porque hace un momento estaba haciendo lo mismo, pero en ese otro edificio.

La señorita Stanley soplaba el mechón rizado que caía desaliñado sobre su rostro tapándole la vista.

—¡Yo no veo nada! —gritó la señora refunfuñona paseando la mirada entre el techo y las ramas del árbol que daban opacidad a la esquina.

—¿A caso no escuchaste la campana? Dejen de estar mirando pajarracos y jueguen como las otras niñas. ¡Vámonos!

—Sí, señorita Stanley—dijeron las niñas al unísono.

La tarde pasó rápido. Terminaron su clase de bordado y costura. Como era sábado, las niñas no tomaban todas las clases que solían durante la semana. Sin embargo, las hacían limpiar las puertas y sacarle brillo al suelo del comedor. También limpiaban el suelo de su habitación. Tras sacarle brillo a las puertas del primer piso, antes de comer, la señorita Findley ordenó a las niñas en fila y estas se preparaban con los detergentes, cubos y bayetas. Entonces la señorita Stanley se plantó frente a la entrada del comedor.

—¡No!—gritó histérica. —¡Nadie va a limpiar el suelo del comedor! ¡Suelten las bayetas ahora!

La señorita Findley se le arrimó extrañada.

—Pero señorita Stanley, mañana tenemos el sermón del domingo y no hemos limpiado el suelo del comedor en cuatro días... —repuso la joven.

—No he dicho que no se vaya a limpiar... ¿Usted me ha escuchado decirles que no va a estar limpio o que no se vaya a limpiar?

—Hum, entiendo señorita Stanley.

Las niñas se pasmaron sin esconder la fisonomía de sus caras tensas de preocupación. No sabían a quién le tocaría la tediosa tarea, aunque sabían que, bajo el castigo inesperado, sería a una de las ellas.

—¡Todas a sentarse! A cenar antes de limpiar el suelo de su habitación —ordenó la señorita Stanley.

Entonces la señorita Findley fue a la cocina y comenzó la rutina que solía hacer a la hora de comer. Las niñas ya estaban sentadas en los banquillos del comedor y comenzaban a sentenciarse el castigo unas a otras. Julie observaba alrededor medio asustada. Entonces notó la mirada apagada de su amiguita.

—No te veo muy contenta, Minnie. ¿Te pasa algo?

Al instante se les acercó una de las niñas del banquillo del frente.

—Hola, Minnie —dijo la niña extendiendo la mano.

—Hola. ¡No ves que todavía no nos han dado la cena idiota! —le contestó Minnie, con mala cara y en tono altanero.

—Idiota tú, y me tienes que dar tu pedazo de pan con queso porque ese fue nuestro acuerdo para que esta se quedara durmiendo en mi colchón.

—¡No me lo recuerdes! ¡Vete! si no quieres que te arrastre por el comedor, ¡por los pelos!—la atajó Minnie, y se levantó agresiva del banquillo para plantar sonoramente las palmas de sus pequeñas manos sobre la mesa.

—Se lo voy a decir a la señorita Stanley.

—¡Pues díselo!; ¡eres tan bruja como ella!

—¿Qué ha pasado Minnie? ¿Por qué peleas? —preguntó Julie confusa.

—Anoche le prometí a esa idiota que, si te daba su cama, le daría mi cena de hoy. Quería que te acostaras al lado de mi cama, y ahora me duele la barriga del hambre...

—No te enfades, dale tu cena y yo compartiré la mía contigo. Tengo una idea...—le susurró Julie.

—¿Qué?

—Podemos venir a la cocina por la noche. Seguro que tienen comida guardada en algún lado —musitó Julie en tono misterioso.

—¡Estás loca!; ¡cómo te agarren te van a pegar con el palo de la escoba! —le dijo en voz baja con el semblante grave —¡Te acusarán de robar! —concluyó con ojos grandes.

—Shisss… ¡Ya verás que no!

—Listas —dijo la señorita Findley, con una amplia sonrisa antes de hacer la oración de gracia. Tras la oración todas las niñas corrieron como de costumbre para hacer una fila y llenar sus platitos de hojalata con las porciones correspondientes de pan, queso y té.

La niña del frente volvió con una gran sonrisa hacia el banquillo y plantándose frente a Minnie le extendió la mano. Como Minnie no le dio su porción, la niña la agarró del platito y se lo metió a la boca de un sopetón. Minnie no protestó. Julie partió su pedazo de queso y de pan en dos y le ofreció esos pedazos a Minnie.

—Cómete esto... —dijo Julie y soltó el pedazo de pan con queso en el plato vacío de su amiga—Si te quedas sin comer, no crecerás nunca.

—Gracias, Julie.

—De nada, ¿sabes qué? Quiero volver a la pared donde quitamos el ladrillo. A lo mejor puedo verla y hasta logre hablar con ella.

—¿Con quién?

—¡Con mi madre! ¿Con quién más? —dijo Julie en voz muy baja al tiempo que se tapaba la boca con la palma de la mano.

Minnie comía mascando lento.

—Julie, ¿recuerdas lo que te dije esta mañana? —la aconsejaba Minnie. —Si las brujas te agarran hablando con tu madre, vas a ganarte diez latigazos, y tu madre sufrirá lo mismo o quizás más.

Aunque Julie la escuchaba atenta, prestando atención al consejo, sentía que el riesgo del castigo que enfrentaría jamás sobrepasaría la alegría de ver a su madre. Ansiaba besarla, abrazarla. En su mente, Julie volvía a escuchar la voz de su madre una vez más.

Capítulo 14

L as internas terminaron la cena y se organizaron en la fila. Subían las escaleras camino a limpiar el suelo de la habitación. El personal ya había amontonado los colchones en dos torres frente a siete cubos llenos de agua y jabón en polvo. Las niñas agarraron los cepillos y bayetas, entonces comenzaron a limpiar el suelo de cemento, el cual al estar mojado, rasguñaba sus rodillas. Ninguna se quejaba al respecto advertidas de que la que lo hiciera debería limpiar el suelo a solas dos sábados seguidos.

Tras tres largas y tediosas horas de jabonar y enjuagar el suelo, el personal permitió a las niñas lavarse la cara y las manos antes de acostarse. Muchas de las niñas ya exhibían llagas en las rodillas que lavaban tan solo con agua y jabón.

Comenzaron a agarrar sus colchones, desmontando las torres que formaban los colchones amontonados. Iban las niñas una tras otra, arrastrando sus colchones hacia los respectivos espacios cuando, de repente, la señorita Stanley agarró tan bruscamente a Minnie por el brazo que la niña casi voló hacia ella del halón.

—Tú no tendrás la dicha de orar antes de dormir esta noche. ¡Quédate aquí! —le ordenó la desdeñosa señorita Stanley que sacudía a la niña por el brazo. Entonces la haló para soltarla frente a la puerta, fuera de la habitación.

—Yo le acomodaré el colchón...—dijo la señorita Findley apresurada.

Entonces le acomodó sus sábanas y ayudó a Julie a extender sobre el colchón las suyas.

—¿Por qué la tiene plantada en la puerta, señorita Findley?—preguntó Julie en voz baja.

—No lo sé Julie, pero no digas nada.

Julie asintió y se puso de rodillas frente a su colchón.

—¡Oremos!—gritó la señorita Stanley. —Repitan mis palabras—siguió diciendo la mujer con cara de endemoniada, con sus ideas dementes y oraciones disparatadas. Las niñas no tenían más remedio que escucharla y repetir las ocurrencias que escupía por la boca aquella mujer demente y cada vez más encerrada en su propia locura. Cuando terminaron de orar, Minnie caminó derecho a su colchón y se acostó.

—¿Por qué te llevó frente a la puerta?—preguntó Julie extrañada.

—Porque es una bruja, seguro que en un rato me busca para que limpie yo el suelo del comedor. Te lo dije es una bruja...—masculló.

—¡Pero tú no has hecho nada malo!

—Shisss, ¡ya lo sé!, no sé por qué me quiere castigar, pero estoy casi segura que me va a buscar en un rato. Cuando se vaya la señora Rabbit a su casa.

—Deberías quejarte con la señora Rabbit.

—¡Esa es otra bruja! Se hace la tonta y le da la razón a cualquiera de estos demonios antes de escuchar a cualquiera de nosotras…

—Pero tenemos que hacer algo. ¡Es injusto!

—No planifiques nada que la va a tomar contigo y vas a tener que andar como yo… Con cuidado hasta de respirar para que no se enfade contigo.

—Hum… No me importa, Algo voy hacer, ya verás…—repuso Julie frustrada para acomodarse boca abajo y buscar el sueño.

Minnie había vivido demasiadas situaciones difíciles con la señorita Stanley y conocía sus manías.

A las once de la noche, las niñas dormían, pero el chillido del pomo de la puerta despertó a Julie, quien abrió los ojos alerta. Al darse la vuelta, miró hacia la puerta y advirtió la sombra de la figura de la señorita Stanley. Estaba plantada en la entrada como un fantasma.

—Shisss… Shisss, ¡Minnie! ¡Ahí está la bruja! —susurraba Julie para intentar alertar a su amiga que dormía como un lirón. Entonces escuchó los pasos que se acercaban apresurados frente al colchón y, aterrada, Julie se tapó con las cobijas hasta las orejas.

—¡Levántate!—dijo la mujer halando a Minnie por el pelo.

—¡Ahhhh! —gritó Minnie, asustada.

—Como despiertes a alguna de tus compañeras ¡te haré lavar el suelo por una semana entera! —le murmuró en tono belicoso.

Minnie se levantó siguiendo a la insufrible señorita Stanley.

Tras su salida de la habitación, Julie no pudo pegar un ojo y al sentarse con la espalda apoyada en la pared, notó que la niña que le había agarrado el pan con queso a Minnie durante la cena tampoco dormía, también estaba sentada en su colchón de la misma forma.

—¿Cómo te llamas?—le preguntó Julie en voz baja.

—Me llamo Esther. A mí nunca me han castigado, y a Minnie ya la han castigado dos veces esta semana.

—Voy a ir a ayudarla —musitó Julie.

—¡No lo hagas! —atajó Esther. Sus enormes ojos azules brillaban, con el reflejo de una luz tenue que alumbraba desde el pasillo.

—¿Por qué?

—Si te ve la señorita Stanley, te castigará a ti también, yo nunca defiendo a ninguna de las niñas que castiga, por eso no me ha castigado —exhaló la niña.

—¡Bien por ti! ¡Se lo recordaré mañana a la señorita Findley para que te dé una galletita!—dijo Julie en tono sarcástico.

Esther le sacó la lengua y Julie se sobrecogió de ira, de ver cómo las internas se hacían de la vista gorda ante las injusticias y actitudes predatorias del personal. Entonces, frustrada, Julie se puso de rodillas en su colchón para dispararle una mirada amenazante.

—¡Como me vuelvas a sacar la lengua, te voy a llenar la boca de arena cuando estés durmiendo! ¡Fea!

La niña se quedó intimidada. Le dio la espalda y fingió dormirse sin contestarle una palabra. Entonces Julie se levantó de la cama y salió del cuarto de puntillas. No podía despertar a las niñas por miedo a que alguna de ellas se fuera a ir con el chisme a alguien, en la mañana. Sabía que tras las amenazas suyas y de Minnie, Esther tampoco diría nada.

Bajó las escaleras en silencio y caminaba a paso lento hasta que llegó al pasillo. Entonces corrió hasta ponerse frente al comedor. Se asomó inclinada para ver a Minnie de rodillas, que mojaba una bayeta en un cubo colmado de agua, la exprimía y con ella frotaba el suelo como con rabia. Cuando hubo terminado de frotar varias lozas se levantó y cargó el cubo hasta el extremo opuesto del comedor. Allí se arrodilló y comenzó a restregar la bayeta con jabón sobre el suelo nuevamente.

Julie se animaba a llamarla, cuando escuchó la puerta de la cocina que daba al patio. Entonces se incorporó despacio mientras iba aguantando la respiración. Anduvo sigilosa hasta la entrada de la cocina que tenía la puerta entrecerrada. Miraba de reojo, espiando a la desdeñosa señorita Stanley que cerraba con una llave la puerta en la cocina que daba al patio. La mujer soltó la llave sobre un tablero y apagó la hornilla que había estado encendida, y se sirvió agua caliente en una taza sobre un platito. Tan pronto la niña vio a la señora que salía de la cocina con su taza de té en la mano, corrió a esconderse debajo de las escaleras que quedaban tan solo a varios pasos. La señorita Stanley entró al comedor y se sentó frente a la gran mesa rectangular contigua a la entrada y comenzó a orar en voz baja, como si estuviese hablando consigo misma.

Tras dar un par de sorbitos de té, se fijó en Minnie que restregaba las losas sin despegar la vista del suelo. En eso, la señorita Stanley cortó su oración un momento, y le gritó sin compasión:

—¡Quiero que quede inmaculado! —exigía protestona.

—¿Por qué tengo que hacer esto? ¿Qué cosa mala hice hoy? —le gritó Minnie desde el suelo.

—¡No cuestiones mi autoridad! Esta mañana vi como ayudabas a la niña nueva a hacer la cama, ¡estás aportando a la vagancia de otras personas! ¿Te parece poco?

—Solo la ayudé a doblar la cobija... ¿Qué tan malo es eso?

—No puedes tentar a la gente provocándolas de esa manera. ¡Esas actitudes son del diablo! ¡Aprende y pide perdón por incitar la vagancia entre tus compañeras!

Minnie sacudió la cabeza resignada. Aunque estaba acostumbrada a escuchar sus demencias no acababa de entender cómo podía vivir de esa manera. Todo era un pecado para la señorita Stanley. Las internas vivían asustadas. Cualquier acción buena o mala provocaría el disparo de sus actitudes erráticas, según su humor de carácter impredecible y volátil.

—Voy a hacer un trabajo en la oficina del señor Baily, como te muevas del suelo ¡ya sabes lo que te espera!

—Si quiere que lo limpie entero tendré que moverme. ¿O quiere que le saque brillo a la misma esquina?

— ¡No te hagas la graciosa! ¡Sabes lo que te quiero decir! —repuso la señora de porte huesudo.

—Bruja... —musitó Minnie.

Julie aún seguía escondida detrás de las escaleras y tan pronto vio a la señora que andaba por el pasillo hacia el extremo opuesto del comedor, se asomó a vigilarla. Al verla desaparecer por la puerta debajo del arco corrió al comedor y se volvió a asomar desde la entrada con la puerta entrecerrada.

—Shisss... Minnie —susurraba Julie que se dio paso para entrar al área y se escondió detrás de la puerta.

Minnie alzó la vista buscándola con la mirada hasta que la vio detrás de la puerta de la entrada.

—¡Qué haces aquí! ¡Vete a dormir! ¡Si te ve, te va a castigar!

—No me va a ver, ¡la bruja está en la oficina del señor Baily!

Ambas estaban con sus batitas de dormir y descalzas. Hacía un frío atroz, pero los nervios las mantenían ajenas a la sensación repelente que daban las bajas temperaturas.

—¿De quién es esa taza?

—¿Qué taza?— inquirió Minnie que todavía restregaba el suelo.

—¡Esta! —dijo Julie señalando la taza sobre la mesa rectangular.

—Es de la bruja.

—Quería asegurarme que no fuera tuya... Vengo ahora —dijo Julie para correr risueña a la cocina.

—¿Qué vas hacer? ¡Ah! —gimió Minnie, resignada.

Aunque la cocina tenía un candado, Julie no hubo de escuchar el peculiar sonido de llaves que lo cerraban. Intuyó que estaría abierta, puesto que la señorita Stanley tenía una taza de té sobre la mesa. Su suposición fue correcta y se dio a la osadía de entrar en la cocina. Se escondió varios pedazos de pan que aún estaban en una canasta. Vio una bayeta marrón que parecía guardar algo abultado y la agarró. Tan pronto la desdobló vio un enorme pedazo de queso, rompió la mitad y lo envolvió en una bayeta blanca antes de escondérselo debajo de la bata. Curioseaba por la cocina cuando abrió la puerta de la alacena en busca de algo más para comer, pero no encontraba qué echarse a la boca. Entonces reconoció un pote con hierbas de té de Senna. Hubo visto a su madre que las preparaba cuando hacía infusiones de té para los señores Cartwright. Se las había preparado en ocasiones que padecían de estreñimiento. La niña agarró un puñado de las hierbas y las echó sobre el agua que había usado la señorita Stanley, para hacer su té. Como aún el agua estaba caliente dejó la hierba de Senna en remojo, mientras corría de vuelta al comedor. Agarró la taza de la señora Stanley, cuando Minnie alzó la vista con ojos grandes asustada.

—¿Todavía estás aquí? ¡Te van a castigar!

—¡Vengo ahora!

—Yo no te he visto... —dijo Minnie con ojos grandes.

Julie andaba de vuelta a la cocina, y mientras andaba probaba el té aún tibio en la taza. Le agradaba saber que estaba endulzado con azúcar y sería fácil de intercambiar la taza sin que hubiera sospechas. "¡Menos mal!", pensó.

Vació la taza que pendía en sus manos temblorosas. Sin embargo, tenía una sonrisa amplia de triunfo. Lograr aquella fechoría sería su primer acto exitoso contra la bruja apática de la señorita Stanley. Llenó la taza con el té de Senna, que estaba bastante concentrado, y buscó azúcar en la alacena. En ese instante sintió la extraña sensación de llevar más tiempo que el cumplido bajo el techo de la institución. Cada minuto que pasaba, lo percibía larguísimo. Se acercó sigilosa hacia la taza y endulzó el té con tres cucharadas de azúcar. Salió de la cocina con la taza sujeta por ambas manos. Entonces entró de vuelta al comedor y dejó la taza sobre la mesa nuevamente como si nada.

—¿Qué has hecho? —inquirió Minnie.

—Mañana no nos molestará la bruja esta, no te preocupes. ¿Tienes hambre? —preguntó Julie sonriente ya que se sentía triunfante.

—¡Claro que sí! Qué preguntas haces...

En ese momento escucharon los pasos de la señorita Stanley que avanzaban fugaz por el pasillo en camino al comedor. Las niñas coincidieron con miradas de terror. Sobrecogida en un momento de pánico, Julie se escurrió tras la puerta de entrada del comedor. Al momento apareció la señorita Stanley, quien se sentó frente a la mesa nuevamente.

—¡Date prisa! ¡No tengo toda la noche! —refunfuñó la mujer y procedió a tomarse el té de un sorbo.

Julie que la miraba asomada a sus espaldas, se tapaba la boca con la mano conteniendo la risa y, aunque estaba acobardada, se sintió feliz en su venganza. Sabía las repercusiones que viviría la mujer tras beber la infusión de las hierbas de Senna y se sobrecogía con una mezcla de emoción entre horror y alegría. La señora, que no notó la diferencia entre un té y otro, se levantó de la silla.

—Voy a cerrar la cocina, ¡tienes cinco minutos!—se limitó a decir y se echó a andar.

Tan pronto Julie la escuchó entrar a la cocina salió del comedor, disparada, corriendo como una bala hasta la habitación. Entonces se sentó en su colchón deleitándose con los panecillos frescos con la mitad del pedazo de queso que se había escondido bajo la bata. Casi terminaba de mascar, cuando escuchó a Minnie que entraba de puntillas. Julie colocó tres panecillos con la mitad sobrante del queso sobre la almohada de su amiga. Tan pronto Minnie se recostó sintió los comestibles que aplastaba con la cabeza. Se sentó mirando a Julie maravillada y se echó un panecillo a la boca.

—Estás loca, pero me alegro que no te haya descubierto.

—¡Alégrate por la comida que te traje! La próxima vez que la bruja castigue a alguna de nosotras haré lo mismo.

—Pues que no te agarren. ¡No sé qué sería de ti!

—Me voy a dormir. Buenas noches, Minnie.

—Buenas noches, Julie.

Esa noche fue la primera vez que Julie y su amiga se acostaban saciadas y sin hambre. Ambas cayeron en un sueño profundo y feliz de haber comido ese último bocado antes de dormir.

A la mañana siguiente, a diferencia de otras, no se despertaron bajo la desagradable resonancia que causaban los golpes de la cuchara de palo contra la cazuela de hojalata.

La señorita Findley se dio a la labor de despertar a las niñas dos horas más tarde, ya eran las ocho de la mañana.

—Hay que levantarse... —musitaba la afable señorita Findley, pasando por cada uno de los colchones y les iba sacudiendo los pies con la ternura que la caracterizaba. Poco a poco las niñas se fueron despertando. Estaban descansadas y a diferencia de otros días, el ambiente se sentía menos irritante y mucho más tranquilo.

—¿Y la señorita Stanley? —preguntó Julie con cierta sonrisa casi sarcástica.

—Está descompuesta. Nos encontrará a las diez en el comedor para dar el sermón de misa.

—¿Qué le pasa? —preguntó Minnie.

—No lo sé, pero según dice no ha podido dormir en toda la noche.

—Ja, ja, ja, ja, ja —rió Julie con carcajadas que no pudo reprimir.

—No es gracioso, Julie, y que no te escuchen que te ríes del malestar de los demás —la censuró la señorita Findley.

—Disculpe señorita Findley.

Las niñas se miraban y sonreían en complicidad, sintiéndose triunfantes al saber que, la fechoría de una de ellas hubo dado resultado.

Después de sacar brillo a sus zapatos, avanzaban haciendo una fila frente a la habitación y caminaron al recreo para disfrutar de una hora de juegos, antes de escuchar el sermón del domingo, que daría la señorita Stanley aún descompuesta como estaba.

Julie le agarró el brazo a su amiga forzándola a correr por el patio, llevándola hasta el muro que separaba el área de niñas y el patio de mujeres. Minnie no encontró otra opción que seguirle el juego, aunque la aterraba la actitud errática de Julie, quien se dejaba llevar por la desesperación de ver a su madre. No debía correr hacia el muro. Finalmente, Minnie lograba alcanzar a Julie, agarrándola por el batín.

—Julie, ¿te has vuelto loca? Tu madre no está a esta hora. Las mujeres adultas hacen faenas dentro del edificio los domingos. —Nos descubrirán, ¡no grites más! —exclamó Minnie asustada, pero Julie insistía en llegar a la esquina del muro. Y siguió andando.

—Julie, ¿eres tú? —susurraba una voz al lado opuesto de la pared embaldosada de ladrillos.

Las niñas coincidieron en sus miradas, con la boca medio abierta. Minnie estaba perpleja, y Julie reconoció la voz al instante. Corrió hacia la esquina del muro para enterrar las uñas en el cemento gastado, en su afán de retirar el ladrillo.

—¡Sí, mamá, soy yo! ¡Espera! —exclamó Julie entre alborozo, llanto y desencanto de ver a su amiguita que sacudía la cabeza desaprobando su actitud.

—Julie, ¡te van a caer a latigazos!

—Por favor Minnie, quita el ladrillo. Quiero verla —dijo Julie entre sollozos.

—Nos caerán a latigazos a las dos. Eres terca. Habla rápido —dijo Minnie y miraba de reojo a sus espaldas —¡Voy a vigilar que no vengan las brujas!

Removió el ladrillo y lo soltó en el suelo frente a Julie. Entonces corrió a agacharse en la esquina del edificio, a sus espaldas, y vigilar así por si llegaba alguien que no quedara inadvertido.

Julie extendió la mano por el agujero y Hannah, que estaba tan o más angustiada que su hija, le aguantó la mano y se la besaba entre lágrimas.

—¿Estás bien, Julie? ¿Cómo te sientes?—preguntaba Hannah con un hilo de voz.

—Mamá, me quiero ir de aquí, no me gusta. Las señoras son malas y nos gritan todo el tiempo. Quiero estar contigo.

—Lo sé, cariño. Tienes que ser fuerte. Piensa que en la primavera estaremos juntas otra vez y no volveremos aquí, te lo prometo. Aprende todo lo que puedas y no desobedezcas. Ante las situaciones más inesperadas y de mayor aprieto, actúa con disciplina y fe. Julie, ya verás que pronto nos iremos de aquí.

Julie lloraba desconsolada y su madre tampoco lograba contener las lágrimas.

—El tiempo pasará rápido. Ya me enseñarás todo lo que aprendiste durante el invierno. Ahora vete a jugar. Si puedo, en dos días, vendré a la misma hora.

Julie asintió. Antes de soltar la mano de su madre logró verle el rostro. Estaba demacrado y consumido en agonía, tal parecía que le habían caído diez años encima. La mujer tenía la voz afónica y una tos grave, pero prefería no ir a la enfermería. Había escuchado que los que allí se atendían morían de forma insólita. El número de personas que morían bajo los cuidados en la enfermería de la Casa del Trabajador sobrepasaba el doble a los que allí sanaban. Justo cuando Hannah soltaba la mano de su hija, una de las empleadas en guardia del edificio contiguo al patio de mujeres vio a Hannah pegada al muro, desde una ventana. Entonces la mujer se levantó de su silla y abrió la puerta de golpe para echarse a correr como un lince, y sujetándose la falda para no ensuciarla del barro que arropaba el patio enfangado.

—¡Tú! ¡Sal de esa esquina! ¿Con quién hablas? —voceaba la guardia.

Los domingos no solía haber trabajadores en el patio, por lo general tomaban los domingos para limpiar el interior del edificio. La presencia de Hannah en el patio y frente al muro que separaba los dos patios, era una acción cuestionable ante el personal que vigilaba cada esquina como cuervos hambrientos. La guardia avanzaba hacia Hannah, cruzando el patio enfangado a pasos agigantados.—¡Acabas de llegar y ya estás rompiendo reglas! — exclamó la guardia con voz potente.

Hannah se mantuvo con la espalda contra la pared mientras Julie forzaba el ladrillo en su sitio, empujándolo en su espacio, pero no lograba encajarlo. Las manos le temblaban demasiado. Minnie corrió desde la esquina donde se había agachado a vigilar y tan pronto llegó junto a Julie, agarró el ladrillo y lo acomodó perfectamente para lograr tapar el agujero.

La guardia empujó a Hannah removiéndola de forma grotesca de aquella esquina. Miraba el muro atenta de arriba abajo, pero no lograba reconocer cuál de los ladrillos estaba suelto o cuál sería el que removieron. Ante su propia soberbia y frustración, la mujer sintió el calor de su sangre que hervía de rabia y se le enrojecía el rostro de furia. Entonces se volteó impulsiva y le zumbó a Hannah una sonora bofetada que la tumbó al suelo.

—¿Te crees más lista que nadie? ¡Te escuché hablar con alguien!

Hannah no contestó, solo la miraba cabizbaja desde el suelo. Estaba de rodillas con las manos sobre la tierra cuando una empleada del centro se aproximó a ella, tras escuchar los gritos de la guardia.

—Tendremos que reportarla. Síganos —dijo la señora que la ayudaba a levantarse con aire de lastima.

Julie estaba temblando, incluso por escuchar las riñas al otro lado del tabique, mientras Minnie la abrazaba asustada de muerte.

—¡Tírate al suelo! ¡Por ahí viene la bruja! —murmuró Minnie, con la voz quebrantada.

Ya se había formado un soberano vocerío, que llamó hasta la atención de las vigilantes del patio de las niñas. Julie no cabía en gratitud hacia su amiga que le salvaba el pellejo, aguantándola acuclillada en el suelo. En esas estaban, cuando escucharon la voz de la señorita Findley que corría, cortándole el paso a la señorita Stanley y avanzaba hacia las niñas con la cara deformada de terror. Entonces ayudó a Julie y a Minni para que se levantaran del suelo con lentitud.

—¿Quién está ahí? ¿Con quién hablaron?—preguntó la señorita Findley.

—Señorita Findley, Julie quería ver a su madre... —contestó Minnie en voz baja.

—¡No digas nada! ¡Shisss! Estabas jugando y te caíste... Vamos adentro...

—¿Se puede saber qué demonios está pasando aquí? ¿Quién está dando problemas? ¿La chica nueva?—dijo la señora Bean, acompañada de la señorita Stanley, que aún tenía mala cara por la noche de viajes a la letrina.

—¡Estas niñas insolentes! ¡Ya se hace tarde dijo la señorita Stanley que las observaba con sus ojos vigilantes que no perdían detalle alguno. —Hablaremos de lo sucedido después del sermón. No quiero afectar la paz divina que reina en nuestros corazones con altanerías de indigentes malagradecidas.

—No hay de qué hablar, señorita Stanley, estaban jugando y Julie se resbaló, eso es todo... —dijo la señorita Findley.

—A caso usted no ha escuchado el escándalo en el patio de mujeres tras el muro —dijo la señorita Stanley en cierto tono irritante. Entonces, la señorita Findley la paró en seco cuando le disparó una mirada desafiante.

—Usted lo ha dicho, en el patio de mujeres, no en este patio... Y No. No he escuchado nada. Vámonos niñas.

Sin decir más, la señorita Findley logró salvar a las niñas de diez latigazos. Caminaba arropándolas con ambos brazos en silencio.

Capítulo 15

---◇---

Tras el altercado, la señorita Findley entró con las niñas a la cocina por la puerta que daba al patio y echó un ojo a sus espaldas, vigilante. Tras asegurarse de tener privacidad plena avanzó a la pileta y mojó una bayeta que usó para limpiar las manchas de tierra en la cara de Julie. Sonreía en su intento por calmarla. Al momento, inclinada como estaba frente a Julie alzó la mirada hacia Minnie que estaba justo a su lado.

—Minnie, ¿qué ha pasado? Necesito que me digas la verdad ¡y no me la decores! —susurró en voz baja.

—Señorita Findley, usted sabe lo difícil que es para los niños nuevos separarse de sus familias. Julie quería ver a su madre...

El semblante calmado de la señorita Findley se transformó en uno de espanto. Fruncía el entrecejo, pensativa, como si buscara una respuesta o solución. Sabía de sobra las consecuencias de horror para la niña si la hubiesen descubierto.

—¿Alguien vio a Julie?

Minnie lo negó, con un movimiento de la cabeza, y Julie también lo negó de la misma forma, pero todavía cabizbaja. Entonces la señorita Findley la acarició gentil y se incorporó.

—Julie, entiendo perfectamente que este proceso no se te haga fácil. No lo es para ninguna de las chicas que están aquí, pero tienes que seguir instrucciones. Las consecuencias de romper las reglas son impensables. No quiero que te castiguen. ¿Me das tu palabra que no volverás al muro?

Julie asintió en silencio con la cabeza todavía hacia el suelo.

—La próxima vez no podré salvarlas del castigo que quieran imponerles —concluyó la joven. Entonces Julie alzó la vista con cara de preocupación.

—Señorita Findley, creo que se llevaron a mi madre para castigarle porque le gritaban que había roto las reglas —argumentó la niña con la voz temblorosa.

—Ahora no es el momento de hablar de esto. Vayan al baño a lavarse las manos. Ya las otras niñas están haciendo fila para entrar al comedor. Se están preparando para escuchar el sermón de la señorita Stanley... ¡Rápido! —pidió la joven con aire pensativo. Minnie sacudía la cabeza, caminando hacia la puerta de la cocina que daba al pasillo.

—¡No sé en qué religión se permite tener a un diablo dando sermones los domingos! Al infierno deberían llevarse a la bruja de la señorita Stanley... ¡Es una majadera! —exclamó Minnie, malhumorada, al tiempo que salía de la cocina junto a Julie. Eran como dos gotas de agua en su carácter.

—¡Shisss! ¡No digas tonterías! Las veré en breve... ¡Qué no te escuche nadie hablar así! —censuró la señorita Findley.

Las niñas se lavaron las manos antes de incluirse en la fila con las demás. Esperaban en la entrada del comedor, mientras iban entrando una a una, llenando el espacio que estaba limpio gracias al esmero de Minnie que había sacado brillo a los pisos la noche anterior.

Les resultaba notable que el lugar olía más agradablemente que otros días. Se iban sentando en silencio y, aunque Julie seguía aturdida por el altercado, intentó entretenerse escuchando los sermones con voz chillona de la señorita Stanley.

A pasos de distancia, en el edificio de mujeres, Hannah aguardaba sentada esperando su turno frente a la oficina de la señora Bean. Esperaba junto a la guardia que minutos antes la hubo abofeteado. Hannah estaba aterrada. Sin embargo, por primera vez en su vida pensó que sería mejor encarar el problema. Tras ponerle fin al asunto, al asumir las consecuencias, firmaría su relevo y el de su hija. Transcurrieron diez minutos desde que se hubo sentado a esperar, cuando la guardia la agarró por el brazo halándola dentro de la oficina y al instante Hannah se zafó de su agarre. Estaba indignada, furiosa. La habían ofendido, maltratado y pisado su dignidad desde el primer día. A diferencia de su hija, no la permitieron bañarse el día de admisión y ya no lograba soportar un minuto más su propia pestilencia. Observaba a la guardia que se mantenía seria, apuntándole con su mirada embadurnada de pura soberbia. La señora Bean se sentó sonriente detrás del escritorio sin notarse alterada, por el contrario, se notaba calmada.

—Estamos conscientes sobre la realidad que implica ajustarse a las reglas de esta institución los primeros días, señora Ames —dijo la señora en tono monótono. —Entendemos que ciertas reglas puedan ser difíciles de cumplir, usted no es la primera que ha roto las reglas y quiero que sepa que la comprendo perfectamente.—expuso la señora concluyendo con una media sonrisa, una sonrisa de hipocresía.

—Gracias, señora Bean, no fue mi intención ofender al personal... ni romper las reglas... —contestó Hannah en voz baja. Se iba calmando, viendo a la gerente que mostraba una postura de complicidad.

—No es la intención de nadie romper las reglas, señora Ames, pero cuando las personas como usted hacen este tipo de estupideces, para ver a sus hijos, lo consideramos una grave falta de respeto, y para nosotros sería igual o peor que romper una ley..., ¿comprende?

—Pero señora Bean, yo no...

—No me interrumpa, por favor... —dijo la señora en tono sereno—¿Logró ver a su hija?

—¡La vi hablando desde la puerta!—exclamó la guardia. —A menos que se haya vuelto idiota y por eso ¡hablaba sola con los muros!

—Es ese su caso, señora Ames, ¿Estaba hablando con alguien? o... ¿quizás está usted incoherente... inestable? Si ese es el caso, estamos en todo nuestro derecho de internarla en un centro para evaluación... No podemos alterar la tranquilidad de los residentes en nuestros albergues con la presencia de personas inestables... —argumentó la mujer en tono sarcástico.

Hannah las miraba incrédula. Supo en ese momento que no se salvaría de un grave castigo. Su respuesta la condenaría de una forma u otra. La acusarían de romper las reglas y si ella lo negaba, la internarían en un sanatorio lejos del albergue como consecuencia de haber estado hablando con las paredes. Si eso ocurría, estaría a la merced de cualquier médico en el hospital psiquiátrico y su internado allí sería por tiempo indefinido. Hannah intentaba aguantar la compostura serena que solía mostrar. Respiraba profundo e inclinaba la cabeza con semblante extenuado.

—No señora Bean, no estaba hablando con el muro...

—¿Entonces? —inquirió la señora Bean.

Hannah alzó la vista para pulverizarlas con la mirada, que centelleaba de coraje en su frustración.

—Quiero salir de esta institución hoy si es posible, por favor.

La señora Bean se levantó de su silla, como quien pierde la paciencia, y plasmó las manos sobre el escritorio para inclinarse hacia Hannah, frente a ella.

—¡Lo siento señora Ames! —exclamó malhumorada—, pero me está pidiendo algo imposible; pongamos fin a esta situación. Yo no romperé reglas por usted. —afirmó la señora Bean.

—¿Qué situación? —preguntó Hannah con la voz alzada —¡No aguanto más! ¡Ustedes no me pueden retener involuntariamente!

—Cierto, señora Ames— contestaba la señora Bean, caminando por el borde del escritorio hasta plantarse frente a ella. —Pero le recuerdo que somos una institución apoyada por el Gobierno. No puede entrar aquí y pedirnos ayuda para su manutención y la de su hija, para después romper las reglas y salir caminando como si no hubiera hecho nada.

—¡Solo quise ver a mi hija por un minuto!

—¿Y logró verla?—preguntó la señora Bean, con expresión expectante.

En ese momento Hannah caía en cuenta que, si decía la verdad, también su hija recibiría una golpiza. Entonces lo negó de manera convincente, a la vez que sacudía la cabeza en negación.

—No... No, solo pregunté a alguien al otro lado del muro, pero nadie me contestó.

—Así que trató de romper las reglas...

—Puede suponer lo que le dé la gana —le espetó Hannah hastiada del maltrato y la manipulación que eran canto diario en el centro.

—Bien... —repuso la señora Bean y volvió a su asiento. Abrió el primer cajón de una mesilla a sus espaldas y sacó un libro enorme. Era el cuaderno de apuntes y registro de incidentes. La pesadez del silencio se hacía densa, mientras la vieja escribía varias líneas sujetando la pluma con su mano de gorrión. Se lo dio a firmar a la guardia quien lo firmó antes de arrastrar la hoja sobre la mesa frente a Hannah. La joven que era analfabeta firmó sobre una línea bajo el apunte con trazado de una X.

—Puede llevarse a la residente —dijo la señora Bean, después de guardar el cuaderno— Podrá hablar con la señora Rabbit mañana después de su hora de aseo, si acaso quiere firmar su relevo. Yo no puedo hacer nada por usted hasta mañana. Buenas tardes.

Hannah sintió su coraje disiparse, al escuchar sus últimas palabras. Por fin podría bañarse. Se sentía pegajosa y sus uñas rotas y mugrientas de recoger las cuerdas del suelo enfangado en el patio, le provocaban náuseas de tan solo mirarlas.

—¡Vámonos!—dijo la guardia para intentar agarrarla por el brazo. Pero

Hannah se deshizo de su mano con un gesto brusco y dejó que se fuera delante. Así, por sí misma, Hannah la siguió hasta la habitación. Entonces la señora arrastró una silla desde el pasillo.

—Siéntese aquí, volveré enseguida.

La guardia salió del cuarto y llegó tras varios minutos acompañada de dos empleadas de la institución. Una de ellas cerró la puerta.

—Levántese.

—¿A dónde voy? —preguntó Hannah, confusa.

—Camine hacia la ventana y apoye los brazos en la pared.

—¿Por qué?

—Cuanto antes salgamos de esto mejor... Antes podrá firmar sus papeles de relevo...

—¡No hice nada! ¡No hablé con nadie! —le contestó Hannah, aturdida ante la irrazonable actitud de la mujer.

—¿Usted sabe qué pasaría si no cumplimos con nuestro trabajo? ¡Todo el mundo estaría rompiendo las reglas! No podemos dar cabida a este tipo de conducta. ¡Ahora! ¡Vuélvase!

Hannah volteó tal como le hubo ordenado la señora y alzó los brazos apoyándolos contra la pared contigua a la ventana que daba al patio de mujeres. Entonces, una de las trabajadoras le pasó a la guardia una caña envuelta con el mismo tipo de cuerda áspera, que las mandaban a deshacer durante horas interminables en el patio de mujeres. Era una cuerda de fibra áspera y dura al tacto. La guardia inhaló profundo armándose de fuerza y le dio el primer latigazo. Hannah cerraba los ojos, queriendo olvidar cada segundo de su experiencia en ese cruel lugar, pero le era imposible. Contaba cada uno de los latigazos que iban marcando su espalda despellejándola de una manera sangrienta, bajo su ropa. El ardor que sintió al tercer latigazo fue asfixiante, porque le causó un dolor insoportable que le cortaba la respiración. Hasta el aire le resultaba irrespirable. La señora continuaba dando azotes hasta que se agotó. Paró por un instante. Inhaló y agarró el palo con las dos manos y, de última, se lo rompió sobre la espalda en dos. Hannah se desplomó, desmayada de dolor, y las mujeres ni se inmutaron en moverla. La guardia soltó los dos trozos de la caña al suelo junto a Hannah que se iba sumergiendo en un sueño de delirio en su tormento.

Hubo llegado la noche cuando las residentes en el área de mujeres se preparaban para dormir. Una de ellas se las ingenió para llevarle un vaso de agua a Hannah que aún seguía tirada en el suelo frente a la ventana. Se despertó adolorida y sintió que su espalda, en llamas ardientes, tenía un ardor insoportable. Su ropa se había pegado sobre la sangre de las llagas. Se levantó despacio con la ayuda de la señora y bebió un sorbito de agua que la ayudaba a caminar, aunque dando tumbos, hasta su cama, en la que se tiró boca abajo, sin decir una palabra. Estaba decidida a firmar su relevo de ese infierno. Saldría de ahí con su hija de la mano la próxima mañana.

En el área de niñas Julie se preparaba a dormir.

—Minnie, ¿crees que mi madre se ha metido en problemas con estas brujas?

—No lo sé Julie, pero no pienses en eso ahora. Si piensas en eso no vas a poder dormir y mañana vienen a elegir las niñas para trabajar en la fábrica. Debes estar descansada. Ojalá te puedas venir conmigo mañana.

Julie asintió y, aun cuando estaba preocupada por su madre, supuso que negociaría airosa cualquier desacuerdo o situación con el personal. A fin de cuenta, su madre era adulta y ella una niña. Optó por honrar la sugerencia de su madre, que a menudo la exhortaba: "No te preocupes por los problemas de los mayores, eres muy pequeña para eso".

El consejo de Hannah llegaba a su memoria acompañado de su voz. La memoria serenaba a la niña que cerraba los ojos y se echaba a dormir optimista en que pronto celebraría junto a su madre la llegada vibrante de la primavera.

Capítulo 16

A l próximo día, Minnie y Julie se despertaron más temprano que de costumbre. Todavía no había llegado la señorita Stanley, escandalizando el espacio con su sonora manía de despertarlas con ruidos de latas y gritos desagradables. Minnie se animaba a romper la rutina esperando con ansias el momento de trabajar por unas horas en la factoría. También ansiaba comer carne y pudín.

—Julie... ¿Estás despierta? —le susurraba Minnie desde su colchón con los ojos abiertos espabilada.

—Sí... Estoy preocupada por mi madre.

—Estará bien. ¡No te preocupes! ¡Vamos a recoger la cama, corre

Ambas se levantaron y terminaron de plegar sus cobijas, minutos antes de que llegara la horrorosa resonancia de golpes entre cucharas y cazuelas. Cuando hubo entrado la señorita Stanley a la habitación con el jaleo de siempre, se sorprendió de ver a las crías despiertas y alertas.

—¿Ustedes qué? ¿No han dormido?

—¡Sí señorita Stanley! —contestaba Minnie —Estamos esperando para conocer la señora que nos viene a buscar para trabajar en la fábrica—dijo entusiasmada.

—¡Yo también quiero ir!—dijo Julie sentada en el suelo frente a su colchón, mientras sacaba brillo a sus zapatos.

Las buscaré para llevarlas a la oficina de la señora Rabbit, cuando acabemos la clase de religión —dijo antes de salir de la habitación.

Las niñas siguieron su rutina como todos los días, aunque Julie se notaba desconcertada. Aún le preocupaba las consecuencias que habría tenido su mamá el día anterior y sabía que no podía preguntar, puesto que no le dirían la verdad. Intentaba envolverse en sus labores con las demás niñas, para sacar la preocupación de su mente. Minnie se le arrimó eufórica.

—Julie, creo que nos vienen a buscar ya mismo y no puedo esperar a comerme el pudín. No recuerdo la última vez que comí pudín...

—Yo tampoco... —dijo Julie, que estaba sentada en el tronco del árbol afincado en el centro del patio.

—¡Vamos! —les gritó la señorita Stanley desde la puerta que daba a la cocina. Las niñas corrieron emocionadas por romper la rutina. Solo habían tomado la clase de religión y se estarían librando de la monótona y horrenda rutina de la institución.

Caminaron hasta la cocina donde esperaba la señorita Stanley junto a cinco niñas en línea.

—¡Seguidme!

Las internas la seguían como soldaditos, cruzando por las puertas bajo el arco hasta el banquillo en el solitario vestíbulo. La señorita Stanley caminó a la oficina de la señora Rabbit y al rato regresó con una mujer de tez clara y rostro agradable.

—Hola niñas, yo soy la señora Bowen. Necesito que extiendan sus manos palmas arriba por favor.

Las niñas hicieron tal y como se les ordenó, y la señora rubia de porte elegante andaba frente a las niñas inspeccionando sus manos, dándole importancia preferiblemente al tamaño de sus dedos.

—Muy bien señorita Stanley. Creo que podrán acompañarme a la factoría, todas, las siete niñas cumplen con los requisitos.

—Muy bien—dijo la señorita Stanley —Vayamos a firmar la autorización de relevo excepcional con la señora Rabbit.

Ambas mujeres caminaron hacia la oficina. A Minnie se le hizo de pronto un gesto de tensión que le puso pálida la cara para denotar una gran preocupación. Julie lo divisó al instante.

—¿Qué te pasa Minnie?

—Nada... —decía la niña, como estirando la palabra: "nada", y con una media sonrisa intentaba mostrar más calma de la que sentía.

Minnie había caído en cuenta de que algo terrible le hubo de ocurrir a Hannah. El personal de la institución no podía firmar relevos excepcionales, para los niños sin el consentimiento de sus padres. Sospechó que la madre de Julie no estaba bien. Sin embargo, optó por no compartir su mala corazonada para no alertar a su amiga.

Las mujeres entraron con sendas sonrisas en la oficina de la señora Rabbit.

—Todas cumplen señora Rabbit —comentó la señorita Stanley con aire de conquista —Pero está la niña nueva en la fila, ¿quién está firmando su relevo?

—¡Yo! —respondio la señora Rabbit —La madre está en la enfermería, el guardia de servicios de aseo la reportó. Tenía unas marcas extrañas y no podemos mantenerla con las demás residentes. ¡Puede causar una epidemia! Mientras esté bajo el cuidado médico, yo firmaré los relevos de su hija.

—Gracias señora Rabbit... por facilitarnos personal de trabajo, el señor Cromwell se lo agradecerá —dijo la señora rubia junto a la señorita Stanley.

—¿Cuántas niñas son señorita Stanley?

—Siete

—¿Todas van hoy?—preguntó la señora Rabbit y sacó un saquito del cajón de su escritorio.

—Me debe dos libras con cuarenta peniques —aclaró la señora Rabbit, inexpresiva al dirigirse a la señora Bowen, y esta asintió.

Tras pagarles por llevarse a las niñas, la señora salió de la oficina y dirigió a las internas al carruaje viejo de carga que esperaba en la entrada frente a la calzada. Se sentaron en la parte de atrás apiñadas como sardinas.

En la enfermería, Hannah permanecía recostada bocabajo con el torso desnudo y sus heridas sangrando a la intemperie. Cuando le echaron un líquido para desinfectar las llagas que estaban al rojo vivo, no logró soportar el dolor, y, sin poder contenerse, comenzó a gritar tan descontroladamente, que sus gritos se escuchaban en el patio de mujeres a dos edificios de distancia.

—¡Tienes que mezclar la medicina en polvo con agua para inyectarla! —dijo la gerente del centro de enfermería a la asistente, quien había tomado el turno para limpiar las heridas de Hannah.

La gerente de enfermería tenía una voz aguda, de tono autoritario y rostro de macho.

Hannah se tomó un vaso de agua, mezclado con tiza y opio que le dio la enfermera. Ese remedio era común y la droga de uso corriente dentro de las enfermerías de estas instituciones. Esa combinación, que podía ser letal, la usaban para aliviar casi todo tipo de dolor.

En ese cuarto, el aire hediondo a orina era realmente irrespirable hasta para una persona que estuviera sumergida en la locura más profunda.

La asistente de enfermería caminó al gabinete de medicamentos y sacó una inyección y la preparó, según le ordenó su jefa. Mezcló una tapita de agua con opio en polvo y se la inyectó a la joven sin tan siquiera desinfectar el área que punzaba con la aguja. Observaba a Hannah que estalló con nuevos gritos a causa de las altas dosis de opio que le habían administrado. La gerente, que esa mañana hubo llegado temprano, con un soberano dolor de cabeza, se desesperó ante los gritos de Hannah. La mujer entró como en un arrebato; cayó en cierto ataque de histeria que la incitaba a agarrarla por el cuello, para exigirle silencio. Por su parte, Hannah era presa de los efectos del opio y cada minuto perdía más la razón.

A unas cuantas millas de distancia se encontraban Julie y el grupo de internas, entrando por las puertas de una pequeña factoría. La señora Bowen las dirigía.

—Esta chica es la señorita Jones y las estará orientando durante el día de hoy. Si logran aprender sus labores perfectamente, podrán quedarse a vivir con ella durante el tiempo que trabajen con nosotros.

—¡Yo no quiero vivir aquí Minnie! —susurró Julie, asustada.

—Yo tampoco... Este sitio da más miedo que verle la cara a la señorita Stanley todas las mañanas...

—¿Qué hacemos?—dijo Julie

—¡Shisss! Escucha y haz todo al revés. No les digas que quieres irte, porque seguro se quejarán con la señorita Stanley y esa bruja se lo dirá a la señora Rabbit.

—Y nos harán limpiar el comedor todas las noches...

—Creo que lo haría con gusto antes que vivir aquí —concluyó Minnie.

Las niñas intentaban disimular su desinterés por aprender y escuchaban las instrucciones fingiéndose atentas. La señorita Jones les mostraba cómo pasar ciertas prendas por los espacios diminutos de varias máquinas de coser. Algunas niñas lo trataban empujando las piezas con sus deditos que, al ser tan pequeños, cabían entre diferentes espacios diminutos de la maquinaria y lograban la tarea casi a la perfección.

A principios del siglo XX, en Inglaterra solía llevarse a cabo la práctica común de explotar a los niños huérfanos, haciéndoles trabajar de diez a catorce horas diarias. Los dueños de factorías se excusaban con el pretexto de que los salarios de los trabajadores no les permitía ganancia suficiente, para pagar impuestos, y por eso el Gobierno solía hacerse de la vista gorda ante la explotación de la labor infantil.

Con excepción de Minnie y Julie, las demás niñas absorbían los detalles del adiestramiento como esponjas.

Tras un par de horas entró la señora Bowen al cuarto nuevamente.

—¡Vamos a la mesa! Tienen un descanso de veinte minutos para comer —dijo la señora Bowen y aguantó la puerta contigua a las escaleras. Las escaleras bajaban al área del almacén donde había un comedor amplio, suficientemente cómodo para ocho personas.

La factoría era muy pequeña y recién comenzaba su semana de operaciones.

La señorita Jones bajó las escaleras de madera hacia el área del comedor. Estaba repleto de máquinas, cajas y todo tipo de mercancía. Las niñas la siguieron donde recibirían su primer plato de comida. Esa mañana no llegaron a desayunar en la institución y estaban hambrientas. La señorita Jones tenía ojeras oscuras, que resaltaban aún más con su piel pálida amarillenta y sus manos cuadradas de dedos cortos, que no lograban delatar su corta edad. Tendría unos dieciséis años.

—Te puedes sentar aquí —le sugirió a Julie en voz baja.

—Gracias, señora, ¿es verdad que nos van a dar carne y pudín?—le susurró la niña pegada a su oreja como si compartiera un secreto.

—¿Quién te ha dicho eso? —preguntó la joven con un tono de incredulidad.

—Mi amiga... Ella —dijo Julie señalando a Minnie que estaba sentada frente a ella.

—Y a ti, ¿quién te ha dicho eso?

—La señorita Stanley... También nos ha dicho que si pasamos el entrenamiento nos pagarán dinero... Y aprenderemos algo para hacer dinero fuera de la Casa del Trabajador. Ella dice que nos servirá para hacer mucho dinero cuando seamos grandes.

—Shisss —pide la joven con un dedo tapándose los labios y rogando silencio —Ahí llega... — susurró

La niña calló mientras la señora Bowen colocaba una cazuela en el centro de la mesa. Entonces volteó y agarró una canasta de la cual comenzó a sacar panecillos que iba repartiendo a cada una de las niñas. Les sirvió la sopa y salió apresurada del espacio para llevarse la cazuela que agarraba con dos bayetas.

—Pisss... Pisss, ¡Minnie! —susurró Julie.

En cuanto Minnie metió la cuchara en su plato de hojalata se vio su cara deformada de desilusión.

—¿Qué? —contestó Minnie.

—En mi sopa solo hay un pedazo de patata...

—En el mío solo un pedazo de zanahoria...

Ambas niñas mostraban una desilusión absoluta.

—No digas nada... —dijo la joven. —No es la primera vez que escucho eso de alguien nuevo... Mienten para que los niños quieran venir a trabajar a estas factorías.

—Y tú, ¿cómo lo sabes?

—Porque me trajeron hace una semana de otra factoría. Llevo trabajando de lado a lado desde los trece años.

—¿Por qué? ¿Tus padres te dejan? —preguntó Julie sorprendida.

— A mi madre no la recuerdo, se murió cuando yo tenía dos años... Mi padre me llevaba a vivir a la Casa del Trabajador, de Gordon Road, cuando tenía trabajos en la mina, durante el invierno.

—Y ahora, ¿dónde está tu padre? —preguntó Minnie.

—Tuvo un accidente en la mina y falleció, eso pasó hace tres años. Esta es la segunda factoría en la que trabajo.

—Podrías trabajar en lavandería, o limpieza para alguna familia. Eso es lo que voy hacer yo cuando sea más grande —dijo Minnie.

La chica sonrió, tímida.

—Seguro me gustará más que esto, pero la gerencia de la Casa del Trabajador de Gordon Road tiene mi custodia hasta que cumpla veintiuno. No les conviene dejarme libre antes, porque ellos cobran por mandarme aquí. Si trabajo para alguna familia, ya no podrán ganar dinero vendiéndome por horas para que trabaje en estas factorías. —Dijo con cierto acatamiento.

—¿Y no te dan pudín? —le preguntó Julie.

La joven lo negó moviendo la cabeza.

—¿Y carne tampoco? —preguntó Minnie.

La chica lo negó de la misma forma.

—¿Por qué quieren traernos? Yo prefiero quedarme con las brujas... —dijo Minnie

—¡Yo también! —añadió Julie para echarse un pedazo de pan a la boca.

—Por favor no les vayan a decir que las he desmentido...

—¿Te pegan golpizas a ti también?

La joven asintió con su último sorbo de sopa y alzó la vista de modo casual.

—Antes de venir a esta factoría con la señora Bowen, en la otra factoría donde trabajaba, el patrono me encerró en el cuarto oscuro por cuatro días. Fue una pesadilla.

—¿Y no podías hablar con nadie? —preguntó Minnie.

—No —dijo la chica.

—¿Y tampoco te dieron comida? —inquirió Julie.

—Tú solo piensas en comer, Julie... —repuso Minnie.

—¡Y tú solo piensas en creerle las mentiras a esas brujas! —Le espetó Julie antes de tomar un sorbito de agua de la copa de madera frente a ella.

—Solo me dieron pan y agua —continuaba la joven —casi lo mismo que me dan ahora... Traté de escaparme y como el patrono me descubrió, cuando iba bajando las escaleras, me cortó el pelo como a un niño, me azotó con la correa y me castigó en el cuarto oscuro.

—¡Ese señor es peor que la señorita Stanley! —dijo Julie.

—Seguro que se la pasa orando... —musitaba Minnie, en tono sarcástico. La joven Joan sonrió con aire de resignación.

—No... Nunca lo he visto orar.

—¿Por eso llevas el trapo en la cabeza? —pregunta Julie, de pronto, mirando a la joven de manera obvia y mostrándose curiosa.

La joven asintió.

—Pues mi madre se lo ponía para cocinar cuando trabajaba en la casa de los Cartwright. Lo usaba para que no se le ca-

yera un pelo en la comida cuando cocinaba, no para esconderse la cabeza. Ella tiene mucho pelo... Es muy bonita mi mamá.

De repente guardaron silencio al escuchar a la señora
Bowen. que entraba apresurada, parecía estar sumida en un
estrés constante.

—Ya está bien niñas, ¡a trabajar! —dijo la señora en tono
despectivo, con fuerza autoritaria. Las niñas se levantan de sus
asientos, arrastrando las sillas y formando una fila para situarse una tras otra frente a la puerta. Entonces, la señora Bowen
la abrió y la dejó abierta mientras las niñas seguían a la joven
Joan, caminando en orden como suelen hacer en la Casa del
Trabajador, ahora camino al taller de la factoría nuevamente.

Subieron en orden como acostumbran a hacer también en
la Casa del Trabajador. Transcurrieron varias horas durante
las cuales, Minnie y Julie se esmeraban por hacerlo todo mal,
no seguían la más mínima instrucción desde que comenzaron
hasta finalizar la jornada. Ya había caído la noche.

La señora Bowen las buscó y las llevó hacia la carreta. Daban las once de la noche y por cena tan solo comieron una
rajita de pan con miel, junto a una taza de té. Sus rostros refle-
jaban una extenuación desorbitada, digna de pena.

Tan pronto llegaron a la institución, la señorita Stanley
salió a recibirlas cuando la señora Bowen bajó de la carreta
avanzando hacia ella con cara muy seria. Tan pronto se le acercó la tomó por el brazo echándola a un lado y le susurraba
algún comentario que finalmente hizo que la señorita Stanley
les echara una mirada de mala gana a las niñas.

Julie y Minnie estaban tan desilusionadas y soñolientas que no les hubo importado un ápice, solo querían dormir, y así lo hicieron, tan pronto cayeron boca abajo en sus colchones.

Capítulo 17

Al próximo día, como era de esperarse tras su pésima labor en la factoría, Minnie y Julie se ausentaron del adiestramiento esa mañana, en la pequeña factoría. La señora Bowen no quería verle la cara a ninguna de las dos. No tan solo hicieron un pésimo trabajo, sino que la señora Rabbit tuvo que pagar dos libras por daños y la señorita Stanley también estaba furiosa.

A Minnie todo le daba igual y comenzaba a contagiar a su amiguita con esa actitud despreocupada. Reían correteando por el patio antes de entrar a desayunar. Permanecían ajenas al desenlace de eventos que enfrentarían a causa de las trastadas que hicieron el día anterior en la factoría.

Daban vueltas alrededor del enorme tronco en el centro del patio donde solían jugar cuando se percataron de las señas que les hacía la señorita Stanley desde la puerta de entrada al edificio.

—Ahí está la bruja mayor...

—A lo mejor me va a decir algo de mi mamá —dijo Julie.

—No lo creo Julie, estas viejas amargadas se la pasan de maravilla haciéndonos la vida imposible a todas nosotras. No te darán el gusto de decirte ¡nada!

—¿Y tú qué sabes?

—Sé más que tú, las conozco mejor que nadie... —decía Minnie, caminando junto a Julie hacia la puerta de entrada al edificio.

—Van a visitar la oficina de la señora Rabbit. ¡A lavarse las manos! No pueden sentarse en su oficina con tanta mugre encima —dijo la señorita Stanley antes de volver a la cocina.

La señorita Findley caminaba por el pasillo, cargando un saco lleno de cobijas sucias y tan pronto vio a la niñas, les cortó el paso.

—¡Julie! Minnie! —susurraba la joven, mirando a su alrededor.

Las niñas se le arrimaron sonrientes.

—Buenos días, señorita Findley.

—Buenos días; Julie, Minnie no lleguen a la oficina de la señora Rabbit todavía. Espera que suelte las cobijas en la pileta...—les exhortó.

Las niñas se lavaban las manos con toda la calma, tal y como si estuviesen sacándole brillo a las palmas de sus manos.

—¡Qué hacen aquí todavía! —gritó la señorita Stanley malhumorada. Seguía vigilante a cada uno de sus pasos, asegurándose de que fueran a la oficina.

—¡Ya vamos! —dijo Minnie con su carácter testarudo le caminó por el lado. Miraba a la mujer de mala gana con el rabito del ojo.

Julie la seguía y no se atrevió a alzar la vista hasta que vio a la señorita Findley que corría por el pasillo a buscarlas.

—¡Ah! Están aquí... No se preocupe señorita Stanley, ya las llevo yo.

—¡La señora Rabbit las está esperando!

—¡Sí! Ya me lo ha dicho... Yo las llevaré...Vamos niñas... —dijo con una sonrisa y disimulaba sus nervios alborotados. Caminaba en medio de las niñas, reposando las manos sobre sus pequeños hombros.

—Tan pronto entremos a la oficina se quedan paradas y en silencio. No quiero que interrumpan a la señora Rabbit. Deben escuchar y no digan nada, especialmente tú Minnie, que sé lo contestona que eres...

—¿Y mi madre? ¿Cuándo puedo ver a mi madre?

—Esperemos que pueda ser pronto, Julie.

—¿Qué nos va hacer esta otra bruja? ¿Hacernos limpiar las escaleras? —refunfuñó Minnie.

—No lo sé Minnie, pero está muy decepcionada con el desastre que hicieron tú y Julie, ayer en la factoría.

—Por qué no se va ella a trabajar allí. ¡Yo no vuelvo! —dijo Minnie.

—Es verdad, y no nos dieron pudín.

—Shisss, ya está, está bien —les contestaba la señorita Findley, forzándole una sonrisa al pobre señor Baily, quien vivía metido en esa oficina siete días a la semana.

—¡Buenos días, señor Baily! —saludó Julie espontánea, y el viejo le sonrió.

—Creo que no se han portado bien. ¿O me equivoco? —dijo el viejo.

—Seguro no es nada grave, señor Baily... ¿cómo está su hija? —contestó la señorita Findley mientras tocaba con el puño la puerta de la señora Rabbit, que estaba cerrada.

—Está bien, ya tengo un nieto varón. ¡Al fín!, después de cinco niñas! Ja, ja, ja —dijo el viejo caminando a su oficina.

—¡Felicidades señor Baily!—dijo la señorita Findley con una leve sonrisa.

Las niñas se pasmaron de miedo tan pronto vieron a la señora Rabbit, quien abrió la puerta con una cara sofocada y hostil.

—Pasen ahora —dijo.

Julie tenía el cosquilleo que solía sentir cuando la traicionaban los nervios. Sin embargo, Minnie ya estaba indiferente a todo y todo le importaba un pepino, tampoco se esforzaba en demostrar lo contrario.

—¡Tú! —dijo la señora Rabbit y señaló a Minnie con el dedo —Ya la señora Stanley me ha pasado el reporte de tu conducta ayer.

—Sí, yo ¿qué? ¿Qué sabe la señorita Stanley? Ella no estaba en la factoría... ¡y sé que es por eso que nos han traído! lo siento que no sé cómo trabajar esas máquinas extrañas, de metal. Si me castiga sería una injusticia, porque yo soy una niña y no entiendo nada de eso.

—Sí... Eso es verdad... —dijo Julie —¡Auch! —Soltó, al sentir el pellizco de la señorita Findley.

—Te voy a decir una cosa, ¡enana! —decía la señora Rabbit, alzando la voz tenaz y sin quitarle el dedo de la cara a Minnie, quien se veía descaradamente tranquila —¿Te crees especial?, ¿eh?, ¿Te crees más lista que las demás niñas?

—Solo a veces, señora Rabbit... —contestó Minnie.

La señorita Findley sudaba la gota gorda de escucharla contestona.

—¡Y tú! —le gritó a Julie que saltó del susto. —No estés siguiendo su mal ejemplo, ¡porque te va a ir muy mal!

Julie supo en ese instante que jamás gozaría de la valentía suficiente como para encararse a las brujas, como hacía su amiguita Minnie. En ese instante la admiró aún más.

La señora Rabbit se sentó tras su escritorio y comenzó a escribir. —No van a quedar campantes. ¡Mal agradecidas! ¡Indolentes! —protestaba la señora, roja como un tomate y temblando de rabia.

El día anterior, las crías se habían burlado de la forma más vivaracha, para que no las volvieran a mandar a la factoría. Julie hubo estropeado varias piezas de ropa haciendo presión a la máquina creando sobre la tela más agujeros de la cuenta; la pieza acabó con más agujeritos que lunares en la piel de un dálmata. Minnie quemó cuatro pedazos de tela que paseó incesablemente bajo una plancha que calentaba con carbón, hasta derretir los botones que se pegaron sobre cada una de las piezas como un pedazo de plastilina chata y engomada. La señora Rabbit no cabía en sí del enojo y la vergüenza.

—¡No me vas a provocar una úlcera!, ¡enana mal educada! —dijo la señora Rabbit, sin parar de escribir. Entonces arrancó la hoja, tras firmarla le hizo señas a la señorita Findley.

—Venga, ¡firme aquí!

La señorita Findley avanzó y firmó tal cual se le ordenó.

—Minnie te puedes despedir de tu amiga, ¡te vas de aquí ahora mismo!

El semblante de las niñas se deformó al instante y sintieron el golpe de su orden. Ambas niñas se echaron a llorar abrazadas. La señora Rabbit y la señorita Stanley no saciaban su hambre de infligir dolor a todo aquel que socorriera su existencia, albergándose en esa institución. Sería fácil creer que estas mujeres enriquecían las ideas de sus horripilantes maldades, estudiándolas a fondo con la ayuda de algún extenso manual de instrucciones. Siempre tenían algún castigo bajo la manga, y siempre ganaban. Sin embargo, la señora Rabbit sentía que solo cumplía con su trabajo, igual que la señora Bean que era una soplona amargada de malas costumbres. La señorita Stanley podía jurar a ciencia cierta que estaba salvando el mundo de la maldad que atraía la vagancia y la indigencia. Ninguna de ellas estaba en las de apilar remordimientos.

A las afueras de Londres, bajo el techo de un sanatorio público, aguardaba Hannah acostada en una camilla bocabajo y la mirada estampada en el piso. La infección de sus heridas comenzaba a agravarse, pero su estado era tal que ella ya ni lo sentía. Las dosis de opio eran enajenantes al punto de que la joven no sentía la diferencia entre estar dormida o despierta. La gerente de enfermería de la Casa del Trabajador la mandó a ese hospital, a primera hora de esa misma mañana. La gerente culpó a la joven por caer bajo un ataque de nervios y la acusaba de haberla sacado de sus casillas. En la institución no tuvieron inconvenientes en establecer por escrito que Hannah debía estar bajo cuidado médico en un hospital psiquiátrico.

Hannah llevaba sin comer sobre cuarenta y ocho horas y la poca agua que tomó en ese lapso de tiempo se la habían mezclado con opio en polvo. La enfermera le exigía tomar la mezcla para calmar el dolor de las heridas en su espalda. Estaba enteramente ida y las enfermeras del lugar la observaban extrañadas, sin poder tan siquiera intentar leerle el pensamiento.

—¡Está como idiota! —dijo una de ellas.

—Hola, ¿me escucha? —le preguntaba otra en tono un tanto afable, poniéndose junto a la camilla. Pasaba la mano frente al rostro de Hannah, y le volvía a preguntar, pero la joven seguía con la mirada perdida, como una zombi, parecía hipnotizada.

—¡Te lo he dicho! ¡Está idiotizada! —replicó la asistente, al tiempo que volvía a preparar otra inyección de agua y opio en polvo. Insistían que ese remedio la curaría. Cuando la enfermera se le arrimó para inyectarla, Hannah se tiró contra la pared de rodillas. La muchacha parecía haberse alertado de forma milagrosa, y por un segundo las enfermeras llegaron a creer que recobraba la conciencia.

—¡No! ¡Quiero salir! ¡Suélteme! —gemía Hannah al borde de la locura.

—¡La muy insolente! —reclamó la enfermera antes de cargar la inyección con una dosis de opio más potente. Entonces otra de las asistentes aguantaba el brazo de Hannah, permitiendo a la enfermera que la inyectara nuevamente, y tan pronto vació la jeringuilla hasta la última gota, el opio se aceleró fulminante por sus venas. Las enfermeras la observaban, sintiendo el silencio que arropaba su mirada extraviada en un suspenso absoluto. Hannah paró de gritar para echar la cabeza hacia atrás. Su tormento vencía sobre sus fuerzas y la miseria dejaba de ser para ella un sentimiento palpable. Entonces, con los ojos aún abiertos, Hannah giró la cara, como quien busca la luz que atraviesa una ventana, exhaló y calló para siempre.

Capítulo 18

◇

Julie renunció a los juegos y risas esa tarde que despidió a su amiguita en la oficina administrativa de la Casa del Trabajador. El pavor no dejaba de abrumarla. "Por qué no me habrán castigado a mí también" —Se preguntaba a sí misma— Guardaba silencio, mientras esperaba en la fila para entrar al cuarto de aseo con pisos de cemento. Todas las internas estaban en fila para darse el baño de la semana. Al llegar su turno, Julie entró y se puso frente a la señora Bean. Entonces aguantó la respiración. La niña estaba a la expectativa de una oleada de agua fría, pero a diferencia de su primer baño en la institución, esta vez agradecía sentir el desagradable chapuzón. Nunca antes se hubo sentido tan pegajosa y maloliente. Para su sorpresa en esta ocasión, el agua estaba tibia y sonrió aliviada.

No volvió hablar por el resto de la tarde, sorprendida y con la sospecha de ver que la señorita Stanley no la había castigado. Se sintió culpable bajo la impresión de haber salido ilesa de sus travesuras, pensando que Minnie llegó a cargar con toda la culpa.

A Minnie la mandaron a la casa de una familia para que les sirviera de mucama. No era una familia adinerada como los Cartwright, así que la niña estaría aprendiendo con la ayuda de la única mucama que también vivía bajo el techo de esa familia. Julie extrañó a su amiguita a la hora de dormir, cuando volteó buscando el sueño y vio el espacio vacío en su colchón. Sin embargo, presentía que su amiguita se las apañaría para hacerlo todo mal y pronto estaría de vuelta en la institución.

Al próximo día, la niña se despertó descansada, aunque sentía pesadumbre y un profundo sentimiento de tristeza, que atribuyó a la inesperada despedida de su amiguita. La rutina siguió como de costumbre hasta la hora del recreo. Durante la tarde, cuando se preparaba a salir junto con las otras niñas para jugar en el patio, la señorita Findley la agarró del brazo impidiendo su salida.

—Julie, necesito que me acompañes a la oficina de la señora Rabbit.

—¿Otra vez? ¿Qué hice mal ahora?

—Tiene que hablarte sobre tu madre, Julie. —dijo la joven con la voz quebrantada.

—¿Me vino a buscar?—pregunta alegre, soltándole la mano que se la aguantaba con más fuerza que de costumbre.

La señorita Findley sacudió la cabeza en señal de negación.

—No Julie. Tu madre no te vino a buscar... Sígueme.

La niña camina junto a ella con el peso de una gran tensión, cayendo sobre su menudo cuerpo. Julie iba sintiendo aquella tensión, más pesada a medida que se acercaba a la oficina de la administración.

—Pase, señorita Findley —dijo la señora Rabbit, que estaba detrás de su escritorio acompañada por la desagradable señorita Stanley.

—¿Y mi mamá? —inquirió Julie con los ojos cristalizados. De mirar la expresión a las mujeres, supo que algo brutal había ocurrido.

—Tu madre tuvo que ser internada Julie, perdió la razón y estaba muy enferma.

—¡Mi madre no estaba enferma! ¡Mi madre estaba bien! ¡Dónde está mi madre! —gritó la niña, para forcejear y soltarse del agarre de la señorita Findley.

—Tu madre estaba enferma, muy enferma—dijo la señora Rabbit.

—No... ¡No lo estaba! —le volvió a contestar Julie al cabo de descargar su voz entre sollozos. Negaba las noticias y perdía las fuerzas en las rodillas, sin aún saber la realidad.

—Sí, Julie, estaba grave —dijo la señora Rabbit. Entonces la señorita Stanley miró fijo a la niña.

—Tu madre ha muerto, murió ayer en la tarde—dijo apática, sin la menor consideración.

Julie se paralizó, al escucharla y se quedó quieta, como una figura de piedra. De momento, se sintió sacudida por la nostalgia. Comprendía por qué no la habían castigado la noche antes. Incluso el baño de agua tibia, "¿sería por lástima?" —pensó—. Todas lo sabían y no la habían alertado ni tan siquiera consideraron llevarla a ver a su madre en su lecho de muerte, ¿por qué?—se preguntaba. Entonces concluyó que era mentira, no podía ser posible. La estaban tratando de castigar y querían matarla en vida con mentiras bárbaras.

La niña, que estaba de una pieza junto a la señorita Findley, alzó la vista para agudizar la mirada que coincidió con la de la señorita Stanley, quien la miraba inexpresiva.

De repente, sin alertarlas, la niña en un ataque de histeria muy cercano a un arrebato de locura, se zafó del agarre de la señorita Findley, saltó sobre la amargada religiosa de pelos rizos, que estaba sentada frente a ella y le enterró sus uñitas en el moño despeinándola, mientras la sacudía como haría un perro rabioso. En menos de un minuto, Julie formó allí un escándalo descomunal.

—¡Vieja bruja! —gritaba Julie, halando a la señorita Stanley por las greñas —¡Minnie tenía razón! ¡Usted es una bruja!, ¡un demonio! ¡Mi madre no está muerta!

La señorita Findley la agarró por la cintura aguantando las fuertes patadas que soltaba la niña al aire y la sacó de la oficina. Se la llevó al cuarto de costura, donde no había nadie, y cerró la puerta. Julie gritaba entre sollozos con todas las fuerzas de su cuerpo, su mente y lo más profundo de su corazón. Se sentía morir y, en realidad, quiso morir en ese mismo momento.

La señorita Findley la abrazó con una ternura desmedida, tanto que la niña sintió estar abrazada en el regazo de su madre por última vez. Alzó la vista cuando sus ojos se secaron y no pudo llorar más. El sentimiento de abandono y amargura eran más grandes que su propio cuerpo y espíritu. La señorita Findley la besó tierna en la frente, compartía su tristeza.

—Julie, a veces pasa que en la vida vivimos pérdidas insuperables, pero debemos ser fuertes.

—Mi mamá... —decía la niña entre sollozos.

No encontraba palabras para describir lo que sentía y solo veía la cara de Hannah plasmada en su memoria.

—Te entiendo perfectamente, Julie. Yo también perdí a mi madre en esta institución, cuando tenía doce años —susurraba con mayor afabilidad, todavía abrazando a la niña en sus brazos.

—¿Por qué te quedaste con las brujas? ¡Las odio! Por su culpa...—Lloraba desconsoladamente.

—Yo estoy aquí para ayudar a niñas como tú. A mí me hubiera gustado tener a alguien que me cuidara de las brujas también... —Le dijo en tono de broma, y trató de buscar la manera de consolarla, aunque sabía que era imposible.

—Gracias señorita Findley. Usted no se va a ir como Minnie, ¿verdad? —sollozaba la niña en un tono más calmado.

La señorita Findley sonrió.

—Por ahora no, Julie, por ahora no...

La señorita Findley pidió permiso para bañar a Julie esa noche en un esfuerzo por calmar a la niña. Aunque la señorita Stanley se negaba rotundamente, la señora Rabbit mostró un tanto de compasión y le cedió el permiso. Julie tuvo un baño de agua tibia esa misma noche, así como la compañía de la cordial señorita Findley, hasta la hora de dormir. Todo el personal supo sobre la suerte de Hannah, pero a nadie le importó. Era una más de las miles de indigentes que morían bajo el techo de la fría institución.

Tras la oración de la noche, la señorita Findley acarició la cabecita de Julie y la dejó dormir. Ya todas dormían en sus respectivos colchones. A las doce de la noche Julie despertó sintiendo una presencia. Estaba aturdida por las horrendas noticias de ese día y la angustia le había extraído hasta su más mínima fuerza. De repente se percató de una luz tenue que se irradiaba desde el pasillo y se iba acercando al cuarto gradualmente. Julie estaba tan agotada y amedrentada que optó por no prestar atención y se volteó para seguir durmiendo. Tan pronto volvió a cerrar los ojos sintió un halón por el cabello. Se dispuso a gritar, pero alguien le tapó la boca de sopetón con un trapo. Era la señorita Stanley que la agarró por las greñas arrastrándola vilmente fuera de la habitación.

—Como te atrevas a gritar, ¡te mato! —exclamó y frunció las cejas. Su rostro huesudo y pálido adquiría una expresión diabólica.

La niña estaba aterrada por la amenaza y la siguió bajando por las escaleras. Llegaron al comedor y, aunque al próximo día no habría ninguna actividad especial, la malvada mujer ya había arrastrado los banquillos hacia la parte posterior del comedor, y había despejado el enorme espacio. Solo lo ambientaban dos cubos junto a una pastilla de jabón en el suelo.

—Vas a refregar el suelo, ¡maldita niña endemoniada! — dijo la señora y la empujó en el mismo centro del cuarto.

Julie se resbaló y cayó frente al cubo con la cara bañada en lágrimas.

—¡Mi mamá se murió por su culpa!

—¡Y se irá al infierno! Limpia el suelo y aprende a trabajar. ¡Pide perdón y salvación de los demonios que te condenan a vivir en indigencia! —dijo la señorita con la cara tensa y ojos brotados como llamas. Las venas de su cuello sobresalían, mientras hablaba intentando no alzar la voz—Voy a trabajar en la oficina de la señora Rabbit. Quiero que refriegues el suelo hasta que brille como la plata. ¿Entendido?

—¡No está sucio! —argumentó Julie, con la voz temblorosa.

La señora salió sin contestarle y la niña metió la mano en el cubo para sacar la bayeta empapada, la exprimió y la frotó contra la pastilla de jabón. Comenzó a restregar la bayeta en el suelo y limpiaba las losas, cuando escuchó los pasos de la malvada señorita Stanley que volvía al comedor nuevamente. La niña alzó la mirada y vio que traía algo envuelto en un saco. Se agachó frente a Julie que la observaba aterrada con cara de espanto y le dio cuatro golpetazos al saco que aguantaba contra el suelo. Julie la observaba, perpleja, viendo cómo la mujer se incorporaba y abría el saquito con media sonrisa, mientras vertía los bloques desmoronados de carbón sobre el suelo. Entonces se arrimó al cubo y lo pateó. El agua se esparció de súbito para enfangar el suelo y dejar un charco lleno de carbón.

—Ahora tendrás algo que limpiar —dijo y caminó, con aire de triunfo, hacia la oficina de la señora Rabbit.

La niña comenzó a llorar. No sabía por dónde empezar. Poco después se resignó a restregar desde el centro, justo donde estaba. En cuánto más frotaba, más sucio se veía esa parte del piso. El carbón mojado, como fango se plasmaba en el suelo, haciendo su faena interminable. La niña sudaba de lo nerviosa que estaba, pero además el cansancio era demoledor. Cuando de repente escuchó un ruido, terminó por caer en pánico. Entonces pensó que nada sería peor de lo que había vivido ese día y no tenía nada más que perder. Entendió que, si bien perderlo todo, era horrendo, también esto nutría sus fuerzas para ayudarla con la valentía que le faltaba. Se levantó del suelo y tiró la bayeta junto al cubo. "Que lo limpie ella, vieja bruja", pensó. Y caminó saliendo del comedor. Tan pronto se acercó a la puerta de la cocina, vio que el candado no estaba puesto, empujó la puerta sigilosa y esta se abrió de par en par. Entonces entró. Le extrañó ver la puerta saliente al patio que estaba abierta y eso, en el momento, la asustó, no obstante, en un desafío contra su propio miedo, entró para saciar su curiosidad. Husmeaba un olor diferente, como a algo que nunca hubo olfateado anteriormente. Al caminar hacia el patio, no vio a nadie, y cerró la puerta. Se volteó asustada, al notar frente a ella a una figura masculina que se movía como un borracho, alguien cargado de licor. Julie no reconoció a la figura que se acercaba rápido, a tan solo pasos de distancia. Entonces, se arrepintió de haber entrado a la cocina…

—¿Quién es? —preguntaba con la cara embarrada de carbón, y los pies sucios y mojados.

—Shisss —musitó el hombre ya frente a la niña.

Julie alzó la vista y tan pronto lo vio exhaló aliviada. Era el viejo, señor Baily. Este había trabajado hasta tarde, limpiando las ventanas en el exterior del patio, debido al insomnio que sufría esa noche. Se había tomado un par de whiskies, con la esperanza de que el trago le ayudara a retomar el sueño, pero no funcionó. Como vivía en la casita frente al edificio, siempre tenía acceso al área del patio, además de a todas las otras áreas del enorme edificio.

—¿Qué haces aquí Julie? ¿Por qué estás tan sucia?

—Porque la señorita Stanley me sacó de mi cama por los pelos, para que limpiara el suelo del comedor… —le susurró la niña en voz baja.

—Pero la señora Rabbit autorizó a que te bañaran hoy, ¡parece que has salido de una mina de carbón! —exclamó el viejo alarmado.

Julie asintió moviendo la cabeza y lo tomó de la mano para llevarlo al comedor. La cara del viejo era la misma, mirando el desastre del carbón enfangado sobre el suelo. Lo miraba como cualquier cosa.

—Hay personas que no saben que más inventar para hacerle la vida miserable a los demás...—dijo y paseo la vista por el suelo.

—¡Es una bruja! —dijo Julie en voz alta.

—No hagas nada, sígueme...

—Pero, ¿y si llega la bruja?

—¿Dónde está? —preguntó el viejo con la carga de su joroba de búfalo.

—En la oficina de la señorita Rabbit... ¡Me dijo que me va a matar!

—Espera, vengo ahora, Julie; no toques más los trapos en el suelo que lo vas a empeorar...

—Hum —asintió la niña y se sentó en la silla a la entrada del comedor.

Tras un rato no muy largo, se escuchaban unos pasos acompañados del sonido de unas llaves que iban resonando casi al unísono. Julie se levantó asustada para asomar medio cuerpo y mirar el pasillo. El señor Baily cargaba algo que puso en el suelo, mientras cerraba la cadena de las dobles puertas bajo el arco. Aseguró las puertas al cerrar el candado, agarró ese algo del suelo y se encaminó al comedor.

—¿Cerró con candado señor Baily?

—Sí...Ven siéntate...

—Pero, ¿y la señorita Stanley?, ¿dónde está?

—¡Ja, ja, ja! La dejé encerrada en la oficina de la señora Rabbit... Quiero ver cómo le da los buenos días cuando vea que ha estado manipulando los libros de la administración.

—¿Qué significa eso señor Baily?

—Hum... No me hagas caso, son cosas complicadas, ven siéntate aquí...

El viejo arrastró una silla hacia su lado contiguo a la mesa rectangular, justo a la entrada, y desenvolvió el plato que cargaba colocándolo sobre la mesa. Julie estaba tan nerviosa que no miró el plato.

—Señor Baily. ¿Qué haré mañana cuando se despierten las niñas y todas vean el comedor así de sucio? La señora Rabbit me va a castigar.

—No te preocupes. La señorita Findley y yo hablaremos con la señora Rabbit. Ya advirtieron varias veces a la señorita Stanley que no puede sacar a las niñas durante la noche, y no tiene autorización de castigarlas, solo la señora Rabbit puede hacerlo, o la señorita Findley.

La niña se sentó adormecida junto al viejo. Tan pronto fijó la mirada sobre el plato se espabiló alegrada con un brillo mágico que emanó de su mirada.

—¡Señor Baily!, ¡pudín!

—Ja, ja, ja, sí, a mis nietas les encanta, me imagino que a ti también —dijo el viejo y sacó una cuchara del bolsillo de la camisa que plantó sobre el postre.

Julie asintió y agarró la cuchara ansiosa para probar aquella ricura de dulce.

—Toma, cómetelo entero si quieres... ¡Y a dormir! —profirió el señor Baily y se levantó nuevamente de la silla para cargar su joroba hasta el centro del comedor. Metió la bayeta y jabón dentro del cubo y lo llevó a la entrada.

Ese día, el viejo escuchó a la señora Bean que conversaba con la señora Rabbit sobre el fallecimiento de Hannah. No podía evitar compadecerse de las niñas bajo el cuidado de la institución. Veía en cada una de ellas la cara de sus nietas, que él adoraba y apenas lograba ver tan frecuente como quisiera. También encaraba un leve sentimiento de culpa, al saber sobre la muerte de Hannah, a fin de cuentas, él fue quien la ayudó a internarse en la institución.

Julie comía sin separar la vista del plato, metiendo la cuchara de una manera apresurada, como si tuviese prisa en comérselo entero antes de que el señor cambiara de actitud y quisiera entonces quitarle su delicioso manjar.

—¡Hum!— saboreó Julie con la carita sucia de carbón y la boca embarrada de pudín.—¿Puedo llevarles un trocito a las chicas en mi habitación?

—Están durmiendo, Julie, si las despiertas, quizá alguna se enfade, y le proteste a la señora Rabbit.

—¿Y si escondo el plato debajo de mi colchón y mañana se lo doy a la señorita Findley para que se lo lleve a su oficina? Me quiero llevar el pudín a mi cama... ¿Puedo?

El señor Baily le sonrió.

—Llévate el plato a tu cama, ya nosotros nos encargaremos de guardar tu secreto.

La niña vio el ángel de su madre en la sonrisa bondadosa del afable señor. Finalmente, el viejo se echó a andar para asegurar las puertas cerradas en la cocina mientras Julie caminaba a pasitos cortos cargando su postre a la habitación. Tan pronto pisó el tercer peldaño de la escalera, paró y volteó a medias porque escuchó su nombre.

—¡Julie!—profirió el viejo desde la cocina

—Sí señor Baily.

—Ten cuidado al subir las escaleras.

La niña sonrió. Le fue fácil discernir que el ángel de su madre estaba con ella en ese momento.

—Sí, señor Baily, buenas noches.

—Buenas noches...

Julie hizo caso omiso al consejo del viejo y despertó a Esther, que a su vez despertó a Edith y esta despertó a Liliana, que quiso compartir también con Estelle. Y así, todas se sentaron en el colchón de Julie y compartieron el secreto del magnífico postre. Todas se deleitaron, maravilladas, por el delicioso pudín del señor Baily. Esa noche Julie cerró los ojos con la idea de que el ángel de su madre la salvaba de las malas mañas de la señorita Stanley. Gracias a la disposición del señor Baily, la niña supo que no todo el mundo es tan malo como parece; y con esa idea, durmió feliz.

Capítulo 19

A la mañana siguiente, la señora Rabbit desfilaba ya temprano, cruzando el vestíbulo de cabo a rabo, y lo hacía muy pensativa; cuanto más, se veía despistada, como recapitulando la lista de quehaceres en su oficina. Cuando sacaba las llaves de un bolso pequeño que llevaba amarrado al cinturón de su vestido, y tan pronto alzó la mirada para insertar la llave en la cerradura, se fijó en los dos palos encajados entre la manilla y la pared que le imposibilitaban la entrada.

—¡Señor Baily!— nombró en voz alta y miró la puerta de arriba abajo, para fruncir el entrecejo inquisitiva.

El viejo, que estaba en su oficina amodorrado tras el escritorio, alzó la vista con ojos grandes, alertado por la resonancia de la voz desagradable, hosca, que lo llamaba con aire autoritario. Se levantó de su escritorio con el cuerpo cascado y ahora arrastraba los pies para marcar unos presurosos pasos hasta llegar al pasillo.

—Buenos días, señora Rabbit... Disculpe... —dijo el viejo que avanzó hacia la puerta

—Me puede decir ¿qué diablos significa esto?

—Señora Rabbit, anoche escuché unos ruidos extraños,

y por eso me tomé la libertad de asegurar, con esos palos, la puerta de su oficina para que nadie entrara...

El viejo agudizaba la vista, observando a la mujer que giraba la manilla sin abrir la puerta del todo.

—¡Mi oficina está cerrada con llave! ¡Qué tonterías dice! ¡No necesito dos palos en la puerta! ¡Sáquelos ahora! —ordenó.

—Sí señora Rabbit, pero nunca se sabe quién pueda tener llaves con interés de manipular información en sus libros de registros, lista para compras de inventario... a veces en quienes más confiamos nos llegan a defraudar más que cualquier extraño... mejor prevenir. —repuso el viejo impaciente, retirando el segundo palo y apoyándolo en la pared.

La señora Rabbit lo examinó con aire sospechoso para abrir la puerta de un empellón.

—¡Ah! —gritó ante la inesperada presencia de la señorita Stanley, plantada frente a ella. Se quedó pálida y sin habla como si hubiese visto a un fantasma.

—Puedo explicarle, señora Rabbit... —articuló la mujer, nerviosa, con la voz entrecortada como si enjaulara su carácter soberbio e impetuoso, por tan solo ese momento. Hablaba en voz baja, se sentía mansa, achantada de vergüenza.

—¿Qué hace usted en mi oficina? ¿Ha dormido aquí?— inquirió la señora Rabbit, con los ojos grandes, como escandalizada.

—El señor Baily me trancó en su oficina señora Rabbit —repuso con voz débil.

—Pero... Yo cerré mi oficina con llave antes de salir... ¡Cómo es posible que usted se haya tomado la libertad de entrar sin autorización a mi oficina!

—Señora Rabbit, no es la primera vez que lo hace... —interrumpió el viejo.

—¿Qué quiere decir, señor Baily?

—¡Viejo inútil! —la voz de la señorita Stanley salió como un disparo. Se sentía acorralada como una cucaracha rabiosa, buscando escape. No tenía excusa alguna.

—¿Qué diablos está pasando? —preguntó la señora Rabbit. Pero, de pronto, dejaron de hablar al oír el ruido de unos pasos que se iban acercando desde el pasillo que llevaba al comedor.

—Señora Rabbit... Buenos días... —dijo la señorita Findley, con una voz como ahogada. La expresión de su semblante venía a ser tenso. A simple vista se podía apreciar que llegaba para dar malas noticias.

—¡Pero ¿qué está pasando hoy?! ¿Y a ti qué te pasa? dijo en voz alta la señora Rabbit, se sentía que iba entrando en un laberinto de locuras inesperadas.

—El comedor... Iba a prepararlo y... —explicaba la señorita Findley, aturdida.

¿Por qué traes esa cara?—interrumpió la señora Rabbit.

—Por favor sígame... —dijo la señorita Findley. No sé quién ha hecho esta barbaridad en el suelo del comedor, señora Rabbit... El viejo tomaba aire preparándose para echarle las culpas a quien correspondía, cuando de repente la señorita Stanley no aguantó.

—¡Nadie!, sino ¡Las niñas! —gritaba la señorita Stanley, histérica. —¡Esos diablos son quienes están creando discordia en nuestra institución! —exclamó con rabia la señorita Stanley y se abalanzó al viejo agarrándolo por el cuello —¡Y tú! ¡Maldito viejo inútil! ¡Me encerraste a propósito!

—¡Por favor!, ¡señorita Stanley!—gritó la señora Rabbit, con ojos desorbitados, mientras la señorita Findley salvaba al hombre de las garras que temblaban de soberbia y locura.

—Señora Rabbit, déjeme explicarle... —suplicaba la señorita Stanley, rendida ante sus propias maneras impulsivas, ya se preparaba a sentenciarse con su conducta.

—¡No me diga nada ahora! Vamos, señorita Findley...

La señora Rabbit siguió a la señorita Findley, y el señor Baily cojeaba tras ellas, corriendo cada dos pasos como solía, cargando su joroba y barba abundante que, al pobre viejo, verse tan enclenque y menudillo su barba y joroba parecían pesarle más que una vida mal llevada.

Tras pisar la entrada del comedor detuvieron su marcha de modo repentino, como si hubiesen chocado con una valla invisible. Entonces, todos observaron el área, pasmados de horror. La señora Rabbit paseaba la vista por el suelo del comedor. Su cara se deformaba de la ira que ya rebozaba hasta la mínima célula de su ser entero. El carbón, enfangado por el agua, se había dispersado y tras secarse quedó plasmado de churretes por todo el suelo.

—Ah, hum, qui...— Gesticulaba la señora Rabbit, tratando de esputar una palabra.

La tensión del momento apretaba el aire que todos inhalaban, como si les fuera a faltar. Se les podía observar a todos con sus rostros tiesos, de puros nervios crispados. La señora Rabbit respiró profundo para cargar sus pulmones de un solo soplo, mientras las demás personas la miraban como vigilantes y asustados, preparando sus oídos para el primer grito de aquella mujer ya salida de sus cabales.

—Señora Rabbit —señaló el viejo y se situó frente a ella— la señorita Stanley ha seguido castigando a las niñas. Usualmente a medianoche. También la he visto varias veces alterando el cuaderno de órdenes de inventario de comida y otros artículos, que luego desaparecen sin dejar rastros.

—Señorita Stanley... La quiero en mi oficina inmediatamente —dijo la señora Rabbit en tono furioso.

—Señorita Findley, busque ayuda de algunas residentes en el área de mujeres. ¡Hay que limpiar este desastre ahora mismo! —ordenaba en voz alta, al tiempo que cruzaba las dobles puertas bajo el arco.

—Sí, señora Rabbit —contestó la señorita Findley y se echó a correr por el pasillo hacia la entrada del próximo edificio.

Como era de esperarse, la señora Rabbit escribió un extenso reporte sobre el comportamiento de la señorita Stanley. Aunque no la despidieron de su empleo, la trasladaron a otro albergue en la ciudad. Había cientos de ellos por todo el país.

Desde ese día, las niñas vivieron mejores momentos bajo el techo de la Casa del Trabajador. La señora Bean intentaba acogerse al papel que hubo jugado la señorita Stanley. Sin embargo, jamás logró alcanzar, remotamente, su grado de locura, ese que revelaban sus oraciones sin sentido y actitudes erráticas.

Pasaron siete años donde todo corría con similar monotonía en la Casa del Trabajador. Aunque las reglas no llegaron a ser flexibles, al menos la junta de algunos albergues autorizó los domingos libres y a las internas se las permitía airearse fuera de los decadentes edificios.

Julie cumplió sus diecisiete años bajo ese techo. La joven de sonrisa amplia, pelo abundante y ojos grandes se tomaba cada día como cualquier otro bajo la rutina impuesta a puño de hierro por el personal. Supo soportar las peores situaciones y todo le daba igual. Nunca aprendió a disimular, aunque tampoco quiso aprender a hacerlo y expresaba su opinión sin reservas. Cuando expresaba su opinión, esta era la única ocasión que lograba sentir la libertad que le faltaba y, por eso, lo hacía con gusto, incluso, si al hacerlo se ganaba el peor de los castigos. Cuando así pasaba, lo soportaba con la única sensación de triunfo que se la permitía bajo ese techo: la de saber que se rebelaba contra la crueldad de un absurdo.

El primer domingo de la estación de las flores, Julie descansaba sentada sobre el tronco de un árbol que había sido testigo de sus juegos, risas y lágrimas. Pensaba en su amiguita, Minnie, quien iba y volvía con frecuencia a la Casa del Trabajador. A menudo Minnie, se tenía que enfrentar a problemas que le ocasionaban un despido detrás de otro; problemas los que ella misma provocaba con sus travesuras y majaderías. Se esmeraba en hacer un pésimo trabajo, rematando sus planes a la perfección.

Jamás, durante esos siete años, quiso la primavera obsequiarle a Julie la libertad o felicidad que algún día su madre le prometió. La joven encaraba el tiempo con un profundo sentimiento de derrota, que la azotaba con memorias de su madre; imágenes que la ahogaban en un mar de melancolía. En ocasiones, se espaciaba en pensamientos lejanos, deseando estar fuera de su propia realidad. Pero solo lo lograba, cuando su mente escapaba de los recuerdos de su infancia, entonces era que sonreía. Aunque Julie no se animaba a pasear sin su amiga, ese domingo, una corazonada punzante y viva, la hacía desear salir. "Un par de horas de aire fresco me vendrán bien", se dijo. Se levantó de donde estaba y se encaminó a la oficina de la señora Rabbit. A través de los años, las gerencias de estos albergues advirtieron la necesidad que había de la alfabetización de sus internos. Ahora allí se impartían clases de lectura y escritura. Julie fue una de las afortunadas en tomar los cursos básicos. Aunque las circunstancias continuaban siendo horrendas en la vida de esos albergues, al menos gozó de ese gran privilegio de estudiar.

La señora Rabbit escribía en su escritorio; preparaba los pedidos de comestibles para la semana entrante. Tan pronto sintió los pasos, alzó la vista vigilante y vio a Julie entrar en la oficina. La joven firmó en el cuaderno de registro de salidas, y sonrió a la señora Rabbit, a quien, como siempre, la sintió gruñona. —Voy a caminar un rato, señora Rabbit —dijo Julie y salió de la oficina.

—¡Tú, mejor que todas esas, sabes las consecuencias de llegar tarde! —imprecó la señora, con su cabeza cubierta de canas. Al no ser tan anciana, la vida se había encargado de plasmarle un sello de amargura sobre su rostro demacrado y huesudo.

—Sí, señora Rabbit. Solo saldré un rato. Llegaré temprano para ayudar a la señorita Findley a organizar los arreglos para la cena.

—Sabes que hoy es domingo y no tienes que hacerlo... —le aclaró la señora en alta voz, a la vez que escribía en su enorme cuaderno de orden de inventario de comestibles.

—Sí, señora Rabbit —volvió a responder la joven para salir presurosa. Cruzó el solitario vestíbulo con la mente en blanco. Tras caminar por varias calles, cruzó hacia la acera que bordeaba el parque. Le agradaba respirar el aire nuevo y limpio que impregnaba la tarde. Andaba y miraba a los chicos uniformados con sus elegantes uniformes de marinero, y veía cómo hablaban y reían con algunas internas de la institución, que les escuchaban deslumbradas. No había nada que perturbara el ambiente, y el clima se sentía cómplice porque no daba paso a las usuales lluvias londinenses. Ese domingo, el día les regalaba una tarde soleada, suficientemente agradable para pasear por el parque acompañada o sin compañía.

Julie andaba por la orilla que bordeaba los jardines, y tan pronto siguió la curva que rodeaba la esquina, se topó frente a un grupo de jóvenes. Lucían elegantes trajes de chaqueta con pañuelos de seda en la solapa, sin faltarle a su atuendo una elegante corbata. Entonces, la joven se detuvo en seco. Observaba a uno de los chicos que le resultaba familiar, pero "¿de dónde?", se consultó a sí misma. Se había detenido en el medio de la acera, para enfocar mejor su mirada sobre el joven. El chico exhibía el propio carisma de un líder. Resaltaba por su pelo ondulado, negro azabache, reluciente de brillantina. El grupo ante él le escuchaba hablar hipnotizados por sus anécdotas. Reían de los chistes, que parecía improvisar durante la conversación, y aunque era más bajito y menudo que sus compañeros, gozaba de una elegancia peculiar. Sin duda, lucía igual o más elegante que todos ellos. El joven se percató de la presencia de Julie, que parecía estar embobada, con la boca medio abierta, apenas a cuatro pasos de distancia. Entonces la miró con las cejas arqueadas y con un pie sobre el banquillo. Los amigos giraron la cabeza, para proyectar sus miradas sobre la joven que permanecía tan quieta como un poste de luz. Sin dejar su sonrisa coqueta, el joven dio a ver su mano, entretanto encendía un cigarrillo, y al instante Julie sintió que su corazón latía de emoción. El joven tenía un dedo cercenado. "¡Peter!". La cara de Julie se transformaba de alegría, reluciendo como nunca en los últimos siete años.

—¿Peter?, ¿Peter Chapel?, ¿eres tú? —interpeló Julie y se acercó al joven con la voz entrecortada. Enseguida le vio con la mirada cristalizada de emoción.

El joven bajó el pie del banquillo y enseguida la miró perplejo, casi asustado. Entonces la risa de Julie lo contagió de confianza y avanzó hacia ella.

—¿Julie? —Soltó entre carcajadas.

—¡Peter!

Ambos reían, encandilados por el inesperado reencuentro. Peter la abrazaba, aupándola del suelo y ella reía, sintiendo sus pies en el aire. Se regocijaban, viviendo un momento de recuerdos, sintiendo las mismas emociones de complicidad que vivieron juntos en su infancia.

—¡Sigues igual de hermosa! ¡Esa sonrisa! ¿Cómo olvidar esa sonrisa?—dijo él emocionado.

—Peter, tengo tanto que contarte—Reía Julie, entre lágrimas de alegría.

Peter advirtió la impresión que Julie causó sin querer a sus amigos, que la observaban prejuiciados incluso por su aspecto desaliñado. Sin embargo, a Peter eso le traía sin cuidado; su uniforme ajado y botitas descoloridas, no le importaban. Julie aún gozaba de la hermosa y abundante melena rizada de su niñez, y él solo veía a su amiga de la infancia de tez blanca, como porcelana, que sonreía con la sinceridad que iluminaba su rostro de alegría frente a él. Peter era firme enemigo del clasismo, que caracteriza el comportamiento de algunas familias adineradas y prepotentes en su ignorancia.

—Chicos, acabo de reencontrarme con una amiga ¡muy especial! Nuestra conversación está de lo más interesante, pero tendrá que esperar —expresó animado.

Les pasó de largo, al irse acompañando a Julie en su caminata, como si el tiempo no hubiese corrido. Julie, en cambio, le miraba admirada. Atrás había quedado el chico que cazaba ratones y se buscaba la vida trabajando en lo que se le ocurriera, para llevar dinero a su casa. Ahora era evidente que el joven gozaba de una posición privilegiada, aunque mantenía su carácter vivaracho con el típico aire de un sabelotodo.

—¿Cómo es posible que te fueras con tu madre sin tan siquiera decirme dónde?

—Fue imposible Peter... mamá murió poco después de internarnos en la Casa del Trabajador —le contaba Julie, con tono triste, retomando su paseo por el parque junto a Peter.

—¿Y no te pidieron una lista de nombres de familiares? ¿Por qué no viniste a casa? Pudiste pedirles que te mandaran a vivir con nosotros... Estoy seguro que mi madre hubiera aceptado. ¿Por qué no trataste?—inquirió encogido.

—Nunca me preguntaron. Asumo que mamá tuvo que dar esa información en la entrevista de admisión—respondió con media sonrisa—Te ves feliz...

—Julie, la felicidad viene siempre acompañada de nuestra actitud... Aunque es muy selectiva y jamás acompaña a la amargura... Como yo no sé amargarme por nada, se puede decir que tienes razón... ¡afortunado! ja, ja, ja —dijo el chico fumando su cigarrillo, andando al paso de su amiga.

—Lo haces ver tan fácil, ojalá pudiera pensar como tú...— ¿Cómo está Jack?

—¿Jack? ¡Rumbo a América! Estoy expandiendo el negocio de la señora Pebbles y lo estoy entrenando para que tome mi lugar. Tengo demasiados negocios corriendo y los Pebbles me vuelven loco...

—¿Todavía sigues con ella?

—¡Claro! Bueno, los ayudé en las ventas... ¿Recuerdas el desastre que tenían en la tienda cuando llegamos juntos por primera vez?

Julie asintió con una sonrisa.

—Sí, Peter, esas memorias me han salvado la vida, como olvidarlo...

El chico paró el paso en suspenso…

—Puedes creer que sobrepasamos el volumen de ventas, al punto de que teníamos inventario vendido hasta antes de llegar a recibirlo. ¡Cuando llegaba, casi todo estaba ya vendido!

—¡Increíble Peter! —dijo con ojos abiertos como platillos, admirada —Pero de ti no me extraña nada... Ja, ja, ja.

—Abrimos la segunda tienda, la tercera, la cuarta... Entonces el señor Pebbles me quiso meter en los clubs para atraer inversionistas... No sé cómo pueden pensar borrachos...Van al centro a jugar cartas, a tomar brandy y ¡hablar de negocios!

Me sorprende que más de uno no se haya ido a la bancarrota...

—Los clubs... me acuerdo... —dijo Julie y sonrió —el señor Pebbles siempre estuvo muy envuelto en sus juegos y su brandy... ¿También te hizo beber brandy?—inquirió Julie para sentarse en un banquillo sobre la grama frente a una fuente.

—¡Trató! Pero mi padre tuvo problemas muy serios con el alcohol por muchos años y como nunca le vi algo positivo en , cuando cogía sus legendarias borracheras, preferí no darle gusto a ese vicio.

—Me alegro por ti Peter...

—Yo también...Ya tengo a todos los mozos entrenados en el club. Me sirven té en un vaso de cristal a la roca y mientras juego a las cartas y les sigo la corriente les hago creer que estoy bebiendo ¡whiskey! Ja, ja, ja

—Ja, ja, ja siempre con tus ocurrencias —dijo Julie poniendo los ojos en blanco de forma espontánea.

—Si vieras lo bien que me la paso, observando las transformaciones de carácter después del tercer trago.

—Me imagino que quedarán impresionados con tu aguante...

Peter sonrió extendiéndole la mano, animándola a continuar el paseo.

—No puedo creer que nos hemos encontrado Julie, y de qué manera.

Julie sonreía tímida y Peter cambiaba el tono a uno más serio.

—¿Cómo murió tu madre, Julie?

—No lo sé Peter, nunca me dijeron los detalles. Tampoco me han querido decir si la enterraron o no...

—Esos centros son horribles. ¿Cómo lo llevaste? ¿Su muerte?

—Fue horrible, pero no he tenido más opciones que vivir sobreviviendo en ese lugar, es una pesadilla, pero al menos duermo bajo un techo y me dan algo de comer.

Peter la observaba sintiendo su corazón encogerse al escucharla. Él era tan ambicioso y la vida le había brindado oportunidades que supo aprovechar. No cabía en su cabeza conformarse con un plato de comida bajo un techo decadente. Se compadecía aún más de las personas que luchaban a diario tan solo para tener precisamente eso.

—Tenemos a una residente—continuó Julie— que trabaja en el centro, la señorita Fiendly, sin ella y mi amiga Minnie mi vida en ese lugar hubiera sido peor.

—Estoy impresionado de verte tan hermosa, como cuando eras pequeña, Julie. No sé qué hace peor a las personas, si la opulencia o las vicisitudes... Por lo menos a ti no veo que la mala vida te haya dañado del todo.

—¿Del todo?—inquirió Julie fingiéndose ofendida.

—¡No! Quiero decir, que sigues igual de agradable tal y como te recuerdo... me alegro...—dijo con aire pensativo —¿Qué piensas hacer en el futuro? ¿Me imagino que no pensarás quedarte ahí?

Julie andaba escuchándolo con la mirada perdida en el escenario de árboles, banquillos y chiquillos que jugaban por el césped.

—No sé Peter, me imagino que pronto me mandaran a trabajar a algún lugar donde ofreceré servicio doméstico. No tengo opciones hasta los veintiún años. Como no tengo familia, la Casa del Trabajador tiene mi custodia.

—Ya veo—repuso, serio.

—Pero, por ahora, contaré las horas y días para venir al parque los domingos. Espero verte otra vez Peter.

—¿Sabes que esta es la primera vez en tres años que vengo al parque un domingo?

—¡Qué suerte la mía! —Soltó Julie para recobrar su soltura, y dejar la timidez a un lado. Su amigo de la infancia tuvo buena fortuna en los negocios y aún mantenía el carisma mágico que proyectaba su humildad.

—Julie, si vas a venir todos los domingos debemos hacer un par de arreglos...

—¿Qué quieres decir Peter?

—Vamos, no preguntes tanto.

Caminaban como cuando eran pequeños, cruzando calles y hablando sin parar como dos periquitos.

—Y tu padre, Peter, ¿dejó de beber?

—¡Sí! Menos mal. Porque Jack y yo nos hastiamos de sus locuras. Si no dejaba el trago lo hubiéramos tirado por alguna ventana. —Ja, ja, ja

—Y tu madre, ¿cómo está?

—Ella está bien. Ahora es ella quien le cae a palos con el bastón encima cuando la saca de sus casillas.

—Ja, ja, ja, cuánto me alegro que se haya mejorado tu situación en casa, de verdad...

—Quién sabe si hubiera llegado tan lejos en los negocios si mi vida hubiera sido diferente—comentó Peter, con aire pensativo.

—¿Crees que no?, yo creo que sí Peter. Siempre has sido el mismo.

—Sí, pero trabajaba sin parar con tal de no estar en casa. A lo mejor si mi padre hubiera sido un tipo tranquilo y menos odioso, quizá yo no hubiera trabajado tanto, y no estaría donde estoy.

—Eres tan joven Peter.

—Veinte años para ser exactos, y me siento ¡de cuarenta! Ja, ja, ja

Julie sacudía la cabeza con una semisonrisa.

—¡Ajá! ¡Llegamos! —Dijo el chico subiendo las escaleras de mármol adornadas con un elegante pasamano de hierro.

—¿Dónde estamos Peter?—interpeló Julie para enseguida admirar el hermoso atrio.

El chico no le contestaba porque estaba enfocado en llamar la atención del personal en el interior del local. Pegaba la cara en la ventana como un chiquillo, dando sombra con ambas manos ojeando el interior de la tienda. Entonces agarró el pomo plateado y lo agitaba contra la puerta, dando soberanos golpes, en su afán de llamar la atención. Encendieron la luz y desde fuera se veía a una señora bajita con pelo blanco recogido en una redecilla rosada que avanzaba hacia la puerta.

—Peter, sabes que hoy es el día para hacer los números del negocio. Tenemos cuatro pedidos enormes que tienen que salir a Nueva York el martes a primera hora. ¿Cuántas veces te he dicho que no me vengas a interrumpir los domingos?

—¡Ah!, señora Pebbles, usted tan simpática como siempre —la admiró el joven y le plantó un beso en la mejilla, mientras sacaba del bolsillo su elegante cigarrera. Extrajo un cigarrillo que encendió al tiempo que le halaba a Julie, impulsándola a entrar a la elegante tienda. Estaba pasmada, paseando la vista por el techo y las paredes de la boutique. Miraba impresionada los bellísimos candelabros de cristal suspendidos del techo y algunos colgados en las paredes. Brillaban como piedras preciosas dando su toque de excelencia a la lujosa decoración. En la tienda se apreciaba un sofá dorado de estilo victoriano, que estaba tapizado en terciopelo verde oliva y las sillas contiguas a su espacio estaban forradas con la misma tela. En conjunto con las maquetas rojas y lozas de mármol que arropaban el suelo, el espacio lucía igualito a una boutique de alta costura parisina. Tras apreciar el ambiente, Julie plantó su mirada en la cara de la señora Pebbles que no la reconocía.

—Peter, ¿es ella la señora Pebbles?—susurró Julie tímida.

Peter sonrió teatral inclinándose con una reverencia exagerada.

—¡La misma que viste y calza! Aunque te confieso que no siempre tiene los mejores gustos. Y ¿has notado lo simpática que es? Algunas cosas nunca cambian, mi querida Julie. ¡Ja, ja! —añadió el chico para seguir fumando por la tienda como si anduviera por el patio de su casa.

La señora Pebbles observaba a Julie de pies a cabeza con una media sonrisa. Se empeñaba en esconder la impresión que le causaba verla en atavíos ajados y deshilachados.

—¿Quién es esta joven? —preguntó la señora.

Peter rebuscaba entre los vestidos con ambas manos y el cigarrillo encendido en la boca.

—¿Cómo es posible que no recuerde esa cara tan hermosa? Mire esos ojos—contestaba el joven con la boca medio cerrada pinchando el cigarrillo entre sus dientes.

—¡Oh! —exclamó la señora en busca de recopilar caras en su memoria hasta que la reconoció —¡Julie! Es cierto. No has cambiado casi. —Sonrió emocionada, y la abrazó —pero estás un poco descuidada. Pensamos que te habían llevado a trabajar al campo. ¿Dónde has estado?

—Hum, nosotras tuvimos que… —Julie no logró terminar la frase, pues Peter les pasó por el lado y les sopló el humo de su cigarrillo, que cegó a la señora Pebbles y ésta, que detestaba la peste a tabaco, cerró los ojos y le dio un manotazo en la espalda al chico para ahuyentarlo.

—¡Cuántas veces tengo que decirte que no me apestes la tienda con tus benditos cigarrillos!—interrumpió la señora Pebbles refunfuñona, mientras le quitaba el cigarrillo de la boca y después lo hacía con los dos vestidos que Peter se había echado sobre el hombro.

—¡Ah!, señora Pebbles, ¡no se queje tanto! —voceó el chico girando la cabeza de forma teatral—¡Qué importa! Si no hubiese sido por mí, tendría una tienda muy olorosa a flores y cero en el banco. Deme mi cigarrillo… —Chisteó el joven, que buscaba molestarla de modo afable. Era evidente que sabía sacarle color a su carácter.

—¡Cómo te atreves a hablarme así!, ¡niño malcriado! Si no fuera por la buena comida que siempre te dimos desde el primer día estarías más enano y flaco de lo que estás.

—Ja, ja, ja, ja, ¡Me encanta! ¡Venga aquí! —le pedía Peter, abriendo los brazos como haría una paloma, segundos antes de emprender el vuelo. —¡Deme un abrazo! Ja, ja, ja. La señora Pebbles le miraba con una sonrisa, aunque no sucumbió a sus encantos.

—¿Qué abrazo ni que ocho cuartos? A escobazos te voy a sacar de aquí; ¡tengo mucho trabajo!

—Déjese de protestar, y ayúdeme a conseguir un vestido hermoso para Julie, no puedo dejarla pasear por el parque con esa pinta.

Julie, durante ese instante, rememoraba con nostalgia los días más felices de su infancia, les miraba, sintiendo una mezcla de emociones que rondaban entre la alegría y la desilusión por haber perdido tantos años de su compañía, sin saber nada ni hablar con ellos. Por su parte, la señora Pebbles y Peter buscaban entre los elegantes ropajes, hasta que encontraron el vestido perfecto para ella ese día. No era casual ni elegante hasta impresionar, lo cual le permitiría pasear como toda una señorita elegante sin pretensión.

Tan pronto se lo puso quedó maravillada. Su traje largo apropiado era ajustado a su avispada cintura y su leve soltura en las caderas dejaba que la falda fluyera, con su vuelo de corte exquisito. El tejido, que cubría el vestido de color canela clara, era uno azul cielo. Como las mangas lucían con bordados hasta las muñecas, le daban un toque de elegancia exacta, sencilla.

La señora Pebbles disfrutaba como una niña, viendo su transformación, y se esmeraba en peinarle los rizos en tirabuzones, que caían por sí solos. Al exquisito atavío añadieron un sombrero de paja cubierto en tela de seda cruda, azul claro, que acentuaba la sencilla elegancia de una alta costura. Su atuendo la transformaba en el sueño que jamás pensó. Para Julie, ese día fue un toque de suerte y lo comenzaba a disfrutar sin perder un segundo.

—¡No me parezco! —Exclamó emocionada frente al espejo.

—Claro que te pareces, ¡tonta! Ja, ja, ja. Te hemos cambiado el vestido, no la cara, ¡alza la vista! ja, ja, ja—Soltó Peter, orgulloso.

Peter y la señora Pebbles la miraban maravillados. Entonces la señora Pebbles corrió a la trastienda.

—¿Qué número calzas?—preguntó la señora Pebbles en alta voz.

Julie miró a Peter con ojos grandes.

—¡No sé! Creo que siete.

—Quítate esas cosas. —decía Peter entretanto la ayudaba a descalzarse las descoloridas botas.

—Tome señora Pebbles ¡trabaje su magia! —señalaba el chico, soltando las botas en la trastienda.

La señora Pebbles regresó al par de minutos con una caja y una sombrilla color vainilla. El contenido de la caja impactó a Julie, que miraba fascinada.

—¿Me quedarán? —preguntó la joven. Nunca había calzado zapatos nuevos.

—Si no te quedan tengo varios. Creo que te quedarán bien... —repuso la señora Pebbles, animada.

Las botas de piel le quedaron exactas como un guante. —Toma, Julie— la señora Pebbles le alargó la sombrilla color vainilla cerrada—, una dama siempre se debe cuidar, no es bonito arrugar la mirada ante los rayos del sol

—¡Gracias—! Agradeció Julie, y quiso abrazar a la señora Pebbles. Por un momento, olvidó en el suelo su uniforme ajado y todo lo que esa vieja y descolorida tela representaba. Peter, ajeno a los pensamientos de Julie, lo recogió para tenderlo sobre el sofá.

—Señora Pebbles, Julie se quedará con el vestido. Se lo pagaré después. Necesito que me deje las llaves en el jarrón de la entrada. Tengo que regresar a dejarle una copia de un pedido para la esposa de un socio y quizá Julie tenga que cambiarse.

La señora Pebbles no lo cuestionó y sacó unas llaves de una cajita que guardaba bajo el mostrador.

—Toma esta llave y no olvides cerrar bien cuando salgas. Que andas como un loco por todos lados con prisas corriendo, y la semana pasada ¡dejaste la tienda abierta!

—¿Alguien entro a robar?

—¡No! ¡Menos mal!—dijo ella con un supuesto tono airado.

—Pues entonces, deje de protestar. ¡Venga deme un beso!—Sonrió Peter con los brazos abiertos.

—¡Qué beso ni que ocho cuartos! ¡Listo que eres, un listo! —dijo fingiendo malhumor.

—Gracias a eso estamos donde estamos. ¿o no?

La señora lo miraba con el rabito del ojo cariñosa. A estas alturas le consideraba como el hijo varón que nunca tuvo.

—Un beso y solo porque me ayudas. ¡Ya!

—¡Ah!, quiero a mi viejita. Vamos Julie, ¡gracias!

—Sí, sí, de nada.—Decía la señora, embrujada con el carisma del chico.

—Gracias, señora Pebbles. ¡Hasta luego! —respondió Julie con una amplia sonrisa, sobrecogida de ilusión por su nuevo vestido.

Julie sonreía, cautivada por las atenciones que la llevaron a creerse alguien con buena suerte, encarando la fortuna en el camino, como jamás habría imaginado.

Capítulo 20

P eter y Julie volvían camino hacia el parque recapitulan-
    do, entre risas, algunas anécdotas de su niñez, que si bien
    les alegraba, también suscitaban profundos sentimientos
de nostalgia. Cruzaban la avenida acercándose a los jardines del
parque, cuando Peter se viró atento al escuchar su nombre.

— ¡Peter! ¡Peter! —exclamó un joven que avanzaba hacia
ellos, desde la calzada opuesta—¿Dónde vas con tanta prisa?

El muchacho llegó hasta ellos contagiando a Peter con su
risa y dinamismo.

—¡Hola, Michael! ¿Qué haces por aquí? Pensé que ibas
rumbo a América.

—Y yo pensaba que ya tú estarías en América. A mi padre
le interesa reunirse contigo. Le han dicho que eres el mago de
las ventas. Como conoces tantos empresarios aquí, tiene interés en que nos ayudes a crear presentaciones de ventas para
nuestra compañía. ¿Cuándo vuelves a América?

Peter encendió un cigarro y lo miraba, frunciendo el entrecejo. Consideraba que el chico había tocado el tema en un
instante inoportuno, y no se animaba hablar de negocios en
ese momento.

—A ti quizá te han enseñado mucho de negocios, Michael, pero ¿no te han enseñado modales?

Advertido del descuido, el joven se volteó rápido hacia Julie para brindarle una afable reverencia.

—Buenas tardes, soy Michael, Michael O'Connor —dijo en tono de disculpa.

—Buenas tardes, me llamo Juliane, pero todos me dicen Julie —respondió ella y bajó la mirada con timidez. Entonces, el chico la escrutaba con una mirada firme y serena. Peter que no perdía mosca al vuelo, tensó su rostro alarmado de ver las manos maltratadas de la joven. He aquí que la hizo dar una vuelta para abrazarla por el hombro y ella lo miró extrañada.

—Tenemos que ir a casa un momento. Pero volveremos para caminar un rato por el parque. Te veremos allí, ¿verdad?

—Sí, Peter, claro. ¡Allí estaré!

Julie seguía caminando al paso de Peter, sin entender un ápice lo que estaba pasando.

— ¿Adónde vamos?— preguntó la muchacha.

—Vamos a darle una corta visita a la señora Cartwright.

—¡La señora Cartwright! ¿Cómo está? ¿Y el señor Cartwright?

—El señor Cartwright perdió mucho dinero en sus tierras. Luego murió de no sé qué. La señora Cartwright se dedica a enviar empleados domésticos a América.

—Eso hacía desde que mamá y yo vivíamos en su casa… creo...

—Antes lo hacía por gusto —comentó Peter—; ahora lo hace por necesidad. ¡Las vueltas que da la vida! Pero, por lo que he escuchado, me parece que gana buen dinero. Yo le he referido un par de familias y están contentas con el servicio. Prepara personal de servicio doméstico con certificados formales y los manda a América, como si fuera mercancía.

—¿Por qué esas familias no buscan personal de servicio por área? Quiero decir en América... — expresó Julie, en tono interrogativo —Me imagino que debe ser menos complicado.

—Supongo que algunos de ellos son ingleses y prefieren emplear a personas inglesas —señaló Peter, —Sube, ya llegamos—Y Julie le seguía subiendo las escaleras del atrio.

Julie paseaba la vista, mirando las paredes, molduras y suelos de la entrada. Sin quererlo, se iba remontando a los recuerdos de su niñez, que le produjeron la añoranza típica que traen los entrañables tiempos pasados. Peter empezó a girar el pomo de la puerta, confianzudo, irradiando a la vez una seguridad en sí mismo que a Julie le resultaba admirable. El señor Parker se asomó por la ventana y Peter lo saludó sonriente. Tan pronto el señor identificó su presencia abrió la puerta.

—Buenas tardes, Peter. La señora Cartwright, ¿le espera?

Julie siguió a Peter que entraba presuroso, y enseguida se quitó el sombrero y se lo dio al señor Parker, este lo tomó de la punta y lo colgó en un gancho de metal color bronce, en la pared, contiguo a la puerta de entrada.

— No, señor Parker, no me espera. Solo le tomaré un par de minutos. ¿Puede dejarle saber que estoy aquí?

—Tomen asiento, le informaré.

Julie escrutaba sus facciones como si estuviera inspeccionando algún artículo. El señor Parker hubo engordado algunos kilos y las canas que poblaban su cabellera le hacían ver más viejo de lo que era. La joven concluyó que, si le hubiera visto caminando por la calle, definitivamente, no lo hubiese reconocido. Él tampoco la reconoció.

—Peter, ¿crees que nos echen a patadas de aquí?

—¡Ja, ja, ja! Tranquila —Contestó Peter con su risa —Julie, La señora Cartwright me debe más favores de los que pueda contar con los dedos de la mano. ¿Piensas que vendría a saludarla si no tuviera esa confianza?

Julie le miró desconfiada. Ella conocía a Peter, y por eso tenía sus dudas.

—Por lo que veo, no has cambiado nada. Creo que sí te atreverías.

Las bromas y risas de complicidad la apaciguaron de modo que sonreía casual y menos tensa ante la presencia del señor Parker, quien llegaba al recibidor nuevamente.

—Pasen, por favor. La señora Cartwright me señaló que no tiene mucho tiempo, porque está esperando visita.

—Sí, señor Parker. Lo sé. La señora Cartwright siempre espera visita. Sígueme, Julie.

Los jóvenes entraron a la sala y Julie se iba a sentar en el sillón, cuando de repente advirtió la presencia de la señora Cartwright, y se detuvo de súbito. Su corazón palpitaba violento al punto de escuchar cada latido. No lo podía creer. Todavía la señora Cartwright tenía el poder de intimidarla como a una niña, como si el tiempo se hubiese congelado.

—Buenas tardes, señora Cartwright.

La señora Cartwright le sonrió con aire afable. Era evidente que no la reconocía.

—Buenas tardes, Peter. ¿Qué te trae por casa esta tarde?

— Pasaba por aquí y me animé a pasar para saludarla. ¿Recuerda a la señora Ames?

—Sí, Peter, claro que la recuerdo.

—¿Alguna vez supo que fue a vivir con su hija a la Casa del Trabajador?

Su cara se deformó al escucharlo; sus ojos, ahora marchitos de cansancio y agonía, centelleaban con una mirada intensa de sospecha. Entonces, guardó silencio un instante y se levantó del sillón para alzar la cara con aire autoritario; en realidad, disimulaba los sentimientos de culpabilidad que la azotaron al escucharlo.

—¿Vive en la Casa del Trabajador? No lo sabía. Desafortunadamente, Peter, muchas personas que necesitan ayuda acuden a esas instituciones. Ella no es la única.

—Sí, así mismo es —respondió Peter y se levantó de la silla — No tenga cargo de conciencia, la señora Ames falleció poco después de ingresar en ese lugar. Hace muchos años de eso.— repuso Peter.

Entonces tomó la mano de Julie halándola hacia sí. —Solo quería que lo supiera. También quiero que vea a Julie. ¡Mire qué dama tan hermosa! Realmente la vida da sorpresas.

La señora Cartwright tomó asiento en la butaca contigua a la enorme chimenea, su mirada se volvió inexpresiva y opacaba aún más su rostro sin lustre. Ya no era la señora soberbia de porte altanero y prepotente. Sus años de viudez la sacudieron con lecciones de humildad, que lograron transformarla en un ser ensimismado, de carácter frágil y compatible con su vejez.

La señora miró a Julie y le señaló el sillón para que se sentara junto a ella. Julie accedió. Emprendieron una conversación superficial, mientras Peter conversaba con el señor Parker sobre algún tema sin importancia.

Transcurrido un corto rato, Peter se dirigió a la señora que se iba levantando de su butaca presurosa.

—Señora Cartwright, tengo una lista de cinco familias en Connecticut. Serán las últimas que le refiera, pues comenzaré a vivir de forma permanente en América. Los compromisos de negocios no me dejarán tiempo disponible para seguir ayudándola en su trabajo.

—Lo entiendo, Peter. ¿Podrías pasar el martes? Tengo a varias personas con certificados formales y una excelente preparación en servicio. No te harán quedar mal.

—Por supuesto, señora Cartwright. Solo necesito un pequeño favor.

—¿Qué necesitas?—inquirió la señora de camino a las escaleras, acelerando el paso.

—Solo me gustaría saber si puede prestarme unos guantes de dama, color crema preferiblemente. Se los traeré de vuelta en dos horas.

—¿Para qué los necesitas?

—Mi socia los necesita para inspirarse en un diseño. Me pidió que le consiguiera un par, pero en realidad no le pregunté detalles y como las tiendas hoy están cerradas.

La señora Cartwright asintió y subió al segundo piso para ausentarse unos minutos. Por su parte, los chicos esperaban atentos frente a las escaleras. La señora regresó nuevamente y le entregó a Peter un par de guantes de seda color vainilla.

—Aquí tienes, Peter. Me los puedes devolver mañana si quieres, o cuando vuelvas el martes.

—Ha sido un placer verte, Julie. Con permiso, Peter. Tengo que prepararme, tendré visita en breve.

Peter caminó detrás del señor Parker que les guiaba hacia la puerta.

—Buenas tardes, señora Cartwright. Muchas gracias por recibirnos.—dijo Peter en voz alta, y Julie reía incrédula.

—Peter, tú sí que eres impredecible. ¿Por qué le pediste los guantes?

—Toma Julie, ponte los guantes. Nunca dejes que un caballero te vea las manos maltratadas.

—¿Hicimos esta visita solo para tomar prestado un par de guantes?

—No solamente para eso, mi querida Julie— respondía sonriente.

Julie sonrió y puso la cabeza sobre el hombro de su amigo, mientras vestía sus manos con los guantes, escondiendo con ellos su piel estropeada y uñas desgastadas, que, delataban una vida difícil de arduo trabajo.

Previo a su llegada al parque, Peter invitó a la amiga a un pequeño restaurante estilo café y servicio sencillo, donde Julie se deleitó con algunos panecillos exquisitos, rellenos de queso y ricos montaditos, que acompañó con una taza de té. La experiencia de esa tarde la hechizaba como a una niña encandilada en un mundo de muñecas.

Acabaron su merienda y siguieron hacia el parque. Tan pronto cruzaron la calle y pisaron la acera sintieron unos pasos presurosos a sus espaldas. Alguien trataba de alcanzarlos. Era Michael, que corría tras ellos y llamaba a Peter.

—¡Peter!

—Michael, hola

Julie caminaba en el medio de los chicos, y ellos retomaron la conversación que habían dejado pendiente. Julie les escuchaba retraída.

—No me dijiste que tuvieras hermana, Peter.—profirió Michael con aire de misterio.

—¿Dónde conociste a Michael? —preguntó Julie.

—Hace un año, cuando regresaba de mi primer viaje a Nueva York. Lo conocí a él y a su padre durante una fiesta a bordo del barco. Fue la única vez que viajé en primera clase.

—Me imagino que salió costoso tu viaje.

—Un poco. No viajo tan frecuentemente y me vino muy bien para hacer contactos de negocios. Si mis negocios siguen tan bien como van creo que volvería a repetir la experiencia... ¡Espero me acompañes en alguna ocasión! —le dijo Peter como para esperar una respuesta positiva y enseguida paseaba la mirada por los jardines. Julie solo le sonrió sin contestar. Michael, que caminaba junto a ellos se veía muy agradado.

—Estoy de acuerdo contigo, Peter. Aunque si yo tuviera que pagar mis viajes, me aventuraría a ir en la segunda clase. Tienen los mejores precios y las comodidades no tienen mucho que envidiarle a la primera.

—Te sirven champagne y tocan música ¡toda la noche!— exclamó Peter.

—Sí, pero después de tres copas y cuatro conversaciones aburridas, hasta la música cae pesada —concluyó Michael de una manera risueña. Era un chico muy culto y sencillo a la vez, cualidades que resaltaban su atractivo.

— El padre de Michael quiere que trabaje para él —comentó Peter, entusiasmado— Creo que voy aceptar.

—Te admiro, Peter—dijo Julie.

—Gracias, Julie, creo que eso ya lo sabía. Ja, ja, ja. Yo también te admiro. —¡Ven! —exclamó misterioso para alejarla de Michael que sacaba las hojas muertas que caían del árbol al banquillo.

—Cuando hables con Michael, no le digas ni una palabra sobre la Casa del Trabajador —le susurraba. —Simplemente no tiene que saber cuál es tu situación. No es su asunto. No creo que lo haga, pero si te pregunta solo dile que eres mi hermana.

— Peter, ¿y si descubre que es mentira? Vamos a quedar como dos mentirosos.

—Déjamelo a mí. Solo quiero que te conozca sin prejuicios. Créeme, Julie, sé lo que hago. Sígueme.

Julie le siguió hasta el banquillo y se sentó al lado de Michael.

—Buenas tardes, señorita. Es un placer volverla a ver.

Julie sonrió y esta vez Peter no se interpuso. Se enfrascaron de tal forma en su conversación, que no advirtieron cuando Peter se alejó de ellos. Al rato, Julie miró sobre su hombro y notó que Peter se había ido. Entonces se levantó del banquillo, alarmada, y paseó su vista por los jardines y, aunque ella no le veía, Peter la observaba sentado desde las escaleras de una tienda ubicada a pocos metros de distancia. Julie se iba tensando de los nervios y Michael, percatado de la situación, se levantó del banquillo.

—No te preocupes, no me como a la gente —dijo él sonriente.

—Discúlpeme, no estoy nerviosa por usted —contestó Julie, tímida —únicamente, no esperaba que Peter me dejara sola sin avisar. Ah, Peter, ¡quién le entiende! Ya aparecerá.

Julie le hablaba con una simpatía desusada, disimulando el nerviosismo. Se sentó nuevamente en el banquillo y Michael se sentó junto a ella. Sin que él se diera cuenta, ella le observaba paseando la vista sobre su cabello castaño y ondulado. El joven, al advertir que era pillado por la joven, le sonrió y se levantó del banquillo para extenderle la mano. La alentaba a caminar por los jardines junto a él, y ella aceptó. Caminaron unos minutos hasta la acera que bordeaba los jardines y ella se iba sintiendo menos cohibida.

—Peter mencionó que te conoció en un barco durante uno de sus viajes de regreso de América. ¿Vives allí? —le preguntó ella a Michel.

—Sí, vivimos en Connecticut; es un área muy hermosa, no muy lejos de Nueva York. ¿Lo conoces?—inquirió el joven.

—No, nunca he viajado a América. ¿Por qué vienes a Londres? ¿Trabajas aquí?

Michael sonreía como si quisiera esconder la respuesta. El simpático hoyuelo que se formaba en su mejilla acentuaba su atractivo ante Julie que le escrutaba como si buscara leer en su rostro algo más allá que sus palabras.

—En realidad, no. Mis padres quieren que venga con frecuencia por razones distintas. Mi padre desea que visite Londres y otras grandes ciudades para hacer contactos de negocios importantes.

—¿Y tu madre?

—Mi madre, en cambio, tiene unas razones que me parecen cursis e ilógicas.

Julie le escuchaba, atenta, aunque a veces despistaba la mirada del chico y dirigía sus ojos hacia los jardines en busca de Peter. Se sentaron en otro banquillo bajo un árbol y continuó su despreocupado interrogatorio, sobrecogida por la curiosidad que la incitaba el hecho de conocerlo.

—¿Por qué quiere tu madre que vengas con frecuencia? ¿Es inglesa?

—No

—¿Le gusta Londres?

El joven asintió y se sentó a su lado.

—Mi abuelo llegó con su familia a América hace muchos años. Eran irlandeses muy pobres, pero él era un hombre muy listo y nunca le tuvo miedo al trabajo. Toda su adolescencia trabajó en fábricas hasta que se envolvió en el negocio del hierro y los metales. Aunque sus raíces eran humildes, él era ambicioso. Trabajaba mucho y se enfocó en guardar casi todo el dinero que ganaba. Luego convenció a varios amigos de la empresa para unir fuerzas y tiempo; y así comenzó su negocio. La disciplina y perseverancia le dieron buenos frutos. Con el dinero que ahorró tuvo la oportunidad de invertir en negocios exitosos. Compraba artículos que luego revendía. Hoy día somos los dueños de una de las fábricas de metal más reconocidas por la calidad de sus productos. Trabajamos muy duro, pero debo admitir que también hemos sido muy afortunados. Mi padre, que ha trabajado con mi abuelo prácticamente toda su vida, ahora es el dueño de la empresa y quiere expandir y sobrepasar el legado.

—Es una historia fascinante —contestó Julie admirada —Pero ¿qué tiene que ver eso con que tu madre quiera que visites Londres?

El joven, que estaba sentado sobre la grama, flexionó las piernas y abrazaba sus rodillas con la vista hacia el horizonte.

—Mi madre está convencida de que debería casarme con alguna chica de la aristocracia —respondió serio, como si fuera una confesión —Me imagino que quizá tiene un leve complejo de inferioridad y no sabe cómo superarlo. Ha escuchado que muchos aristócratas están perdiendo dinero y que el valor de sus tierras ha disminuido ahora que la industrialización se ha impuesto. A fin de cuentas, se deja impresionar por los títulos. Mi padre y yo opinamos distinto. —Concluyó sonriente y viró la cara para darle una mirada serena y profunda.

Sus miradas coincidieron y ambos lograron leer en ellas, por tan solo un segundo, un sentimiento que las palabras no llegaron a expresar. Se sentían enteramente cómodos el uno con el otro, hasta que Julie se levantó presurosa, avergonzada, como si hubiera dado algún paso desacertado. Entonces abrió su sombrilla retomando el paseo.

—No es una mala idea. Pero creo que el amor no se compra con dinero.

—Mi padre opina igual —dijo Michael, admirado.

—Y tú, ¿qué piensas?

—¿De qué?

—¿Te casarías con alguien de familia reconocida tan solo por tener linaje?

—¡Claro que no! —contestó Michael risueña— Me parece impersonal. Creo que los títulos o nombres no ayudan en nada sustancial, apenas para vivir de apariencias. Y yo no necesito ni me interesa vivir de apariencias. Cuando me case, quiero que sea por amor. He visitado Londres cinco veces en los pasados dos años. Mi madre piensa que quizá estoy buscando candidatas, pero en realidad viajo para ayudar a mi padre con sus contactos de negocios. Por supuesto, ahora que te conocí, tendré un buen pretexto para regresar. —Al escucharlo, Julie, sacudió la cabeza, incrédula, aunque en cierto modo percibía sinceras sus palabras. Vio en el chico una mirada firme que irradiaba humildad y su sencillez la hizo sentirse más relajada.

—¿Sabes algo, Michael?

Michael la escrutaba de modo afable, admirando en ella una madurez poco común.

—¿Qué?

—Algún día quiero tener la oportunidad de fundar un orfanato. Quiero que sea un orfanato hermoso y digno. Debe ser para los niños huérfanos; un sitio especial donde se les brinde amor, educación y un buen plato de comida. Creo que hace falta y sería espléndido.

La mente de Julie viajaba ligeramente, visualizando la estructura acogedora de ese maravilloso lugar. Michael quedó prendado con su humildad, al igual que del sueño del orfanato. Sin duda, era una chica diferente. La escuchaba atentamente y lo que le expresaba le encandiló aún más "¿Cómo es posible que una chica tan joven y hermosa tuviera ese tipo de aspiraciones?", pensó. Todas las chicas que Michael había conocido eran vanidosas y sus ambiciones se limitaban a comprar vestidos nuevos con el afán de impresionar y eventualmente conocer a algún prospecto de nombre o alguien proveniente de alguna familia adinerada. Definitivamente, Julie era una chica especial y quiso volver a verla. Sus ojos brillaban deslumbrados. Deseaba conocerla mejor.

Julie se percató de la forma en la cual Michael la miraba y sonrió, tímida. Aunque Julie disfrutaba como nunca antes de una tarde encantadora por el parque, comenzaba a caer la tarde y debía cambiar sus atavíos para regresar a la Casa del Trabajador.

—Disculpa, Michael, ya se hace tarde, me tengo que ir. ¡Oh Dios!, ¿dónde está Peter?

Andaban presurosos buscando a Peter, cuando de repente saltaron del susto. Peter les había salidoal paso desde los arbustos que rodeaban la curva de la acera.

—¡Sorpresa! —exclamó con su sonrisa peculiar— ¿A dónde cree que camina con mi hermanita, caballero? Con su permiso.

Peter tomó a Julie por el brazo.

—Puedes caminar con nosotros hasta casa, si gustas—Le dijo a Michael con un tono agradable.

Julie abrió los ojos en grande y sacudió la cabeza en negación.

— ¡No! ¡No es necesario! —dijo Julie —Gracias, Peter, pero necesito hablar en privado contigo. Quiero aprovechar la caminata. No creo adecuado que el caballero escuche asuntos de familia. Michael le dio una palmadita en el hombro.

—Gracias por la confianza, Peter, pero veo que la idea de caminar con ustedes sería una desconsideración de mi parte. Si la dama, como ha dicho, prefiere caminar a solas contigo, no podría hacer otra cosa que dejarles solos.

Michael se quitó el sombrero para mostrarle una respetuosa reverencia, sin despegar su vista de la joven.

—Julie, espero verte el próximo domingo. Me gustaría hablar más sobre tu idea de abrir un orfanato. A mí también me gusta mucho esa idea.

Julie miraba a Peter que sonreía atento ante las expresiones sinceras del joven. A Peter, Michael le parecía bastante cursi, pero también le consideraba un buen muchacho. Sentía sinceras sus palabras.

—Gracias, Michael. Espero que no le falles a mi hermanita el próximo domingo.

Con estas palabras, Peter se despidió de Michael, quien quedó prendado de la joven y permanecía , mientras cruzaban la calle.

Peter y Julie caminaron presurosos hacia la casa de los Cartwright y, por el camino, Peter rompió el silencio.

—Bien, Julie, ¡conque dejaste hechizado a mi amigo!, ¿eh? Ja, ja, ja...

Julie se soltó de su brazo como para expresarle cierta molestia.

—¡No te rías! A mí no me da gracia. El chico me agrada, y ahora no podré volver a verle jamás.

—No digas eso, Julie. ¿Por qué eres negativa? Te va a esperar el próximo domingo.

—Cuando Michael sepa la verdad, no quererrá verme de nuevo. —Le interrumpió Julie. — Somos de dos clases distintas, Peter. ¿Es que no lo entiendes? Me verá con ojos diferentes si sabe que soy huérfana y vivo en la Casa del Trabajador.

—Julie, estás equivocada. Un hombre enamorado, jamás juzgará a la mujer que ama porque sea rica o sea pobre. Quienes hacen ese tipo de evaluación y se dejan llevar por tal criterio no son hombres; ¡son niños mimados, mezquinos! Solo alguien inseguro de sí mismo y acomplejado juzgaría a una mujer por sus riquezas o por el nivel social de su familia. Te puedo garantizar que Michael no es ese tipo de persona. He observado su trato a los demás y, créeme, no necesito veinte años para reconocer si él fuese un imbécil. Pero mi amigo no lo es. Por el contrario, es un chico trabajador, con un corazón noble y muy sencillo.

Julie tomó el brazo de su amigo nuevamente y caminaba ahora asimilando cada una de sus palabras. Aunque intentaba digerir sus consejos, la realidad de la diferencia de clases sociales la mantenía desalentada.

—Vamos a devolverle los guantes a la señora Cartwright. Ya estoy tarde para firmar mi entrada.

Julie y Peter caminaron un rato hasta pasarle por el lado a varias casas y entonces llegaron frente al hermoso atrio de la casona. Subieron las escaleras y Julie se adelantó a tocar la puerta, y a los pocos segundos golpeó la puerta con el pilón un par de veces más. El señor Parker abrió, y Julie entró al recibidor de manera súbita. con la cabeza inclinada, sin decir una palabra, al tiempo que se quitaba los guantes. Peter sintió una presencia a sus espaldas y al voltearse advirtió que Michael estaba parado en la acera opuesta a la casa de los Cartwright. El joven les había seguido hasta la casa. Entonces Peter le saludó haciendo un gesto con su sombrero y Michael le sonrió para retomar su camino. Peter no hizo mención del detalle y se limitó a entregarle los guantes al señor Parker. De hecho, entablaba una corta conversación para matar un poco el tiempo. Tan pronto vio por la ventana que ya Michael se había alejado, entonces abrió la puerta para salir.

—¡Gracias señor Parker! Dígale a la señora Cartwright que la visitaré el martes sin falta.

—Sí señor, buenas noches —contestó el señor Parker y cerró la puerta tras su salida.

Peter y Julie avanzaban en dirección a la tienda de la señora Pebbles y, una vez allí, Julie entró a uno de los vestidores para cambiar su hermoso vestido por el uniforme de la Casa del Trabajador. Aunque Peter le ofreció que se quedara con el traje, ella no se atrevió a llevárselo a la institución. Lo dejó tendido sobre el sofá junto con el sombrero, sombrilla y las botas.

Peter la acompañó hasta la entrada de la Casa del Trabajador y se despidieron con un fuerte abrazo. El momento la llevó a revivir en su memoria aquella mañana en que se despidió de Peter, cuando tenía nueve años y él, once. Los recuerdos de su infancia se despertaron con más fuerza que nunca. Peter le sonreía, pero en cambio ella no lograba esconder su tristeza.

Julie miró a su amigo con una mirada apagada. Sentía una mezcla de emociones, entre tristeza y gratitud. —Peter, ojalá pudiera vivir mi vida fuera de este lugar, y tener conmigo la tranquilidad, o tan solo la mitad de la felicidad que me brindaste hoy a mi vida. No veo como... Pero gracias por todo... —Agradeció Julie como ensimismada. Peter le tomó ambas manos buscando coincidir con su mirada que la joven mantenía baja. —Julie, tú puedes cambiar tu destino. Jamás te aferres al pasado. Debes entender que la vida es tan solo un recorrido para aprender y explorar. Siempre hay una enseñanza detrás de cualquier experiencia desagradable, aunque no lo comprendamos en el momento. Lo que hagas, con lo que aprendas de esas experiencias, creará tu futuro. Debes mantener tu frente en alto. ¿Me lo prometes?

Julie lo abrazó y lo besó en la mejilla.

—Gracias, Peter. No sé si volveré al parque la semana que viene. No sé si es buena idea volver a ver a Michael. Gracias por el día tan maravilloso de hoy. No quiero ser ingrata al decirte que me siento un poco triste...

—Cuando te sientas así, simplemente di "mañana será otro día". Verás que todo cae en su lugar, tanto en tiempo como en espacio, mi querida Julie. ¡Ya lo verás!

—Gracias, Peter. Eres especial... —repuso Julie y se echó a correr. Peter la observaba pensativo.

De todos modos, sus nervios por la preocupación de firmar a tiempo en el cuaderno de entrada de la Casa del Trabajador, no consiguieron amainar el gozo que la invadió ese domingo de ensueño.

Capítulo 21

Tan pronto Julie entró a la oficina, escuchó los gritos de su amiga Minnie que regresaba al albergue, tras su tercer despido como empleada doméstica. Julie firmaba su nombre y hora de entrada, apresurada, y, sin despegar la vista del cuaderno, advertida de la presencia de la señorita Findley, que por su tono de voz daba a entender lo molesta que estaba con Minnie y le daba la razón a la señora Rabbit, que no cabía en sí del enojo.

—¡Minnie! No puedes seguir comportándote de esa manera en la casa de las personas que te dan empleo. ¿Cómo es posible que le tires la sopa encima al dueño de la casa? —la reprendía la señorita Findley.

Julie soltó una carcajada por las ocurrencias descabelladas de su amiga. La señora Rabbit le soltó una mirada fulminante, con coraje, que la hizo perder el humor al instante.

—Disculpe señorita Findley, con su permiso, señora Rabbit —dijo Julie y se echó a correr hacia la cocina, donde se dispuso a organizar los preparativos para la cena, así se concentrada en su trabajo como si nada hubiese pasado. Después de un largo rato, y apenas cuando las chiquillas que llenaban los banquillos terminaban de comer, Julie comenzó su faena de limpieza con la recogida de los trastes de las mesas. Ahora era ella quien ayudaba a la señorita Findley, en las rutinas diarias del albergue. Lavaba los trastes y sonreía, plantada frente al fregadero, ensimismada y abstraída, celebrando los sucesos de esa tarde, cuando de repente saltó extrañada al sentir que alguien la pellizcaba en las costillas. Entonces al volverse vio la presencia de Minnie, que la abrazaba por la espalda susurrándole al oído.

—¡Conociste a un chico! —musitó con aire juguetón.

—Shisss. Minnie, habla bajito—. dijo Julie en voz baja echando un ojo a su alrededor —¿Por qué dices tonterías?

—Te conozco muy bien. Esa sonrisa es diferente. No veo otra razón que no sea que conociste a algún chico guapo... Cuéntame. ¿Quién es?

Julie se secó las manos con la bayeta que colocó sobre una silla. Cuando alzó la vista advirtió que la señorita Findley la observaba, de reojo y sonreía, mientras guardaba los cacharros.

—Nadie, Minnie. Y, además, no creo que vuelva a verlo. Es el socio de un buen amigo. Eso es todo.

—¡Ah! ¡Lo sabía! ¿Es guapo?

—Shisss... —susurró Julie precavida —Si es guapo o feo, no significa nada, somos diferentes...

—Pero, Julie... tú no sabes eso. ¡A lo mejor es el amor de tu vida! —exclamó Minnie.

Julie agarró la punta de su falda y se echó a andar, como abochornada, hacia las escaleras. Entonces Minnie avanzó hacia ella para cortarle el paso, y Julie la echó a un lado para despejar su camino. Marchaba acelerada escaleras arriba.

—Minnie, ese chico y yo somos de dos mundos totalmente opuestos... ¡deja el tema! Cuéntame tú, ¿por qué has vuelto? Esta es la tercera familia que te echa de la casa —le pidió Julie, a la vez que entraban al cuarto de costura. Minnie reía como una chiquilla traviesa.

—¡Sí!, ya lo sé. ¿Verdad que es maravilloso?

—¿Maravilloso? ¿Estás loca?—exclamó Julie— Debes buscar la manera de hacer una vida fuera de este albergue. ¿No crees?

Minnie sustituyó su risa con una mirada inexpresiva que transformaba su semblante en uno opaco de desilusión.

—No sé vivir en otro lugar, Julie. He vivido aquí toda la vida. Ya hasta los gritos de la señora Rabbit me resultan soportables. No quiero irme porque, aunque no estoy feliz, al menos estoy acostumbrada.

—Minnie, Minnie... ¿Quién te entiende? —decía Julie, tomando el puñado de uniformes deshilados que estaban sobre una caja. Entonces comenzó a sacudirlos y los tendía uno a uno sobre la mesa. Minnie desdobló una cobija para tenderla abierta sobre su falda. Ensartó una aguja con hilo grueso y comenzó a coser las esquinas deshilachadas del áspero cubrecama. En el transcurso de dos horas las dos chicas remendaron varias piezas que después plancharon impecablemente. No volvieron a intercambiar palabra, estaban exhaustas. Concluyeron su jornada de trabajo y cerraron el cuarto de lavandería para dejar las piezas remendadas y planchadas, de manera intachable. Entonces se cambiaron los uniformes por batitas de dormir y, tan pronto llegaron a la habitación, se afincaron de rodillas frente a sus respectivas camas para escuchar a la señorita Bean, que recitaba la oración de la noche con su usual tono monótono, al tiempo que la señorita Findley apagaba las lamparitas. Julie intentaba dormir, mas no lograba encontrar el sueño. Permanecía acostada boca arriba y, aunque sentía los ojos pesados, sonreía sin dejar de pensar en los sorpresivos acontecimientos de ese domingo, que apreció como un regalo inesperado. Se llevó las ásperas cobijas hasta el cuello y entonces se volteó para caer en un sueño profundo. Pero, antes de dormirse, en sus pensamientos parecía haber quedado, de una manera determinada, la idea de olvidarse de los sucesos de ese día. Estaba consciente de vivir un curso de vida incierto y se cuestionaba si la decisión de no volver a ver a Michael sería la correcta.

Pasaron varias semanas y la vida en la Casa del Trabajador se mantenía con sus estrictas rutinas de siempre, que Julie seguía a la perfección, empeñada en olvidar a ese chico tan apuesto que en tan solo horas de conversación la hubo admirado.

Mientras Minnie ayudaba a la señorita Findley en la cocina, Julie caminaba por el patio cuidando el orden del recreo. Miraba a las chiquillas que corrían despreocupadas durante su hora de juegos. Entonces una de las asistentas de la señorita Bean se plantó frente a las puertas que daban al patio para agitar una campanita. Todas las chiquillas corrieron para formar una fila y lavarse las manos antes de entrar al comedor. Julie se paseaba, lápiz en mano, desde la punta de la fila contando cabezas, pasando lista. Las niñas comenzaron a entrar al comedor y Julie se quedó tiesa en la entrada observando a la señorita Findley, que caminaba hacia ella presurosa con una cara tensa en la que asomaba la incertidumbre.

—Julie, hay una señora en la oficina de la señora Rabbit. Llevan un largo rato reunidas y la señora Rabbit me pidió que te dijera que fueras a su oficina lo antes posible.

Julie sintió un intenso nudo en el estómago y, aunque no hubo hecho nada fuera de lugar, las llamadas a la oficina de la señora Rabbit siempre le provocaban sobresalto de nervios "¿Quién será?", se preguntó.

Al entrar en la oficina de la señora Rabbit, Julie no disimuló el impacto que le causó ver la cara de la señora Cartwright, quien estaba sentada en un sillón frente al escritorio de la señora Rabbit.

—Buenas tardes —dijo Julie con un hilo de voz.

Como era de esperarse, Julie estaba aterrada de tan solo pensar que la señora Cartwright le hubiera comentado a la señora Rabbit algún detalle desfavorable respecto a su visita el pasado domingo. Sin embargo, la señora Cartwright le sonreía afable, con ojos grandes, paseando su vista sobre la estampa de la joven y mirándola de pies a cabeza.

—Buenas tardes, Julie. Te ves diferente a la última vez que nos encontramos —exclamó con un tanto de sarcasmo.

Julie sentía que sus rodillas temblaban descontroladamente, convencida de que el comentario condescendiente iba confirmando sus temores y sospechas. La miró directamente a los ojos, por un momento y sin articular una palabra. Fija y enteramente tensa, ahora observaba a la señora Rabbit, con ojos grandes de espanto y ya se iba preparando a escuchar un regaño. Sin embargo, la señora Rabbit no la regañó y se limitó a levantarse del sillón. Sin despegarle el ojo vigilante, avanzó hacia ella caminando lento, bordeando el escritorio hasta que se paró justo su lado. Julie no necesitaba valerse de mucho ingenio para comprender que la presencia de la señora Cartwright en la institución provocaría un cambio en su posición para siempre.

—Julie, quiero que vayas a la oficina del señor Baily y firmes los documentos de relevo. Te entregará las cajas con tus pertenencias en breve.

La señora Cartwright sacó de una bolsa de tela un vestido largo color crema con bordados color mostaza.

—Toma esto, Julie. Te lo ha mandado la señora Pebbles —le indicó.

Julie fruncía el entrecejo, incrédula por un segundo. Tras observar a ambas mujeres que la miraban fijo, sin decir palabra, sonrió y tomó el vestido con las manos que le temblaban de emoción.

—Oh, señora Cartwright. Gracias... Pero no entiendo...

—No tienes que entender nada ahora. Toma este sombrero también. Aquí tienes botas nuevas. Por favor, cámbiate rápido, no tenemos tiempo que perder.

Julie agarró la bolsa con las botas y el sombrero y se dirigió a toda prisa hacia la oficina del señor Baily. Quería firmar su relevo antes que los responsables de su salida se arrepintieran, si fuera posible.

La jovencita de diecisiete años firmaba con su nombre y una sonrisa de alegría, aunque su mirada delataba confusión.

Tras firmar los documentos corría escaleras arriba, encaminándose a la habitación, con la misma energía que hubo tenido años atrás. Recordaba más que nunca la tarde lluviosa de otoño, cuando llegó con su madre a recluirse por necesidad en esa fría institución. Todas las memorias de sus experiencias en ese demacrado lugar le pasaban por la mente como un álbum de fotos.

Una vez en la habitación, miró con sigilo para asegurarse de estar a solas antes de cambiarse el vestido. Se quitó el uniforme apresurada y se descalzó las botas viejas. Entonces se atavió el vestido y trataba de abrocharse el corsé, cuando escuchó el chillido de la cerradura que alguien forzaba para abrir la puerta. Entonces Julie se echó a un lado asustada inicialmente y, al instante, sonrió aliviada, para ver a Minnie que entraba junto a la señorita Findley.

—¡Oh!, Julie, nunca me hubiera imaginado que te irías hoy —expresó algo compungida la señorita Findley. —Presentí algo extraño, cuando la señora Rabbit me pidió que te buscara para que fueras a verla a su oficina, luego de hablar con esa dama tan elegante. Te vamos a extrañar tanto... Sé que te irá muy bien, tengo esa corazonada.

—No sé con quién voy a chismear ahora que te vas... Por favor, Julie, ¡pórtate mal! vuelve amiga... Te voy a extrañar... —dijo Minnie y sonreía, pero sin poder aguantar un poco sus lágrimas.

—¡No hagas lo mismo que Minnie! Pórtate bien, y sigue las instrucciones —repuso la señorita Findley.

Julie no pudo contener las lágrimas y avanzó hacia ellas para abrazarlas fuerte.

—Señorita Findley, Minnie, si no hubiera sido por ustedes dos, mi vida aquí habría sido intolerable. Han sido mi familia por tantos años. Las extrañaré mucho.

Minnie se enjugaba las lágrimas con el delantal y comenzó a abrocharle el corsé.

—Pues quiero saber cómo estás y cómo te tratan. Si no te gusta tu nueva vida de empleada doméstica, lo único que tienes que hacer es tirarle la comida encima al dueño de la casa. Te mandarán de vuelta rapidito.

El comentario de Minnie les robó a todas sendas carcajadas, que soltaron entre lágrimas genuinas. Las amigas se despidieron con besos y abrazos, y Julie, que después de ponerse su hermoso vestido nuevo, había pasado a ser una sorprendente belleza, caminó dispuesta a bajar las escaleras. Iba a llegar al primer piso, cuando detuvo su paso, porque sintió una presencia a sus espaldas y al virarse advirtió a la señorita Findley, que la observaba con una sonrisa desde la puerta de la habitación.

—Te deseo toda la suerte del mundo, Julie. Nunca te olvidaré. Vas a estar muy bien, ya lo verás.

Julie no lograba deshacerse del nudo que apretaba su garganta de emoción. Algo le decía que no volverían a encontrarse y optó por devolverle la sonrisa más cálida y sincera, mientras la observaba con los ojos cristalizados por las lágrimas que procuraba contener. Su mirada era igual que la de aquella chiquilla que una tarde entró al comedor de la Casa del Trabajador, llena de miedos y ansiedades. Pero ahora, hecha toda una señorita, no decía un hola, sino un adiós. Se despedía igual de dulce e ingenua, pero hecha casi toda una mujer. Por fin, Julie se dio la vuelta apresurada y bajó las escaleras.

Anduvo sigilosa hacia la oficina del señor Baily, en busca de las dos cajas con sus pertenencias. Tras pasear la vista por las esquinas, dentro de la oficina del siempre amable señor Baily, vio que las cajas no se encontraban allí, lo cual le causó mucha extrañeza. El señor Baily tampoco estaba a la vista. Se disponía a caminar a la oficina de la señora Rabbit, con el propósito de preguntar al respecto, cuando escuchó un portazo desde la entrada del edificio. La señora Rabbit, junto al señor Baily, se abría paso por las enormes puertas de entrada a la Casa del Trabajador y ambos avanzaban por el solitario vestíbulo: ella como un fantasma vestido de negro, y el anciano, con su nobleza de alma y el peso de su joroba.

—Tus pertenencias están en el coche. Apúrate. Te están esperando —le alertó la señora fantasma.

Julie sonrió aliviada y entonces abrazó al señor Baily. Le dio un beso en la frente y le dejó saber que nunca le olvidaría. En seguida se dirigió a la señora Rabbit.

—Gracias, señora Rabbit. Espero no volver a verla jamás —le expresó Julie con dureza y un aire liberador.

La señora Rabbit quedó desconcertada.

Capítulo 22

---◇---

Julie anduvo rauda hacia el automóvil donde la esperaba la señora Cartwright, sentada en el asiento posterior al conductor. Se sentó junto a ella. Como no intercambiaron palabras durante todo el trayecto, la joven presumió que trabajaría en su casa tal y como lo hicieron sus padres años atrás. Sin embargo, tan pronto llegaron frente a la casona, el chofer paró el vehículo y la señora Cartwright bajó acelerada sin mencionar una palabra. Julie salió del coche y la siguió hacia la entrada, cuando el chofer la detuvo interrumpiéndole el paso frente a las escaleras del atrio.

—Con permiso, señor... —dijo Julie.

—Señorita, vuelva al vehículo, no bajará aquí —respondió el chofer en voz baja.

La señora Cartwright, que iba abriendo la puerta de entrada a la casa, se volteó al escucharlos.

—No te bajarás aquí Julie, solo voy a buscar tu boleto... Regresaré enseguida.

—Bien, disculpe señora Cartwright...

Entonces Julie volvió al vehículo y empezó a preguntarse: "Si me va a mandar a trabajar para alguna familia... ¿por qué me manda con un vestido tan elegante?".

La señora Cartwright regresó al par de minutos con un sobre en la mano y el chofer abrió la puerta del vehículo. En eso la señora se inclinó frente a la joven y extendió su mano, y le hizo entrega del sobre.

—Toma Julie. Este sobre tiene tus documentos y una carta. Cuando llegues al final del viaje se lo darás al personal de emigración y registro. Y este es tu boleto.

—¿Hacia dónde voy señora Cartwright? —inquirió Julie con tono de suspenso y ojos agrandados de manera inquietante.

Nunca había salido de la institución, salvo al parque o las fábricas donde hubo prestado algunas horas de trabajo ocasionalmente. Estaba asustada y la señora Cartwright lo notó. Y en verdad, se compadecía de la joven.

—Sé que no fui del todo justa con tu madre. Espero que mi acción sirva para enmendar un poco el sufrimiento que algún día le llegué a causar. Buena suerte Julie — concluyó la señora con una media sonrisa que forzó, en su intento por esconder la pesadumbre de su voz. Julie le devolvió el gesto, con cierta mirada de comprensión, porque la percibió sincera.

El chofer arrancó el motor y el auto salió, mientras la señora Cartwright permanecía en la acera de su casa, viendo el vehículo que se alejaba de modo paulatino. Julie no lograba sacar sentido de los eventos que, sin saber, iban a marcar su destino. Después de un largo viaje en coche, llegaron al puerto, donde el chofer estacionó sin apagar el motor, y salió presuroso para abrirle la puerta a la joven, que ansiaba estirar las piernas. Ella salió para ubicarse en la parte posterior del auto y observaba al hombre, que sacaba sus dos cajas del baúl y las colocaba en el suelo.

Julie fue frente a él y se inclinó para abrir una de las cajas. Enseguida metía las manos, escudriñando curiosa su contenido hasta que encontró una servilleta vieja, de color crema la cual tomó con una sonrisa. La desdoblaba ansiosa y, al abrirla, exhaló aliviada. Encontró el medallón que su madre le hubo regalado. La cadena y el medallón estaban intactos. Se la puso y se dio cuenta de que esta vez caía a la medida sobre su pecho. Se la escondió al meter la cadena por el cuello de su vestido y cerró la caja. A Julie le extrañó ver al chofer que sacó otra caja de piel negra del baúl y se la entregaba a los porteros junto a las dos cajas viejas. La caja rectangular de piel negra parecía pesar mucho, en vista de que ambos maleteros se esforzaban en cargarla, sujetando las esquinas con ambas manos. Julie avanzó hacia ellos para alertar al chofer.

—Disculpen, señores, esa maleta no es mía... —aclaró Julie de una manera tímida.

—Sí lo es... —contestó el chofer —El señor Chapel dejó esta caja para usted en la tienda de la señora Pebbles.

—¿Peter? —inquirió Julie, alegre y con aire de sorpresa.

—Sí, señorita, buen viaje.

—Gracias señor.

Entonces la joven se dirigió a la rampa con el propósito de mostrar su boleto al inspector de entrada, y subió a bordo del barco. Se agarraba la falda del vestido cautelosa con una mano y con la otra se ayudaba, aguantando la baranda. Ya los guardias comenzaban a chiflar sus silbatos y los pasajeros agitaban las manos, apoyados en la baranda de la borda, despidiéndose emocionados de amigos y familiares. Se escuchaba, entonces, la fuerte resonancia que alertaba de la salida de la gran nave de mar.

El viaje rumbo a América fue una experiencia de ensueño para Julie, que disfrutaba su estadía en segunda clase. Las comodidades eran un mundo aparte de las que tuvo siempre en la Casa del Trabajador. Probaba deliciosos manjares a la hora de comer y disponía de un amable personal de servicio que le arreglaba diariamente su lindo camerino. Aunque Julie no sabía para quién trabajaría, por su experiencia hasta el momento, podía deducir que serían personas amables y generosas. Se iba mentalizando, preparándose para dar una buena impresión.

"Qué personas tan amables", se decía ensimismada, "Cuánto hubiera dado por que mamá hubiese tenido la oportunidad de vivir esta experiencia conmigo", pensó.

La travesía por el Atlántico culminó en menos de diez días cuando el enorme barco ancló en el puerto de Ellis Island, frente a la ciudad de Nueva York. Todos los extranjeros que viajaban en clase económica desembarcaron allí y tras pasar una inspección médica, los oficiales de emigración les verificaban los documentos de registro para su entrada al país. Julie no tuvo que pasar por este proceso, porque a los pasajeros de primera y segunda clase les eran tramitados los documentos correspondientes a bordo del barco. Como le hubo advertido la señora Cartwright, Julie presentó la carta que acompañaba su boleto al joven que le hizo la registración. Entonces le facilitó su equipaje y dos mozos pasaron a buscarlo.

La nave siguió rumbo hacia el puerto de Nueva York y Julie permanecía apoyada en la baranda de la borda paseando la vista abiertamente sobre la escena esplendorosa de la gran ciudad. Aunque la incertidumbre abrumaba su pensamiento constantemente, también sentía la sensación liberadora que la incitaba a animarse a encarar nuevos comienzos. Tras observar la llegada al muelle, respirando el aire fresco que le hacía poner su mente en blanco, se dirigió a su camerino donde la esperaba el asistente de la tripulación. El joven la dirigió apurado al área de salida antes de que los demás pasajeros comenzaran a hacer fila. Como iba sola, la joven logró desembarcar antes que cualquier pasajero de primera clase.

Julie salía caminando por la rampa, siguiendo al joven que la guiaba. Entonces se ubicó en la acera frente al muelle, donde el joven le llevó su equipaje minutos más tarde. Observaba sus alrededores, y se preguntaba cómo la irían a reconocer. Esperaba ansiosa, tratando de adivinar para quién trabajaría. De repente, sintió el tacto de una mano que se apoyaba sobre su hombro y se viró al instante.

—¡Peter! —exclamó la joven sin contener las lágrimas de felicidad.

—¡Bienvenida a América! —le soltó el chico, y la abrazó fuerte, con una cálida sonrisa.

—¡Peter, Peter! ¡Nunca dejarás de sorprenderme!

—¡Eso espero! Ja, ja, ja.

Peter alzó la mano y le hizo señas al conductor, y este caminó hacia ellos presuroso.

—¿Es esto todo su equipaje señorita? —inquirió Peter y le señaló la caja rectangular de piel negra junto a las dos cajas.

Julie asintió y el joven ayudó al chofer a cargarlas hasta el coche. Entraron al vehículo y en menos de un abrir y cerrar de ojos estaban en marcha en la carretera. Peter le explicó sobre la estrategia que empleó para sacarla de la Casa del Trabajador. El joven le hubo entregado cien libras a la señora Cartwright para que esta se las pagara a la señora Rabbit a cambio de su relevo. La señora Rabbit seguro quedó con la impresión de que Julie trabajaría para la señora Cartwright. Rieron felices y esperanzados de vivir una nueva aventura llena de posibilidades y alejados del maltrato y discriminación que habían sufrido juntos de pequeños.

—Julie, tenemos unos nuevos amigos que han preparado un almuerzo para darte la bienvenida.

—¡Peter!, tú y tus sorpresas. ¿Dónde voy a vivir?

—Eres mi hermana, recuérdalo siempre —repuso Peter sonriente en tono cómplice.

Julie entendió en ese momento la magia del destino, que suele provocarnos, enseñándonos duras lecciones, para después crear las casualidades inesperadas que nos alegran la vida, bañándonos de bendiciones.

Los jóvenes disfrutaban del largo paseo en coche, observando el paisaje a través de la ventana por cuyo vidrio corrían las gotas de lluvia esporádicamente. Al final del trayecto se detuvieron frente a unas rejas inmensas de hierro y dos hombres salieron de la casilla frente a ellos. Entonces abrieron los enormes portones y le dieron paso al vehículo, que iba ya por un camino de brea, a tan lenta velocidad, que resultaba provechoso contemplar los hermosos jardines, rodeando la hacienda.

—Peter, ¿A quién vamos a ver? ¿Quién es el dueño? —preguntó Julie.

Peter no le contestó, pues estaba pendiente del chofer que iba —en esos precisos instantes— deteniendo el vehículo frente a la fuente, en la calzada de la mansión, que exhibía un estilo victoriano. Un señor alto, de espejuelos, salió de la casa. Se veía engalanado en un traje de chaqueta azul marino, bien ajustado a su cuerpo.

—¡Bienvenidos! —dijo el hombre afable—, sígame señor Chapel. Los están esperando.

Julie se deslizó desde su asiento con la ayuda de Peter, quien salió antes que ella y mantenía la puerta del coche abierta. Entonces, le extendió la mano para asistirla al salir. Tan pronto Julie salió del coche, alzó la vista impresionada por las hermosas columnas que flanqueaban las escaleras de la entrada.

—Que hermosa casa... —susurró Julie.

—Vamos —dijo Peter y la tomó del brazo. De esta manera la ayudaba a subir las escaleras hacia la puerta de entrada, que estaba medio abierta.

—¿No crees que debemos esperar a seguir al señor? —le preguntó Julie al tiempo que caminaba junto a Peter, mientras pasaban frente a dos empleados que permanecían en el área de la entrada. Estos observaban a Julie admirados. Su vestido color crema lucía finos encajes color esmeralda que bordeaban el filo de sus mangas, torso y falda. Su cabello melado caía sobre el hombro en tirabuzones perfectamente peinados. Julie solo les sonrió tímida y haló a Peter por la manga de su fina chaqueta, insistente.

—¿Quién? ¿Esperar al señor Wilson?—inquirió Peter para abrir la puerta de par en par.

—Sí... está hablando con el conductor del auto... —susurró Julie

—Esos dos parecen dos viejitas... Cada vez que comienzan a hablar no hay quien los interrumpa...

Julie sacudía la cabeza con una sonrisa, y Peter la alentaba a pasar dentro de la casa, halándola de la mano.

—Entra y no te preocupes. Si esperamos a que entre el señor Wilson, no entraremos ¡hasta que oscurezca! Ja, ja.

Pasaron y cruzaron por el recibidor hasta el centro de la casa, y a la chica, de humilde cepa, se le perdía la mirada, paseando la vista por los techos decorados con moldes que bordeaban las elaboradas fascias y candelabros de cristal. Las molduras de las puertas eran de caoba tallada y, de manera elegante, armonizaban con los marcos que decoraban las paredes. Si bien el espacio gozaba de ambientación extravagante, también proporcionaba un calor hogareño peculiarmente acogedor.

Llamaba la atención una alfombra color vino, que arropaba las escaleras en el centro de la casa, acentuando su elegancia con un toque de color. Julie no paraba de pasear la vista por los techos y paredes con la boca medio abierta sin disimular una pizca su impresión. Entonces, Peter se inclinó hacia ella con disimulo.

—Julie, no mires así —susurraba— Es de mala educación.

—Peter, esta casa es ¡preciosa! —exclamó Julie sin despegar la vista de las elegantes molduras— ¿Trabajas para el dueño?

—No precisamente... —exclamó una voz varonil a sus espaldas y Julie se volteó curiosa.

—¡Michael! —dijo sorprendida viendo a Michael que caminaba hacia ella.

—Bienvenida a América, señorita. No sé ustedes, pero yo muero por probar el manjar de doña Joan...—repuso Michael, y se acercó a ambos.

—Que gusto verte nuevamente, Michael...

—¡El gusto es mío! —contestó Michael estrechándole la mano, entonces inclinó la cabeza con una reverencia respetuosa. La contemplaba, como si la escrutara, encandilado y, sin darse cuenta, admiraba la suavidad de su piel, resplandeciente, como la porcelana. Costaba creer que los años de trabajo arduo, en conjunto con las precariedades que hubo vivido, no llegaron a estropearla.

Julie apreciaba las atenciones, y sonreía con el brillo de la inocencia que chispeaba en su mirada. Se sentía escondida tras el hermoso vestido y, aunque vivía un momento grandioso y feliz, una parte de ella ansiaba ser rescatada del mundo desconocido que ahora se iba presentando ante ella de manera cada vez más sorprendente.

—Espero no tener más sorpresas por el día de hoy. No sé si podré resistirlas —dijo Julie en son de broma.

—¡Ah! ¡Qué tonterías! —contestó Peter y la abrazó, alborozado. —¡Claro que hay más! ¡Muchas sorpresas más!

—¿Puedo invitarla a que almuerce con nosotros? —le preguntó Michael, risueño, y ella asintió. Igual que aquel domingo, en el parque, él le ofreció el brazo justo al tiempo que escuchaban la tosca voz del mayordomo.

—Señor O'Connor, la comida está servida.

—Solo si me invita también, señor O'Connor —interrumpió Peter con cierta sonrisa picaresca.

—¡Qué remedio! Ja, ja, ja —repuso Michael, en son de broma.

Julie caminaba en medio de los amigos, como suspendida en un sueño que la llevaba al comedor. Tomaron asiento en la mesa calzada con un fino mantel blanco de hilo y servilletas a juego. Las flores despedían un aroma exquisito, pero que no se podía identificar, una mezcla entre rosas, claveles y lirios dentro de una pequeña base redonda en el centro de la mesa. La vajilla brillaba como un espejo, y todos los espacios estaban arreglados meticulosamente, con un estilo protocolario exuberante. Frente a uno y otro de los comensales se apreciaban varios cubiertos, platos y copas. Julie inspeccionaba los cubiertos frente a ella, confundida. Sentía que iba a tener que rendir un examen de etiqueta del cual no saldría airosa.

—Hum... Peter —Le hablaba entre dientes a su amigo, mirando con nerviosismo y temor los numerosos cubiertos frente a ella: tenedores a su izquierda, cuchillos desiguales a la derecha junto a una cuchara grande y otra pequeña encima del plato principal.

—No te preocupes por el orden de los cubiertos. Come tranquila... ¡Doña Joan cocina delicioso!

—¿Quién es doña Joan?

—La cocinera de la casa. Es maravillosa. Protestona, pero cocina delicioso y es muy atenta.

Los jóvenes compartieron anécdotas de los días durante su infancia y Michael cada vez quedaba más maravillado, no paraban de reír por ratos. Finalmente, sirvieron el postre. Michael dirigió la vista a Peter.

—¿Se lo puedo preguntar o lo haces tú?

Peter alzó la vista para tragarse el bocado de torta con la ayuda de un sorbito de té. Tomó la servilleta que descansaba en su regazo, y se limpió las comisuras de forma discreta en una inclinación de la cabeza.

—Pues claro que se lo puedes preguntar, Michael. A fin de cuentas, fuiste tú quien insistió en el tema, ¿no?

—¿De qué hablan? Preguntarme ¿qué? —comentó Julie con tono de pregunta, intrigada.

Michael tomó un sorbo de té y echó su postre a un lado para arrastrar el platillo con la mano.

—Julie, Peter y yo hemos hablado sobre la idea de iniciar un proyecto que sabemos te encantará.

"¿Qué querrán de mí? ¿De qué proyecto me hablarán?", pensaba Julie. Peter conocía su humilde historia. Ambos sabían que no tenía ninguna experiencia en el campo laboral que no fuese la del servicio doméstico. Se sentía nerviosa e impotente. No quería desilusionarles por no dar la talla si participara de algún trabajo, y se preguntaba si daría en el clavo al ayudarles si acaso se lo pidieran.

—¿De qué proyecto hablan, Michael? No sé si Peter te ha...

Michael la interrumpió —no te preocupes Julie, no se trata de ciencia... es algo sencillo —dijo Michael y tomó su plato con el postre nuevamente. Enseguida cortó un trocito de pastel que se echó a la boca. Tras un minuto de silencio, Michael le sirvió más té y la miraba con una sonrisa.

—¿Recuerdas el domingo en que te conocí? Me hablaste de tu sueño de abrir un orfanato.

—Claro que sí. Recuerdo vívidamente cada tema que hablamos.

Julie exhaló aliviada, al escuchar que se trataba de algo conocido y, sin saberlo, se le perdió la mirada recordando aquella tarde mágica.

—Julie, Peter y yo hemos decidido construir un orfanato grande y acogedor, en el que podamos darles un hogar y educación a niños y niñas sin familia. Sabemos que, si lo hacemos lo más parecido posible a un hogar, podremos ayudar a muchos niños y les daremos la oportunidad de hacerse hombres y mujeres de provecho. No pudimos evitar pensar en ti. Recordé nuestra conversación de aquella tarde en el parque y Peter está de acuerdo conmigo en ofrecerte el puesto de directora del proyecto. ¿Quién mejor que tú para ayudarnos a crear un sistema eficiente y cálido para niños huérfanos?

—¡Por supuesto! —exclamó sobrecogida de emoción. —Peter, ¿crees que haré un buen trabajo?

—Ja, ja, ja, Claro que harás el mejor trabajo, Julie; confío en ti ciegamente.

Peter y Michael se echaron a reír en complicidad, alegrados de haber pensado en Julie para hacerla parte del proyecto. Ambos coincidían, ¿quién mejor que ella? Había vivido muchos años en una institución de escasos recursos, reglas injustas y, en algunos casos, hasta inhumanas. Esa vivencia le recordaría por el resto de su vida lo que sintió siendo huérfana y maltratada durante tantos años. Nada de eso toleraría en su institución.

—Las colchas deben ser suaves y que abriguen ¡bien! —exclamó Julie—Y hay que preparar las habitaciones muy bonitas para que los niños se sientan que viven en un hogar —aclaró antes de acabar el último bocado de su pudín.

—Tú serás la encargada de decorar las habitaciones —añadió Michael.

—¡Y el patio de recreo! —agregó ella, jubilosa.

—Me imagino que no tenían mucho que hacer en la hora de recreo en el patio de la Casa del Trabajador, ¿ah? —repuso Peter.

—Lo más entretenido que hacíamos era bordar, ¡y coser! si me puedes creer. Era horroroso.

—Me parece bien. Por lo menos aprendiste a coser. —alerto Michael con una sonrisa. —De ahora en adelante sabré a quién molestar cuando doña Joan no pueda coserme los botones. Ja, ja, ja.

—Yo estaré demasiado ocupada con el orfanato, así que ni lo pienses.

—¡Trato hecho!, Julie nos coserá los botones y dobladillos, cuando doña Joan no nos haga caso.

—No lo creo Peter. Ja, ja, ja —soltó Julie una carcajada.

Los chicos se echaron a reír y Julie sonreía más suelta y menos cohibida. Sentía la corazonada de que el orfanato que crearían sería maravilloso. El consejo que su madre le hubo dado años atrás reapareció, vívido en su mente, y escuchaba su voz como si estuviera frente a ella: "En cuanto hagas de trabajo en la vida, y ante las situaciones más inesperadas y de mayor aprieto, actúa con disciplina y fe. Julie, cree en tus sueños". La joven nunca se olvidaría de esas palabras. Se prometió a sí misma trabajar arduamente y dar lo mejor de ella, con el propósito de crear un orfanato digno de admiración.

Capítulo 23

---◇---

Peter y Michael fundaron un orfanato precioso y Julie impresionaba a todos con una ética de trabajo impecable. Una vez que el orfanato abrió sus puertas, en menos de tres semanas la entrada de los niños colmó su capacidad. Llegaron pequeños de todas las edades. Otros orfanatos, de menos recursos y a capacidad llena, se enteraron de su apertura. En el orfanato de Julie, las tres enormes villas iban llenándose por horas y, con disciplina ejemplar, se fue acomodando a los críos en las villas correspondientes a sus edades.

Michael autorizaba a Julie cada vez más a tomar decisiones, hasta que la joven se envolvió desde la comida que les daban a los niños, el tipo de actividades permitidas durante sus horas de ocio, hasta en la selección del personal que trabajaría en la institución. La finca contaba con una pequeña granja y el patio de recreo tenía columpios, toboganes y otros detalles, donde los niños, y principalmente los más pequeños se regocijaban entre saltos y juegos en sus horas de asueto.

El diseño arquitectónico del edificio se construyó en una espaciosa finca compuesta de tres amplias villas, rodeadas de hermosos jardines. Las paredes blancas y sus techos de tejas rojas, marrones y algunas de color arena emulaban perfectamente con el aspecto pueblano de las pequeñas aldeas mediterráneas.

A Julie, inicialmente no le agradó mucho esa idea, pues prefería construir una casa grande estilo cabaña inglesa. Sin embargo, no le quedó otra alternativa que perder la batalla contra Peter y Michael, que eran fanáticos de las hermosas costas del Mediterráneo, colmadas de gente alegre y pueblitos característicos llenos de vida, que quisieron bosquejar en la construcción de su proyecto. Al final, hasta Julie quedó enteramente encantada al ver el proyecto terminado.

Por otra parte, el servicio y la crianza de los niños en el nuevo orfanato era tal y como Julie lo había soñado. Una de las primeras cosas que se aseguraba era de que todos crecieran en un hogar acogedor. Comían caliente y las porciones de sus platos eran generosas. Sus cuartos estaban bien pintados y decorados con motivos infantiles. Las camas, que eran literas, estaban hechas a la medida correspondiente a la edad del grupo de cada villa y se caracterizaban por ser cómodas y espaciosas. Durante los meses de invierno, las cuidadoras solían hacer viernes especiales, organizando grupos de niños y niñas que se sentaban junto a ellas para contarles cuentos o compartir algún juego de mesa. Con el tiempo, muchos de los chiquillos que crecieron ahí llegaron a estudiar en la universidad. La mayoría fue de personas de provecho y trabajadoras. Nunca olvidaron sus comienzos y, por eso, a menudo mandaban dinero para ayudar a cubrir los gastos de ese hermoso hogar que les brindó tanto amor y formación.

Julie vio su sueño hecho realidad y todos los días daba gracias por la oportunidad de ayudar a tantos niños y niñas desamparados. Muy en secreto, podía verse a sí misma en la carita de cada una de las niñas de su orfanato.

Michael y Julie trabajaron mano a mano y, aunque era evidente la atracción que sentían el uno por el otro, fue la admiración mutua lo que convirtió su amistad en amor. Michael se fue enamorando de la chica sencilla y trabajadora que era Julie, reconociendo que, si bien era bella en apariencia, lo era más aún en su interior.

Pedir su mano en matrimonio a Peter no fue una travesía complicada, comparada a lo que tuvo que enfrentar Julie con la señora O'Connor. La madre de Michael era estrictamente elitista y se opuso fuertemente en un principio. A fin de cuentas, sin embargo, hasta ella quedó enamorada de lo humilde y generosa que era la joven. La señora O'Connor veía cómo Julie trabajaba arduamente en el orfanato, desbordándose de amor y paciencia con todos los niños y niñas.

Por esta razón, no pasó mucho tiempo en que la mamá de Michael reconoció el valor humano de Julie y le dio su bendición al casamiento.

Julie y Michael O'Connor tuvieron un hijo, Michael junior, y la joven llegó a tener la familia que la vida una vez le había arrebatado. Julie se convirtió en una gran dama, respetada y muy querida por gente de todas las clases sociales. Ella jamás olvidó de dónde llegó y mucho menos el sufrimiento que hubo vivido durante tantos años de pobreza y soledad.

Al terminar la historia, noté que mi nieta Daniela tenía los ojos abiertos como platos. Su interés me sorprendió, pues eran las cuatro de la madrugada y no parecía cansada. Daba la impresión de que apenas había comenzado a escuchar el relato.

De repente, Daniela se levantó del sofá entusiasmada.

—¡Abuela! Pero, ¡es un O'Connor! —exclamó.

—Tu abuelo y yo fundamos el orfanato Medowood —le contesté y miré su carita de sorpresa.

—¿Y por qué le pusiste de nombre Casa Meadowood y no lo nombraste diferente?—Me preguntó Daniela con las manitas en la cintura inquisitiva.

—Porque Peter, que era el encargado de levantar fondos para los gastos de la construcción del orfanato, trajo a dos empresarios que cubrieron todos los gastos de materiales, diseños y muebles. Ellos eran el señor Wood y el señor Meadow. Decidimos nombrar el orfanato en su honor, agradecidos de sus generosas contribuciones.

—Oh...

No pude contener la risa, y me levanté de mi mecedora para dirigirme hacia mi coqueta, y entonces abrí mi joyero de marfil. Sin mencionarle detalles, agarré mi medalla redonda de plata y volví a mi mecedora para sujetar la cadena con el medallón suspendido en el aire. Daniela la observaba y sonreía, con la boca medio abierta.

—Nana, ¡está como nueva! ¡Qué bonita! ¡La quiero para mí! —dijo antes de arrebatármela de la mano.—Abuelita, no sabía que fueras pobre de pequeña.

—No tan solo éramos pobres, sino que no teníamos manera de levantarnos en tiempos difíciles, no había trabajo ni oportunidades.

—Yo no quiero ser pobre nunca abuelita...

—Entonces sé agradecida. La arrogancia y el egoísmo solo sirven para levantar discordia, Daniela. La vida da muchas vueltas y estoy segura de que, si fueras una de las niñas pobres en un orfanato, ¿verdad que te gustaría que te ayudaran?

Daniela asintió con alguna sombra de asombro en su rostro.

—Ven, abuela, ven conmigo a mi habitación. Vamos a buscar más cosas para regalarles a los niños del orfanato de la Casa Meadowood.

Me levanté de mi mecedora con un poco de dificultad, admirada de la nueva actitud de mi nieta que, por primera vez, mostró una generosidad sin precedentes a su corta edad. Me sentí aliviada y sobre todo muy orgullosa de ella.

Estuvimos un ratito en su habitación. Daniela escogía los vestidos que no usaba y algunos que le comenzaban a quedar pequeños. También sacó varios pares de zapatos, medias, bufandas pequeñas y varios libros y juguetes. Todo para donarlo a la Casa Meadowood. Dejamos las cosas frente a su cama y entonces la acosté a dormir. No sé de dónde obtuve las fuerzas para desvelarme de esa manera, ni de dónde mi nieta obtuvo las de ella, pero así pasó. Ambas dormimos hasta apenas un rato pasado el mediodía, y desayunamos juntas a la hora del almuerzo. Mis hijos Michael y Lauri aprovecharon para llevar unos obsequios a algunos amigos de la vecindad.

Como el día estaba nublado, tras la nevada de la noche anterior, Daniela y yo nos sentamos frente a la enorme chimenea de la sala, a los pies del árbol de Navidad, y comencé a leerle un cuento. Walter y doña Joan colocaron los obsequios y donaciones de Daniela en varias cajas que llenaron hasta el tope. Entonces Walter las arrastró hasta la entrada para llevarlas más tarde a la Casa Meadowood. Al rato, Walter vino a la sala para interrumpir mi lectura.

—Señora O'Connor, hay una visita sorpresa en el jardín. Es para la señorita Daniela.

Daniela se levantó de mi falda y corrió emocionada. Me levanté y con mucho esfuerzo conseguí alcanzarla antes de que viera la gran sorpresa. Al salir por la doble puerta de la sala sonreí viendo a Peter junto a Minnie, quienes nos esperaban en el jardín frente a la fuente. Minnie tomó mi lugar en el orfanato desde que tuve a mi hijo Michael. Peter la trajo a América, con el propósito de salvarla de la horrible institución, cuando mi hijo tenía apenas dos meses de nacido y como ustedes comprenderán a estas alturas Minnie y yo ya éramos como hermanas.

Peter mascaba una caña de azúcar sujetando las riendas que enlazaban a un hermoso caballito. Daniela corrió hacia ellos.

—¡Tío abuelo! ¡Es precioso! —exclamó Daniela con ojos grandes de emoción —¡Tía Tily! ¡Gracias!

—A mí no me agradezcas nada. Estoy en contra de que montes a caballo. ¡Eso es para hombres! —dijo Minnie, refunfuñona. Dicho sea de paso, que Daniela llamaba a Minnie tía Tily, corto de Matilda. Daniela le halaba las riendas a Peter.

—¡Yo sé hacerlo muy bien! —contestó Daniela, entre risas.

—¡Ah! Lo mejor para mi pequeña Daniela —dijo Peter con una amplia sonrisa.

Tan pronto Peter le pasó la cuerda, la niña me miró para hacer referencia, disimuladamente, a la mano de Peter, y señaló su dedo. Le sonreí también y le guiñé un ojo a Minnie que, aún era más bajita que nosotros, y nunca logró alcanzarnos en estatura.

—¿Él es Peter? ¿El caza ratones...? ¡Y ella Minnie!—exclamó.

—Sí, Daniela.

Mi nieta soltó las riendas del caballito y avanzó hacia Peter y Minnie, emocionada. Se lanzó sobre ellos con tal impulso que por poco les hace caer de espaldas en la fuente. Peter apenas se libró del chapuzón aguantando a Minnie por el hombro.

—¡Gracias, ¡tío Peter! ¡Gracias, tía Tily!

Era evidente que había quedado prendada de su caballito y nuestra historia. Entonces Peter la ayudó a montarse, mientras Walter sujetaba las riendas evitando que su caballito se moviera demasiado. Como Daniela era buena amazona, podría pasearlo sin problemas. El caballito de color castaño claro lucía mechas blancas dispersas por el torso y la melena. Era realmente hermoso.

—Ahora ve y pasea con tu caballito, para que conozca los jardines de su nuevo hogar... —Le pedí, feliz.

—¡Que no corra!, ¡eh! ¡Como corras, te lo quito y me lo llevo a Meadowood! —le profería Minnie en tono de preocupación.

—Está, tía Tily. Seguro que los niños allí lo disfrutarán mucho también, no me molestaría en absoluto. —Repuso Daniela y se echó a correr.

—¡No lo puedo creer! —volvió a exclamar Minnie, con los ojos abiertos de sorpresa, ante su inexplicable generosidad.

Cerró su boca medio abierta y le sonreí. Peter, quien me miraba con su típica sonrisa de chico travieso, ahora caminaba con la ayuda de un elegante bastón. Los tres caminamos hacia las puertas dobles para entrar en la sala.

—¿Has cambiado el cigarro por una caña de azúcar o es simplemente tu regalo de Navidad, darnos el gusto de verte sin fumar por un día? —Le pregunté.

—No, mi querida Julie. Decidí dejar el tabaco. No me hace bien. Desde que lo dejé, me siento mejor y descanso mucho más. A propósito, ya veo que por fin le contaste nuestra historia a Daniela. ¡Me parece excelente!

—¡A mí también me parece genial! Ahora que sabe nuestra historia espero que se anime a ayudarme de vez en cuando con los niños del orfanato —concluyó Minnie para servirse una taza de té sobre la mesa, que nos hubo preparado minutos antes doña Joan, con bocadillos, dulces y pastelillos.

—Sí, mi querido Peter y ni te preocupes, Minnie, te cansarás de verla en la Casa Meadowood. Estoy segura.

—¿Se la contaste completa? —inquirió Peter y se sentó junto a Minnie, a quien le sirvió una taza de té.

— En todos sus detalles, Peter. Finalmente, era el momento.

Fin